범우비평판 한국문학 50-❶

이상화 편

나의 침실로(외)

책임편집 유성호

종합출판 범우

발간사

한민족 정신사의 복원

―범우비평판 한국문학을 펴내며

한국 근현대 문학은 100여 년에 걸쳐 시간의 지층을 두껍게 쌓아왔다. 이 퇴적층은 '역사'라는 이름으로 과거화 되면서도, '현재'라는 이름으로 끊임없이 재해석되고 있다. 세기가 바뀌면서 우리는 이제 과거에 대한 성찰을 통해 현재를 보다 냉철하게 평가하며 미래의 전망을 수립해야 될 전환기를 맞고 있다. 20세기 한국 근현대 문학을 총체적으로 정리하는 작업은 바로 21세기의 문학적 진로 모색을 위한 텃밭 고르기일 뿐 결코 과거로의 문학적 회귀를 위함은 아니다.

20세기 한국 근현대 문학은 '근대성의 충격'에 대응했던 '민족정신의 힘'을 증언하고 있다. 한민족 반만년의 역사에서 20세기는 광학적인 속도감으로 전통사회가 해체되었던 시기였다. 이러한 문화적 격변과 전통적 가치체계의 변동양상을 20세기 한국 근현대 문학은 고스란히 증언하고 있다.

'범우비평판 한국문학'은 '민족 정신사의 복원'이라는 측면에서 망각된 것들을 애써 소환하는 힘겨운 작업을 자청하면서 출발했다. 따라서 '범우비평판 한국문학'은 그간 서구적 가치의 잣대로 외면당한 채 매몰된 문인들과 작품들을 광범위하게 다시 복원시켰다. 이를 통해 언어 예술로서 문학이 민족 정신의 응결체이며, '정신의 위기'로 일컬어지는 민족사의 왜곡상을 성찰할 수 있는 전망대임을 확인하고자 한다.

'범우비평판 한국문학'은 이러한 취지를 잘 살릴 수 있도록 다음과 같은 편집 방향으로 기획되었다.

첫째, 문학의 개념을 민족 정신사의 총체적 반영으로 확대하였다. 지난 1세기 동안 한국 근현대 문학은 서구 기교주의와 출판상업주의의 영향으로 그 개념이 점점 왜소화되어 왔다. '범우비평판 한국문학'은 기존의 협의의 문학 개념에 따른 접근법을 과감히 탈피하여 정치 · 경제 · 사상까지 포괄함으로써 '20세기 문학 · 사상선집'의 형태로 기획되었다. 이를 위해 시 · 소설 · 희곡 · 평론뿐만 아니라, 수필 · 사상 · 기행문 · 실록 수기, 역사 · 담론 · 정치평론 · 아동문학 · 시나리오 · 가요 · 유행가까지 포함시켰다.

둘째, 소설 · 시 등 특정 장르 중심으로 편찬해 왔던 기존의 '문학전집' 편찬 관성을 과감히 탈피하여 작가 중심의 편집형태를 취했다. 작가별 고유 번호를 부여하여 해당 작가가 쓴 모든 장르의 글을 게재하며, 한 권 분량의 출판에 그치는 것이 아니라 작가별 시리즈 출판이 가능케 하였다. 특히 자료적 가치를 살려 그간 문학사에서 누락된 작품 및 최신 발굴작 등을 대폭 포함시킬 수 있도록 고려했다. 기획 과정에서 그간 한번도 다뤄지지 않은 문인들을 다수 포함시켰으며, 지금까지 배제되어 왔던 문인들에 대해서는 전집발간을 계속 추진할 것이다. 이를 통해 20세기 모든 문학을 포괄하는 총 자료집이 될 수 있도록 기획했다.

셋째, 학계의 대표적인 문학 연구자들을 책임 편집자로 위촉하여 이들 책임편집자가 작가 · 작품론을 집필함으로써 비평판 문학선집의 신뢰성을 확보했다. 전문 문학연구자의 작가 · 작품론에는 개별 작가의 정신세계를 보다 구체적으로 살펴볼 수 있는 한국 문학연구의 성과가 집약돼 있다. 세심하게 집필된 비평문은 작가의 생애 · 작품세계 · 문학사적 의의를 포함하고 있으며, 부록으로 검증된 작가연보 · 작품연구 · 기존 연구 목록까지 포함하고 있다.

넷째, 한국 문학연구에 혼선을 초래했던 판본 미확정 문제를 해결하기 위해 최선의 노력을 기울였다. 특히 일제 강점기 작품의 경우 현대어로 출판되는 과정에서 작품의 원형이 훼손된 경우가 너무나 많았다. 이번 기획은 작품의 원본에 입각한 판본 확정에 특별한 노력을 기울여 근현대 문학 정본으로서의 역할을 다했다.

신뢰성 있는 선집 출간을 위해 작품 선정 및 판본 확정은 해당 작가에 대한 연구 실적이 풍부한 권위있는 책임편집자가 맡고, 원본 입력 및 교열은 박사 과정급 이상의 전문연구자가 맡아 전문성과 책임성을 강화하였다. 또한 원문의 맛을 최대한 살리기 위해 엄밀한 대조 교열작업에서 맞춤법 이외에는 고치지 않는 것을 원칙으로 했다. 이번 한국문학 출판으로 일반 독자들과 연구자들은 정확한 판본에 입각한 텍스트를 읽을 수 있게 되리라고 확신한다.

'범우비평판 한국문학'은 근대 개화기부터 현대까지 전체를 망라하는 명실상부한 한국의 대표문학 전집 출간을 목표로 한다. 따라서 권수의 제한 없이 장기적이면서도 지속적으로 출간될 것이며, 이러한 출판 취지에 걸맞는 문인들이 새롭게 발굴되면 계속적으로 출판에 반영할 것이다. 작고 문인들의 유족과 문학 연구자들의 도움과 제보가 지속되기를 희망한다.

2004년 4월

범우비평판 한국문학 편집위원회 임헌영 · 오창은

일러두기

상화尙火 이상화李相和는 1920년대 초반부터 1943년 타계할 때까지 줄기차게 민족을 상상하고 그 범주 안에서 치열한 창작을 해온 매우 중요한 시인이다. 잘 알려져 있듯이, 그는 생전에 시집 한 권 내지 못했고 다만 사후死後에 백기만白基萬이 엮은 《상화尙火와 고월古月》(1951)이 출간되었을 따름이다.

그러므로 시인 스스로 생전에 정리하여 확정한 원본은 없는 상태이다.

1. 이 책에서는 가능한 한 시인이 살아서 발표한 원래 지면을 찾아 그 원문原文대로 수록하는 것을 원칙으로 하고, 그렇지 못한 작품들은 《상화와 고월》에 백기만이 수록한 것을 따랐다.
2. 표기법은 가능한 한 발표 당시의 것을 충실하게 따르되 다만 띄어쓰기나 구두점, 철자법 등에서 가독성을 고려하여 현대어에 맞도록 고쳐 실었다.
3. 원문에서 한자를 사용한 것 가운데 이해에 도움이 된다고 판단한 것은 괄호 안으로 들여 표기하였다. 하지만 한글표기 상태로도 맥락 파악이

분명한 것은 한자 병용을 하지 않았다.

4. 산문의 경우도, 발표 원문을 찾아 역시 현대어에 맞게끔 고쳤고 한글 표기를 원칙으로 하였다. 산문의 경우는 시와는 달리 띄어쓰기, 구두점, 철자법, 낱말 등에 대하여 더욱 가독성을 고려하여 현대어 문법에 맞게 고쳤다.
5. 작품은 시와 산문 모두 발표순으로 배열하였다.

이상화 편 | 차례

II. 산문 — 127

III. 작품해설 ① | 현실과 꿈을 결속한 낭만적 페이소스 이상화의 시세계(유성호) — 244

I 시

말세의 희탄 | 단조 | 가을의 풍경 | To

나의 침실로 | 이중의 사망 | 마음의 꽃 | 독백

허무 교도의 찬송가 | 방문 거절 | 지반池畔 정경

비음 | 가장 비통한 기욕 | 빈촌의 밤 | 조소

어머니의 웃음 | 이별을 하느니 | 폭풍우를 기다리는 마음

바다의 노래 | 극단 | 선구자의 노래 | 구루마꾼

엿장사 | 거러지 | 금강송가 | 청량 세계 | 오늘의 노래

몽환병 | 조선병 | 겨울 마음 | 초혼 | 도－교－에서

본능의 노래 | 원시적 읍울 | 이 해를 보내는 노래

통곡 | 시인에게 | 빼앗긴 들에도 봄은 오는가

비 갠 아침 | 달밤 | 달아 | 파－란 비

지구 흑점의 노래 | 저무는 놀 안에서 | 비를 다고

곡자사 | 대구행진곡 | 예지 | 반딧불 | 농촌의 집

역천 | 병적 계절 | 나는 해를 먹다 | 기미년

서러운 해조 | 쓰러져가는 미술관 | 청년 | 무제

그날이 그립다 | 무제 | 교남학교 교가 | 무제 | 새 세계

말세末世의 희탄欷嘆[1]

저녁의 피묻은 동굴洞窟 속으로
아 — 밑없는, 그 동굴 속으로
끝도 모르고
끝도 모르고
나는 거꾸러지련다
나는 파묻히이련다.

가을의 병든 미풍微風의 품에다
아 — 꿈꾸는 미풍의 품에다
낮도 모르고
밤도 모르고
나는 술 취한 집을 세우련다
나는 속 아픈 웃음을 빚으련다.

— 〈비음緋音 가운데서〉, 《백조白潮》 1922. 1.

---

1) 한숨과 탄식

단조單調

비 오는 밤
가라앉은 하늘이
꿈꾸듯 어두워라.

나뭇잎마다에서
젖은 속살거림이
끊이지 않을 때일러라.

마음의 막다른
낡은 띳집에선
뉜지 모르나 까닭도 없어라.

눈물 흘리는 적笛[2)]
소리만
가없는 마음으로

---

2) 피리

고요히 방울지우다.
저—편에 늘어섰는
백양나무숲의 살찐 거름애[3]는
잊어버린 기억이 떠돎과 같이
침울 — 몽롱한
〈캔버스〉 위에서 흐느끼다.

아! 야릇도 하여라
야밤의 고요함은
내 가슴에도 깃들이다.

벙어리 입술로
떠도는 침묵은
추억의 녹 낀 창窓을
죽일 숨 쉬며 엿보아라.

아! 자취도 없이
나를 껴안는
이 밤의 홋짐[4]이 서러워라.

비오는 밤
가라앉은 영혼이
죽은 듯 고요도 하여라.

---

3) '그림자'의 방언. 〈나의 침실로〉에는 '그르매'로 나온다.
4) '호젓함'의 뜻.

내 생각의
거미줄 끝마다에서도
작은 속살거림은
줄곧 쉬지 않아라.

— 〈벙어리노래〉에서, 《백조白潮》 1922. 1.

가을의 풍경風景

맥脈 풀린 햇살에, 번쩍이는, 나무는, 선명鮮明하기 동양화東洋畵일러라
흙은, 아낙네를 감은, 천아융天鵝絨[5] 허리띠같이도, 따습어라

무거워가는 나비 나래는, 드물고도 쇠衰하여라,
아, 멀리서 부는 피리 소린가! 하늘 바다에서, 헤엄질하다.

병들어 힘없이도 섰는 잔디풀 — 나뭇가지로
미풍의 한숨은, 가는[細] 목을 메고, 껄떡이어라.

참새 소리는, 제 소리의 몸짓과 함께 가볍게 놀고
온실溫室 같은 마루 끝에 누운 검은 괴[6]의 등은, 부드럽게도, 기름져라.

청춘을 잃어버린 낙엽은, 미친 듯, 나부끼어라,
서럽게도, 즐겁게, 조으름 오는 적멸寂滅이, 더부렁거리다.
사람은, 부질없이, 가슴에다, 까닭도 모르는, 그리움을 안고

---

5) 우단
6) 개

마음과 눈으론, 지나간 푸름의 인상印像을 허공에다, 그리어라.

— 〈벙어리노래〉에서, 《백조白潮》 1922. 5.

To—

—S. W. Lee

What use is poem, what use is it to say,
Only, when I would embrace thee again, never more?
Without affection, lonesomely — dangerously, spending this day.

Thou went too early in the cosmosic circulation.
Thy bequest, that thou planted in my heart deep,
Unavailingly yet croons chasing the days of glorification.

O Honey! why my rosy face paled like the moon—
and my thoughtful soul whenever look for thee?
But' twas in vain, thy country was too dark and ruin.

Only night, I build thy heavenly figure adumbral;
Upon my vision's sightful canvas,
and then, my eyes was a stormed channel.

O void forgetfulness! May I rest in thy pond deep,

and I would no more want, except one thing —

Let me sleep — without wake — let me sleep.........

— From the 〈Bereft soul〉, 《백조白潮》 1922. 5.

나의 침실寢室로

—〈가장 아름답고 오—랜 것은 오직 꿈속에만 있어라〉—〈내 말〉

〈마돈나〉 지금은 밤도, 모든 목거지에, 다니노라 피곤疲困하여 돌아가려는도다,
아, 너도, 먼동이 트기 전으로, 수밀도水蜜桃의 네 가슴에, 이슬이 맺도록 달려오너라.

〈마돈나〉 오려무나, 네 집에서 눈으로 유전遺傳하던 진주眞珠는, 다 두고 몸만 오너라,
빨리 가자, 우리는 밝음이 오면, 어딘지 모르게 숨는 두 별이어라.

〈마돈나〉 구석지고도 어둔 마음의 거리에서, 나는 두려워 떨며 기다리노라,
아, 어느덧 첫닭이 울고 — 뭇 개가 짖도다, 나의 아씨여, 너도 듣느냐.

〈마돈나〉 지난 밤이 새도록, 내 손수 닦아 둔 침실로 가자, 침실로!
낡은 달은 빠지려는데, 내 귀가 듣는 발자욱 — 오, 너의 것이냐?

〈마돈나〉 짧은 심지를 더우잡고, 눈물도 없이 하소연하는 내 마음의 촉

燭불을 봐라,
양털 같은 바람결에도 질식窒息이 되어, 얄푸른 연기로 꺼지려는도다.

〈마돈나〉 오너라 가자, 앞산 그르매[7]가, 도깨비처럼, 발도 없이 이곳 가까이 오도다,
아, 행여나, 누가 볼는지 — 가슴이 뛰누나, 나의 아씨여, 너를 부른다.

〈마돈나〉 날이 새련다, 빨리 오려무나, 사원寺院의 쇠북이, 우리를 비웃기 전에
네 손이 내 목을 안아라, 우리도 이 밤과 같이, 오랜 나라로 가고 말자.

〈마돈나〉 뉘우침과 두려움의 외나무다리 건너 있는 내 침실 열 이도 없느니!
아, 바람이 불도다, 그와 같이 가볍게 오려무나, 나의 아씨여, 네가 오느냐?

〈마돈나〉 가엾어라, 나는 미치고 말았는가, 없는 소리를 내 귀가 들음은 —,
내 몸에 피란 피 — 가슴의 샘이, 말라버린 듯, 마음과 몸이 타려는도다.

〈마돈나〉 언젠들 안 갈 수 있으랴, 갈 테면, 우리가 가자, 끄을려 가지 말고!
너는 내 말을 믿는 〈마리아〉 — 내 침실이 부활復活의 동굴洞窟임을 네야 알련만…….

7) '그림자'의 방언

〈마돈나〉 밤이 주는 꿈, 우리가 얽는 꿈, 사람이 안고 궁그는 목숨의 꿈이 다르지 않으니,

아, 어린애 가슴처럼 세월 모르는 나의 침실로 가자, 아름답고 오랜 거기로.

〈마돈나〉 별들의 웃음도 흐려지려 하고, 어둔 밤 물결도 잦아지려는도다,

아, 안개가 사라지기 전으로, 네가 와야지, 나의 아씨여, 너를 부른다.

—〈비음緋音 가운데서〉, 《백조白潮》 1923. 9.

*《상화와 고월》의 이 시편 끝에는 "註 1919년 상화 18세 때의 처녀작"이라고 쓰여 있다.

이중二重의 사망死亡

— 가서 못 오는 박태원朴泰元[8]의 애틋한 영혼에게 바침

죽음일다!
성난 해가, 이빨을 갈고
입술은, 붉으락푸르락, 소리 없이 훌쩍이며,
유린蹂躪받은 계집같이 검은 무릎에, 곤두치고, 죽음일다!

만종晩鍾의 소리에 마구를 그리워 우는 소 —
피난민避難民의 마음으로 보금자리를 찾는 새 —
다 — 검은 농무濃霧[9]의 속으로, 매장埋葬이 되고,
대지大地는 침묵沈黙한 뭉텅이 구름과, 같이 되다!

〈아, 길 잃은, 어린 양아, 어디로, 가려느냐
아, 어미 잃은, 새새끼야, 어디로, 가려느냐〉
비극悲劇의 서곡序曲을 리프레인[10] 하듯

8) 이상화의 고향 친구로서 대구 계성학교 출신이다. 훗날 유명한 작곡가가 된 박태준의 형으로 당시 서울 악단에서 활동했던 성악가이다. 이상화는 박태원의 하숙집에서 젊은 날 기거하였다.
9) 자욱하게 낀 짙은 안개
10) 후렴

허공虛空을 지나는, 숨결이 말하더라.

아, 도적놈의 죽일 숨, 쉬듯한, 미풍微風에 부딪쳐도,
설움의 실패꾸리를, 풀기 쉬운, 나의 마음은,
하늘 끝과, 지평선地平線이, 어둔 비밀실秘密室에서, 입맞추다,
죽은 듯한 그 벌판을, 지나려 할 때, 누가 알랴,
어여쁜 계집의, 씹는 말과 같이,
제 혼자, 지즐대며, 어둠에 끓는 여울은, 다시 고요히,
농무濃霧에 휩싸여, 맥脈 풀린 내 눈에서, 껄떡이다.

바람결을, 안으려 나부끼는, 거미줄같이,
헛웃음 웃는, 미친 계집의 머리털로 묶은 —
아, 이 내 신령의, 낡은 거문고줄은,
청철靑鐵의 옛 성문城門으로 닫힌 듯한, 얼빠진 내 귀를 뚫고,
울어들다 — 울어들다 — 울다는, 다시 웃다 —
악마惡魔가, 야호野虎같이, 춤추는 깊은 밤에,
물방앗간의 풍차風車가, 미친 듯, 돌며,
곰팡 슬은 성대聲帶로 목 메인 노래를 하듯……!

저녁 바다의, 끝도 없이 몽롱朦朧한 머—ㄴ 길을,
운명運命의 악지바른 손에 끄을려, 나는 방황해가는도다,
남풍嵐風[11]에, 돛대 꺾인 목선木船과 같이, 나는 방황해가는도다.
아, 인생의 쓴 향연饗宴에, 불림 받은 나는, 젊은 환몽幻夢의 속에서,
청상靑孀의 마음 위와 같이, 적막한 빛의 음지陰地에서,

11) 큰 바람

구차柩車를 따르며 장식葬式의 애곡哀曲을 듣는 호상객護喪客처럼 —
털 빠지고 힘없는 개의 목을 나도 드리고,
나는, 넘어지다 — 나는, 거꾸러지다!

죽음일다!
부드럽게 뛰놀던, 나의 가슴이,
주린 빈랑牝狼[12]의 미친 발톱에, 찢어지고,
아우성치는 거친 어금니에, 깨물려 죽음일다!

— 〈비음緋音 가운데서〉, 《백조白潮》 1923. 9.

12) 승냥이의 암컷

마음의 꽃

— 청춘에 상뇌傷惱 되신 동무를 위하여

오늘을 넘어선 가리지 말라!
슬픔이든, 기쁨이든, 무엇이든,
오는 때를 보려는 미리의 근심도 —.

아, 침묵沈黙을 품은 사람아, 목을 열어라,
우리는, 아무래도 가고는 말 나그넬러라,
젊음의 어둔 온천溫泉에 입을 적셔라.

춤추어라, 오늘만의 젖가슴에서,
사람아, 앞뒤로 헤매지 말고
짓태워버려라!
끄슬려버려라!
오늘의 생명은 오늘의 끝까지만 —

아, 밤이 어두워오도다,
사람은 헛것일러라,
때는 지나가다

울음의 먼 길 가는 모르는 사이로 —

우리의 가슴 복판에 숨어 사는
열푸른 마음의 꽃아 피어버리라,
우리는 오늘을 지리며, 먼 길 가는 나그넬러라.

— 〈비음緋音 가운데서〉, 《백조白潮》 1923. 9.

독백獨白

나는 살련다 나는 살련다
바른 맘으로 살지 못하면 미쳐서도
살고 말련다
남의 입에서 세상의 입에서
사람 영혼의 목숨까지 끊으려는
비웃음의 쌀이
내 송장의 불쌍스런 그 꼴 위로
소낙비같이 내려쏟을지라도 —
짓퍼불지라도
나는 살련다 내 뜻대로 살련다
그래도 살 수 없다면—
나는 제 목숨이 아까운 줄 모르는
벙어리의 붉은 울음 속에서라도
살고는 말련다
원한怨恨이란 이름도 얼굴도 모르는
장마진 냇물의 여울 속에 빠져서
나는 살련다

게서 팔과 다리를 허둥거리고
부끄럼 없이 몸살을 쳐보다
죽으면 — 죽으면 — 죽어서라도
살고는 말련다

— 〈동아일보東亞日報〉 1923. 9. 17.陰

허무교도虛無敎徒의 찬송가

오를지어다, 있다는 너희들의 천국으로 —
내려보내라, 있다는 너희들의 지옥으로 —
나는 하느님과 운명運命에게 사로잡힌 세상을 떠난,
네들의 보지 못할 먼—ㄴ 길 가는 나그네일다!

죽음을 가진 뭇떼여! 나를 따르라!
너희들의 청춘도 새 송장의 눈알처럼 쉬, 꺼지리라,
아! 모든 신명神明이여, 사기사詐欺師들이여, 자취를 감추라,
허무를 깨달은, 그때의 칼날이 네게로 가리라.

나는 만상萬象을 가리운 가장假裝[13] 너머를 보았다,
다시 나는, 이 세상의 비부秘符[14]를, 혼자 보았다,
그는 이 땅을 만들고, 인생을 처음으로 만든 미지의 요정이, 저에게 반역할까 하는 어리석은 뜻으로
〈모든 것이 헛것이다〉 적어둔 그 비부秘符를,

13) 거짓꾸밈
14) 비밀스러운 증거

아! 세상에 있는 무리여! 나를 믿어라,
나를 따르지 않거든, 속 썩은 너희들의 사랑을 가져가거라,
나는 이 세상에서 빌어 입는 〈숨키는 옷〉을 벗고,
내 집 가는 어렴풋한 직선直線의 위를 이제야 가렴이다.

사람아! 목숨과 행복이 모르는 세 나라에만 있도다,
세상은 죄악을 뉘우치는 마당이니
게서 얻은 모—든 것은 목숨과 함께 던져버리라,
그때야, 우리를 기다리던 우리 목숨이 참으로 오리라.

— 〈비음緋音 가운데서〉, 《개벽開闢》 1924. 12.

방문 거절訪問拒絶

아 내 맘의 잠근 문을, 두드리는 이여, 네가 누냐? 이 어둔 밤에
〈영예榮譽!〉
방두깨 살자는 영예榮譽여! 너거든 오지 말아라
나는 네게서 오직 가엾은 선웃음을 볼 뿐이로라.

아 벙어리 입으로 문만 두드리는 이여, 너는 누냐? 어 어둔 밤에
〈생명生命!〉
도깨비 노래하자는 목숨아, 너는 돌아가거라,
네가 주는 것 다만 내 가슴을 썩힌 곰팡뿐일러라.

아 아직도 문을 두드리는 이여 — 이 어둔 밤에
〈애련愛戀!〉
불놀이하자는 사랑아, 너거든 와서 낚아가거라
내겐 너 줄, 오직 네 병病든 몸속에, 누운 넋뿐이로라.

— 〈욕념慾念〉 가운데서, 《개벽開闢》 1924. 12.

지반 정경池畔 靜景

— 파계사 용소把溪寺 龍沼에서

능수버들의 거듭 포개인 잎 사이에서,
해는 주등색朱橙色의 따사로운 웃음을 던지고,
깜푸르게 몸꼴 꾸민, 저편에선
남모르게 하는, 바람의 군소리 — 가만히 오다.

나는 아무 빛갈래도 없는 욕망慾望과 기원祈願으로
어디인지도 모르는 생각의 바다 속에다,
원무圓舞 추는 영혼을 뜻대로 보내며,
여름 우수憂愁에 잠긴 풀 사이 길을 오만傲慢스럽게 밟고 간다.

우거진 나무 밑에 넋 빠진 옛 몸은
속마음 깊게 — 고요롭게 — 미끄러우며
생각에 겨운 눈물과 같이
이름도 얼굴도 모르는 빈 꿈을 얽매더라.

물 위로 죽은 듯 엎디어 있는
끝도 없이 열푸른 하늘의 영원성永遠性 품은 빛이,

그리는 애인을 뜻밖에 만난 미친 마음으로,
내 가슴에 나도 몰래 숨었던 나라와 어우러지다.

나의 넋은 바람결의 구름보다도 연약하여라
잠자리와 제비 뒤를 따라, 가볍게 돌며
별나라로 오르다 — 갑자기 흙 속으로 기어들고
다시는, 해묵은 낙엽과 고목古木의 거미줄과도 헤매이노라,

저문 저녁에, 쫓겨난 쇠북소리 하늘 너머로 사라지고, 이날의 마지막 놀이로, 어린 고기들 물놀이 칠 때
내 머리 속에서 단잠 깬 기억은, 새로이, 이곳 온 까닭을 생각하노라,
이 못이 세상 같고, 내 한 몸이 모든 사람 같기도 하다!
아 너그럽게도 숨막히는 그윽일러라, 고요로운 설움일러라.

— 〈벙어리노래〉에서, 《개벽開闢》 1924. 12.

비음緋音[15)]

— 〈비음緋音〉의 서사序詞

이 세기世紀를 물고 너흐는[16)], 어둔 밤에서
다시 어둠을 꿈꾸노라 조으는 조선의 밤 —
망각忘却 뭉텅이 같은, 이 밤 속으론
햇살이 비추어오지도 못하고
하느님의 말씀이, 배부른 군소리로 들리노라

낮에도 밤 — 밤에도 밤 —
그 밤의 어둠에서 스며난, 뒤지기[17)] 같은 신령은
광명光明의 목거지란 이름도 모르고
술 취한 장님이 먼—ㄴ 길을 가듯
비틀거리는 자욱엔, 핏물이 흐른다!

---

15) 상화의 많은 작품은 일종의 연작連作 형식으로 씌어졌고, 부제副題가 작품마다 붙어 있어 같은 시기에 창작되어 발표만 따로 된 것임을 짐작케 한다. 따라서 그의 첫 작품은 〈말세末世의 희탄欷嘆〉이지만 그 부제가 '비음緋音 가운데서'로 되어 있기 때문에, '비음緋音의 서사序詞'라는 부제가 붙은 이 작품도 같은 시기에 씌어졌을 것이라 추정할 수 있다.

16) 물고 늘어지는

17) '두더지'의 방언

— 단장오편斷章五篇[18], 《개벽開闢》 1925. 1.

---

18) '단장오편斷章五篇'이라는 큰 제목 아래 〈비음緋音〉, 〈가장 비통悲痛한 기욕祈慾〉, 〈빈촌貧村의 밤〉, 〈조소嘲笑〉, 〈어머니의 웃음〉이 함께 실려 있다. 이 책에서는 각각의 작품을 따로 보아 순서대로 배치하였다.

가장 비통悲痛한 기욕祈慾

— 간도間島 이민移民을 보고

아, 가도다, 가도다, 쫓겨가도다
잊음 속에 있는 간도와 요동遼東벌로
주린 목숨 움켜쥐고, 쫓겨가도다
진흙을 밥으로, 햇채를 마셔도
마구나, 가졌더면, 단잠은 얽맬 것을 —
사람을 만든 검아, 하루 일찍
차라리 주린 목숨 뺏어가거라!

아, 사노라, 사노라, 취해 사노라
자포自暴 속에 있는 서울과 시골로
멍든 목숨 행여 갈까, 취해 사노라
어둔 밤 말없는 돌을 안고서
피울음을 울더면, 설움은 풀릴 것을 —
사람을 만든 검아, 하루 일찍
차라리 취한 목숨, 죽여버려라!

— 〈빼앗긴 혼魂〉 가운데서, 《개벽開闢》 1925. 1.

빈촌貧村의 밤

봉창 구멍으로
나려 — ㄴ하여 조으노라
깜작이는 호롱불 —
햇빛을 꺼리는 늙은 눈알처럼
세상 밖에서 앓는다, 앓는다.

아, 나의 마음은,
사람이란 이렇게도,
광명光明을 그리는가 —
담조차 못 가진 거적문 앞에를,
이르러 들으니, 울음이, 돌더라.

— 〈둔찬遁竄[19]의 선물〉 가운데서, 《개벽開闢》 1925. 1.

---

19) 도망하여 숨음.

조소嘲笑

두터운 이불을,
포개 덮어도,
아직 추운,
이 겨울밤에,
언 길을, 밟고 가는
장돌림, 봇짐장수,
재 넘어 마을,
저자 보려,
중얼거리며
헐떡이는 숨결이
아—
나를 보고, 나를
비웃으며 지난다.

—〈둔찬遁竄의 선물〉 가운데서, 《개벽開闢》 1925. 1.

어머니의 웃음

날이 맞도록
온 데로 헤매노라—
나련한 몸으로도
시들픈 맘으로도
어둔 부엌에,
밥 짓는 어머니의
나보고 웃는 빙그레 웃음!

내 어려 젖 먹을 때
무릎 위에다,
나를 고이 안고서
늙음조차 모르던
그 웃음을 아직도
보는가 하니
외로움의 조금이
사라지고, 거기서

가는 기쁨이 비로소 온다

— 〈벙어리노래〉에서, 《개벽開闢》 1925. 1.

이별離別을 하느니 …… 구고舊稿

어찌면 너와 나 떠나야겠으며 아무래도 우리는 나눠야겠느냐?
남몰래 사랑하는 우리 사이에 우리 몰래 이별이 올 줄은 몰랐어라.

꼭두로 오르는 정열에 가슴과 입술이 떨어 말보다 숨결조차 못 쉬노라.
오늘 밤 우리 둘의 목숨이 꿈결같이 보일 애타는 네 맘속을 내 어이 모르랴.

애인愛人아 하늘을 보아라 하늘이 까라졌고 땅을 보아라 땅이 꺼졌도다
애인아 내 몸이 어제같이 보이고 네 몸도 아직 살아서 내 곁에 앉았느냐?

어찌면 너와 나 떠나야겠으며 아무래도 우리는 나눠야겠느냐,
우리 둘이 나눠어 생각고 사느니 차라리 바라보며 우는 별이나 되자!

사랑은 흘러가는 마음 위에서 웃고 있는 가비어운 갈대꽃인가.

때가 오면 꽃송이는 고라지며[20] 때가 가면 떨어졌다 썩고 마는가.

님의 기림에서만 믿음을 얻고 님의 미움에서는 외롬만 받을 너이었더냐.
행복을 찾아선 비웃음도 모르는 인간이면서 이 고행苦行을 싫어할 나이었더냐.

애인아 물에다 물탄 듯 서로의 사이에 경계境界가 없던 우리 마음 위로
애인아 검은 그르매가 오르락내리락 소리도 없이 어른거리도다.

남몰래 사랑하는 우리 사이에 우리 몰래 이별이 올 줄은 몰랐어라.
우리 둘이 나뉘어 사람이 되느니 차라리 피울음 우는 두견杜鵑이나 되자!

오려무나 더 가까이 내 가슴을 안으라 두 마음 한 가락으로 얼어보고 싶다.
자그마한 부끄럼과 서로 아는 믿음 사이로 눈감고 오는 방임放任을 맞이하자.

아 주름잡힌 네 얼굴 — 이별이 주는 애통哀痛이냐 이별은 쫓고 내게로 오너라.
상아象牙의 십자가 같은 네 허리만 더우잡는 내 팔 안으로 달려만 오너라.

20) 《상화와 고월》에서는 '고아지며'로 쓰고 있다. 문맥으로 보아 '고와지며' 정도의 뜻으로 보인다.

애인아 손을 다고 어둠 속에도 보이는 납색蠟色의 손을 내 손에 쥐여다고.
애인아 말해다고 벙어리 입이 말하는 침묵의 말을 내 눈에 일러다고.

어찌면 너와 나 떠나야겠으며 아무래도 우리는 나눠야겠느냐?
우리 둘이 나뉘어 미치고 마느니 차라리 바다에 빠져 두 마리 인어人魚로나 되어서 살자!

— 〈순정유혹殉情誘惑〉에서, 《조선문단朝鮮文壇》 1925. 3.

폭풍우暴風雨를 기다리는 마음

오랜 오랜 옛적부터
아 몇백百 년 몇천千 년 옛적부터
호미와 가래에게 등심살을 벗기우고
감자와 기장에게 속기름을 빼앗기인
산촌山村의 뼈만 남은 땅바닥 위에서
아직도 사람은 수확收穫을 바라고 있다.

게으름을 빚어내는 이 늦은 봄날
〈나는 이렇게도 시달렸노라……〉
돌멩이를 내보이는 논과 밭 —
거기서 조으는 듯 호미질 하는
농사짓는 사람의 목숨을 나는 본다.

마음도 입도 없는 흙인 줄 알면서
얼마라도 더 달라고 정성껏 뒤지는
그들의 가슴엔 저주를 받을
숙명宿命이 주는 자족自足이 아직도 있다

자족自足이 시킨 굴종屈從이 아직도 있다.

하늘에도 게으른 흰구름이 돌고
땅에서도 고달픈 침묵沈默이 까라진
오 — 이런 날 이런 때에는
이 땅과 내 마음의 우울憂鬱을 부술
동해에서 폭풍우暴風雨나 쏟아져라 — 빈다.

— 〈둔찬遁竄의 선물〉에서, 《개벽開闢》 1925. 3.

바다의 노래

— 나의 넋, 물결과 어우러져 동해의 마음을 가져온 노래

내게로 오너라 사람아 내게로 오너라
병든 어린애의 헛소리와 같은
묵은 철리哲理와 낡은 성교聖敎는 다 잊어버리고
애통哀痛을 안은 채 내게로만 오너라.

하느님을 비웃을 자유가 여기 있고
늙어지지 않는 청춘도 여기 있다
눈물 젖은 세상을 버리고 웃는 내게로 와서
아 생명이 변동變動에만 있음을 깨쳐보아라

— 〈둔찬遁竄의 선물〉에서, 《개벽開闢》 1925. 3.

극단極端

펄떡이는 내 신령이 몸부림치며
어제 오늘 몇 번이나 발버둥질하다
쉬지 않는 〈타임〉은 내 울음 뒤로
흐르도다 흐르도다 날 죽이려 흐르도다.

별빛이 달음질하는 그 사이로
나뭇가지 끝을 바람이 무찌를 때
귀뚜라미 왜 우는가 말없는 하늘을 보고?
이렇게도 세상은 야밤에 있어라.

지난해 지난날은 그 꿈속에서
나도 몰래 그렇게 지나왔도다
땅은 내가 디딘 땅은 몇 번 궁구려
아 이런 눈물 골짝에 날 던졌도다.

나는 몰랐노라 안일安逸한 세상이 자족自足에 있음을
나는 몰랐노라 행복幸福된 목숨이 굴종屈從에 있음을

그러나 새 길을 찾고 그 길을 가다가
거리에서도 죽으려는 내 신령은 너무도 외로워라.

자족自足 굴종屈從에서 내 길을 찾기보다
남의 목숨에서 내 사리를 얽매기보다
오 차라리 죽음 — 죽음이 내 길이노라
다른 나라 새 사리로 들어갈 그 죽음이!

그러나 이 길을 밟기까지는
아 그날 그때가 가장 괴롭도다
아직도 남은 애닯음이 있으려니
그를 생각는 그때가 쓰리고 아프다.

가서는 오지 못할 이 목숨으로
언제든지 헛웃음 속에만 살려거든
검아 나의 신령을 돌멩이로 만들어다고
개천 바닥에 썩고 있는 돌멩이로 만들어다고.

— 〈구고이장舊稿二章〉에서, 《개벽開闢》 1925. 5.

선구자先驅者의 노래

나는 남 보기에 미친 사람이란다
마는 내 알기엔 참된 사람이노라.

나를 아니꼽게 여길 이 세상에는
살려는 사람이 많기도 하여라.

오 두려워라 부끄러워라
그들의 꽃다운 사리가 눈에 보인다.

행여나 내 목숨이 있기 때문에
그 살림을 못 살까 — 아 죄롭다.

내가 알음이 적은가 모름이 많은가
내가 너무나 어리석은가 슬기로운가.

아무래도 내 하고저움은 미친 짓뿐이라
남의 꿀 듣는 집을 문흘지 나도 모른다.

사람아 미친 내 뒤를 따라만 오너라
나는 미친 흥에 겨워 죽음도 뵈줄 테다.

— 〈구고이장舊稿二章〉에서, 《개벽開闢》 1925. 5.

구루마꾼[21)]

〈날마다 하는 남 부끄런 이 짓을
너희들은 예사롭게 보느냐?〉고
웃통도 벗은 구루마꾼이
눈 붉혀 뜬 얼굴에 땀을 흘리며
아낙네의 아픔도 가리지 않고
네거리 위에서 소 흉내를 낸다.

— 〈가상街相〉에서, 《개벽開闢》 1925. 6.

21) '가상街相'이라는 큰 제목 아래 〈구루마꾼〉, 〈엿장사〉, 〈거러지〉가 함께 실려 있다. 이 책에서는 각각의 작품을 따로 보아 순서대로 배치하였다.

엿장사

네가 주는 것이 무엇인가?
어린애게도 늙은이게도
짐승보다는 신령하단 사람에게
단맛 뵈는 엿만이 아니다
단맛 넘어 그 맛을 아는 맘
아무라도 가졌느니 잊지 말라고
큰 가새[22]로 목탁 치는 네가
주는 것이란 어째 엿뿐이랴!

— 〈가상街相〉에서, 《개벽開闢》 1925. 6.

22) '가위'의 방언

거러지

아침과 저녁에만 보이는 거러지야!
이렇게도 완악하게 된 세상을
다시 더 가엾게 여겨 무엇하랴 나오너라.

하느님 아들들의 죄록罪錄인 거러지야!
그들은 벼락 맞을 저들을 가엾게 여겨
한낮에도 움 속에 숨어주는 네 맘을 모른다 나오너라.

— 〈가상街相〉에서, 《개벽開闢》 1925. 6.

금강송가金剛頌歌(散文詩)

— 중향성衆香城 향나무를 더우잡고

금강金剛! 너는 보고 있도다 — 너의 정위淨偉로운 목숨이 엎디어 있는 가슴 — 중향성 품속에서 생각의 용솟음에 끄을려 참회懺悔하는 벙어리처럼 침묵의 예배禮拜만 하는 나를!

금강! 아, 조선朝鮮이란 이름과 얼마나 융화融化된 네 이름이냐. 이 표현의 배경 의식意識은 오직 마음의 눈으로만 읽을 수 있도다. 모—든 것이 어둠에 질식되었다가 웃으면 놀라 깨는 서색曙色의 영화榮華와 여일麗日의 신수新粹를 묘사描寫함에서 — 게서 비로소 열정과 미美의 원천源泉인 청춘 — 광명과 지혜의 자모慈母인 자유 — 생명과 영원의 고향인 묵동默動을 볼 수 있으니 조선이란 지오의指奧義가 여기 숨었고 금강이란 너는 이 오의奧義의 집중 통각集中統覺에서 상징화象徵化한 존재이어라.

금강! 나는 꿈속에서 몇 번이나 보았노라 자연 가운데의 한 성전聖殿인 너를 — 나는 눈으로도 몇 번이나 보았노라 시인의 노래에서 또는 그림에서 너를 — 하나, 오늘에야 나의 눈앞에 솟아 있는 것은 조선의 정령精靈이 공간으론 우주 마음에 촉각觸角이 되고 시간으론 무한의 마음에 영상映像이 되어 경이驚異의 창조로 현현顯現된 너의 실체實體이어라.

금강! 너는 너의 관미寬美로운 미소로써 나를 보고 있는 듯 나의 가슴엔 말래야 말 수 없는 야릇한 친애親愛와 까닭도 모르는 경건한 감사感謝로 언젠지 어느덧 채워지고 채워져 넘치도다. 어제까지 어둔 사리에 울음을 우노라 — 때 아닌 늙음에 쭈그러진 나의 가슴이 너의 자안慈顔과 너의 애무愛撫로 다리미질한 듯 자그마한 주름조차 볼 수 없도다.

금강! 벌거벗은 조선 — 물이 마른 조선에도 자연의 은총이 별달리 있음을 보고 애틋한 생각 — 보배로운 생각으로 입술이 달거라 — 노래 부르노라.

금강! 오늘의 역사가 보인 바와 같이 조선이 죽었고 석가가 죽었고 지장地藏 미륵彌勒 모든 보살菩薩이 죽었다. 그러나 우주 생성의 노정路程을 밟노라 — 때로 변화되는 이 과도過渡 현상을 보고 묵은 그 시절의 조선의 얼굴을 찾을 수 없어 조선이란 그 생성 전체가 죽고 말았다 — 어리석은 말을 못하리라. 없어진 것이란 다만 묵은 조선이 죽었고 묵은 조선의 사람이 죽었고 묵은 네 목숨에서 곁방살이하던 인도印度의 모든 신상神像이 죽었을 따름이다, 항구恒久한 청춘 — 무한의 자유 — 조선의 생명이 종합된 너의 존재는 영원한 자연과 미래의 조선과 함께 길이 누릴 것이다.

금강! 너는 사천여 년의 오랜 옛적부터 퍼붓는 빗발과 몰아치는 바람에 갖은 위협을 받으면서 황량하다 오는 이조차 없던 강원江原의 적막 속에서 망각忘却 속에 있는 듯한 고독의 설움을 오직 동해의 푸른 노래와 마주 읊조려 잊어버림으로 서러운 자족自足을 하지 않고 도리어 그 고독으로 너의 정열을 더욱 가다듬었으며 너의 생명을 갑절 북돋우었도다.

금강! 하루 일찍 너를 못 찾은 나의 게으름 — 나의 둔각鈍覺이 얼마만치나 부끄러워, 죄로워 붉은 얼굴로 너를 바라보지 못하고 벙어리 입으로 너를 바로 읊조리지 못하노라.

금강! 너는 완미頑迷한 물物도 허환虛幻한 정精도 아닌 — 물物과 정精의 혼융체混融體 그것이며, 허수아비의 정靜도 미쳐 다니는 동動도 아닌 — 정靜과 동動의 화해기和諧氣 그것이다. 너의 자신自身이야말로 천변만화千變萬化의 영혜靈慧 가득찬 계시啓示어어라. 억대조겁億代兆劫의 원각圓覺 덩어리인 시편詩篇이어라. 만물상萬物相이 너의 혼융에서 난 예지睿知가 아니냐 만폭동萬瀑洞이 너의 화해和諧에서 난 선율旋律이 아니냐. 하늘을 어루만질 수 있는 곤로昆盧 — 미륵彌勒이 네 생명의 승앙昇昻을 쏘이며 바다 밑까지 꿰뚫은 팔담八潭, 구룡九龍이 네 생명의 침삼深滲을 말하도다.

금강! 아 너 같은 극치의 미美가 꼭 조선에 있게 되었음이 야릇한 기적이고 자그마한 내 생명이 어찌 네 애훈愛熏을 받잡게 되었음이 못 잊을 기적이다. 너를 예배하러 온 이 가운데는 시인도 있었으며 도사道師도 있었다. 그러나 그 시인들은 네 외포미外包美의 반쯤도 부르지 못하였고 그 도사들은 네 내재상內在想의 첫길에 헤매다가 말았다.

금강! 조선이 너를 뫼신 자랑 — 네가 조선에 있는 자랑 — 자연이 너를 놓은 자랑 — 이 모든 자랑을 속 깊이 깨치고 그를 깨친 때의 경이 속에서 집을 얽매고 노래를 부를 보배로운 한 정령精靈이 미래의 조선에서 나오리라, 나오리라.

금강! 이제 내게는 너를 읊조릴 말씨가 적어졌고 너를 기려줄 가락이 거칠어져 다만 내 가슴 속에 있는 눈으로 내 마음의 발자욱 소리를 내 귀가 헤아려 듣지 못할 처럼 — 나는 고요로운 황홀 속에서 — 할아버지의 무릎 위에 앉은 손자와 같이 예절과 자중自重을 못 차릴 네 웃음에 황홀 속에서 — 나의 생명 너의 생명 조선의 생명이 서로 묵계黙契되었음을 보았노라 노래를 부르며 가벼우나마 이로써 사례를 아뢰노라. 아 자연의 성전이여! 조선의 영대靈臺여!

—《여명黎明》 1925. 6.

청량 세계清凉世界

아침이다.

여름이 웃는다. 한 해 가운데서 가장 힘차게 사는 답게 사노라고 꽃불 같은 그 얼굴로 선잠 깬 눈들을 부시게 하면서 조선이란 나라에도 여름이 웃는다.

오 사람아! 변화를 따르기엔 우리의 촉각觸角이 너무도 둔하고 약함을 모르고 사라지기만 하고 있다.

그러나 자연은 지혜를 보여주며 건강을 돌려주려 이 계절로 전신轉身을 했어도 다시 온 줄을 이제야 알 때다.

꽃 봐라 꽃 봐라 떠들던 소리가 잠결에 들은 듯이 흐려져 버리고 숨가쁜 이 더위에 떡갈잎 잔디풀이 까지끗지 터졌다.

오래지 않아서 찬이슬이 내리면 빛살에 다 쬐인 능금과 벼알에 배부른 단물이 빙그레 돌면서 그들의 생명은 완성이 될 것이다.

열정의 세례를 받지도 않고서 자연의 성과만 기다리는 신령아! 진리를 따라가는 한 갈래 길이라고 자랑삼아 안고 있는 너희들의 그 이지理知는 자연의 지혜에서 캐온 것이 아니라 인생의 범주範疇를 축제縮製함으로써 자멸적自滅的 자족自足에서 긁어모은 망상妄想이니 그것은 진眞도 아니요 선善도 아니며 더우든 미美도 아니요 다만 사악邪惡이 생명의 탈을 쓴 것뿐임을 여기서도 짐작을 할 수 있다.

아 한낮이다.

이마 위로 내려쪼이는 백금白金실 같은 날카로운 광선이 머리가닥마다를 타고 골속으로 스며들며 마음을 흔든다 마음을 흔든다 — 나뭇잎도 번쩍이고 바람결도 번쩍이고 구름조차 번쩍이나 사람만 홀로 번쩍이지 않는다고 —.

언젠가 우리가 자연의 계시에 충동이 되어서 인생의 의식意識을 실현한 적이 조선의 기억에 있느냐 없느냐? 두더지같이 살아온 우리다. 미적지근한 빛에서는 건강健康을 받기보담 권태증倦怠症을 얻게 되며 잇대인 멸망滅亡으로 나도 몰래 넘어진다.

살려는 신령들아! 살려는 네 심원心願도 나무같이 뿌리 깊게 땅 속으로 얽어매고 오늘 죽고 말지언정 자연과의 큰 조화에 나누이지 말아야만 비로소 내 생명을 가졌다고 할 것이다.

저녁이다.

여름이 성내었다 여름이 성내었다. 하늘을 보아라 험상스런 구름떼가 빈틈없이 덮여 있고 땅을 보아라 분념忿念이 꼭두로 오를 때처럼 주먹 같은 눈물이 함박으로 퍼붓는다.

까닭 몰래 감흥이 되고 답답하게 무더우나 가슴 속에 물기가 돌며 마음이 반가웁다. 오 얼마나 통쾌하고 장황張皇한 경면景面인가!

강둑이 무너질지 땅바닥이 갈라질지 의심과 주저도 할 줄 모르고 귀청

이 찢어지게 소리를 치면서 최시最始와 최종最終만 회복恢復해보려는 막지 못할 그 일념一念을 번갯불이 선언한다.

아, 이때를 반길 이가 어느 누가 아니랴마는 자신自身과 경물景物에 분존分存된 한 의식意識을 동화同化시킬 그 생명도 조선아 가졌느냐? 자연의 열정인 여름의 변화를 보고 불쌍하게 무서워만 하는 마음이 약한 자와 죄과罪過를 가진 자여 사악邪惡에 추종을 하던 네 행위의 징벌懲罰을 이제야 알아라.

그러나 네 마음에 뉘우친 생명이 굽이를 치거든 망령되게 절망을 달고 저—편 하늘을 바라다보아라. 검은 구름 사이에 흰구름이 보이고 그 너머 저녁놀이 돌지를 않느냐?

오늘밤이 아니면 새는 아침부터는 아마도 이 비가 개이곤 말 것이다.

아, 자연은 이렇게도 언제든지 시일時日을 준다.

—《여명黎明》 1925. 6.

오늘의 노래

나의 신령!
우울憂鬱을 헤칠 그날이 왔다!
나의 목숨아!
발악을 해볼 그때가 왔다.

사천 년이란 오랜 동안에
오늘의 이 아픈 권태 말고도 받은 것이 있다면 그게 무엇이랴,
시기猜忌에서 난 분열分裂과 게서 얻은 치욕恥辱이나 열정을 죽였고
새로 살아날 힘조차 뜯어먹으려는 —
관성慣性이란 해골骸骨의 떼가 밤낮으로 도깨비 춤추는 것뿐이 아니냐?
아 — 문둥이의 송장 뼉다귀보다도 더 더럽고
독사의 삭은 등성이뼈보다도 더 무서운 이 해골을
태워버리자! 태워버리자!

부끄러워라 제 입으로도 거룩하다 자랑하는 나의 몸은
안을 수 없는 이 괴롬을 피하려 잊으려
선웃음치고 하품만 몇 해째 속에서 조을고 있다.

그러나 아직도 —
쉴 사이 없이 옮아가는 자연의 변화가 내 눈에 내 눈에 보이고
〈죽지도 살지도 않는 너는 생명이 아니다〉란 내 맘의 비웃음까지 들린다 들린다.
아 서리 맞은 배암과 같은 이 목숨이나마 끊어지기 전에
입김을 불어넣자 핏물을 들여보자.

묵은 옛날은 돌아보지 말려 기억을 무찔러버리고
또 하루 못 살면서 먼 앞날을 좇아가려는 공상空想도 말아야겠다.
게으름이 빚어낸 조으름 속에서 나올 것이란 죄 많을 잠꼬대뿐이니
오랜 병으로 혼백魂魄을 잃은 나에게 무슨 놀라움이 되랴.
애닯은 멸망滅亡의 해골이 되려는 나에게 무슨 영약靈藥이 되랴.
아 오직 오늘의 하루로부터 먼저 살아나야겠다
그리하여 이 하루에서만 영원을 잡아쥐고 이 하루에서 세기世紀를 헤아리려
권태를 부수자! 관성을 죽이자!

나의 신령아!
우울憂鬱을 헤칠 그날이 왔다.
나의 목숨아!
발악을 해볼 그때가 왔다.

—《개벽開闢》 1925. 7.

몽환병夢幻病(散文詩)
— 1921작作

목적도 없는 동경憧憬에서 명정[23]酩酊하던 하루이었다.
어느 날 한낮에 나는 나의 〈에덴〉이라는 솔숲 속에 그날도
고요히 생각에 까무러지면서 누워 있었다.
잠도 아니요 죽음도 아닌 침울이 쏟아지며 그 뒤를 이어선 신비로운 변화가 나의 심령 위로 덮쳐왔다.

나의 생각은 넓은 벌판에서 깊은 구렁으로 — 다시 아침 광명이 춤추는 절정으로 — 또다시 끝도 없는 검은 바다에서 낯서—ㄴ 산 피안彼岸으로 — 구름과 저녁놀이 흐느끼는 그 피안에서 두려움 없는 주저躊躇에 나른하여 눈을 감고 주저앉았다.
오래지 않아 내 마음의 길바닥 위로 어떤 검은 안개 같은 요정이 소리도 없이 오만한 보조步調로 무엇을 찾는 듯이 돌아다녔다 그는 모두 검은 의상衣裳을 입었는가 — 한 억촉憶觸이 나기도 하였다. 그때 나의 몸은 갑자기 열병 든 이의 숨결을 지었다 온몸에 있던 맥박이 한꺼번에 몰려 가슴을 부술 듯이 뛰놀았다.

---

23) 정신을 차리지 못할 정도로 술에 취함.

그리하자 보고저워 번갯불같이 일어나는 생각으로 두 눈을 부비면서 그를 보려 하였으나 아 — 그는 누군지 — 무엇인지 — 형적形跡조차 언제 있었더냐 하는 듯이 사라져버렸다. 애닯게도 사라져버렸다.

다만 나의 기억에는 얼굴에까지 흑색 면사面紗를 쓴 것과 그 면사 너머에서 햇살 쪼인 석탄石炭과 같은 눈알 두 개의 깜작이던 것뿐이었다.

아무리 보고자 하여도 구름 덮인 겨울과 같은 유장帷帳이 안계眼界로 전개될 뿐이었다 발자욱 소리나 옷자락 소리조차도 남기지 않았다.

갈피도 — 까닭도 못 잡을 그리움이 내 몸 안과 밖 어느 모퉁이에서나 그칠 줄 모르는 눈물과 같이 흘러내렸다 흘러내렸다

숨가쁜 그리움이었다 — 못 참을 것이었다.

아! 요정은 전설과 같이 갑자기 현현現顯하였다 그는 하얀 의상을 입었다 그는 우상과 같이 방그레 웃을 뿐이었다 보얀 얼굴에 — 새까만 눈으로 연붉은 입술로 — 소리도 없이 웃을 뿐이었다 나는 청맹과니 모양으로 바라보았다 — 들여다보았다.

오! 그 얼굴이었다 — 그의 얼굴이었다 — 잊혀지지 않는 그의 얼굴이었다 내가 항상 만들어보던 것이었다.

목이 메이고 청이 잠겨서 가슴 속에 끓는 마음이 말이 되어 나오지 못하고 불김 같은 숨결이 켜질 뿐이었다 손도 들리지 않고 발도 떨어지지 않고 가슴 위에 쌓인 바윗돌을 떼밀려고 애쓸 뿐이었다.

그는 검은 머리를 허트리고 한 걸음 — 한 걸음 — 걸어왔다 나는 놀라운 생각으로 자세히 보았다 그의 발이 나를 향하고 그의 눈이 나를 부르고

한 자욱 — 한 자욱 — 내게로 와 섰다 무엇을 말할 듯한 입술로 내게로 — 내게로 오던 것이다 — 나는 눈이야 찢어져라고 크게만 떠보았다 눈초리도 이빨도 똑똑히 보였다.

그러나 갑자기 그는 걸음을 멈추고 입을 다물고 나를 보았다 — 들여다보았다 아 그 눈이 다른 눈으로 나를 보았다 내 눈을 뚫을 듯한 무서운 눈이었다 아 그 눈에서 — 무서운 그 눈에서 빗발 같은 눈물이 흘렀다 까닭 모를 눈물이었다 답답한 설움이었다.

여름 새벽 잔디풀 잎사귀에 맺어서 떨어지는 이슬과 같이 그의 검고도 가는 속눈썹마다에 수은水銀 같은 눈물이 방울방울이 달려 있었다 아깝고 애처로운 그 눈물은 그의 두 볼 — 그의 손등에서 반짝이며 다시 고운 때 묻은 모시치마를 적시었다 아! 입을 벌리고 받아먹고저운 귀여운 눈물이었다 뼈 속에 감추어두고저운 보배로운 눈물이었다.

그는 어깨를 한두 번 비스—ㄱ하다가 나를 등지고 돌아섰다 흩은 머리숱이 온통을 덮은 듯하였다 나는 능수버들 같은 그 머리카락을 안으려 하였다 — 하다못해 어루만져라도 보고저웠다 그러나 그는 한 걸음 — 두 걸음 저리로 갔다 어쩔 줄 모르는 설움만을 나의 가슴에 남겨다 두고 한 번이나마 돌아볼 바도 없이 찬찬히 가고만 있었다 잡을래야 잡을 수 없이 가다간 갑자기 사라져버렸다 눈알이 빠진 듯한 어둠뿐이었다 행여나 하는 맘으로 두 발을 고으고 기다렸었다 하나 그것은 헛일이었다 아무것도 보이지 않았다 이리하여 그는 가고 오지 않았다.

나의 생각엔 곤비困憊한 밤의 단꿈 뒤와 같은 추고追考 — 가상假想의 영감靈感이 떠돌 뿐이었다 보다 더 야릇한 것은 그 요정이 나오던 그때부터는 — 사라진 뒤 오래도록 마음이 미온수微溫水에 잠긴 얼음 조각처럼 부류浮流가 되며 해이解弛가 되나 그래도 무정방無定方으로 욕념慾念에도 없는 무엇을 찾는 듯하였다.

그때 눈과 마음의 〈렌즈〉에 영화映畵된 것은 다만 장님의 머릿속을 들여다보는 듯한 혼무混霧뿐이요 영혼과 입술에는 훈향薰香에 미친 나비의 넋 빠진 침묵이 흐를 따름이었다. 그밖엔 오직 망각이 이제야 뗀 입 속에서 자체自體의 존재存在를 인식하게 된 기억으로 거닐을 뿐이었다 나는 저물어가는 하늘에 조으는 별을 보고 눈물 젖은 소리로

〈날은 저물고
밤이 오도다
흐릿한 꿈만 안고
나는 살도다〉고 하였다.

아! 한낮에 눈을 뜨고도 이러던 것은 나의 병病인가 청춘의 병인가? 하늘이 부끄러운 듯이 새빨개지고 바람이 이상스러운지 속삭일 뿐이다.

—《조선문단朝鮮文壇》 1925. 10.

조선병朝鮮病[24]

어제나 오늘 보이는 사람마다 숨결이 막힌다.
오래간만에 만나는 반가움도 없이
참외꽃 같은 얼굴에 선웃음이 집을 짓더라.
눈보라 몰아치는 겨울 맛도 없이
고사리 같은 주먹에 진땀물이 굽이치더라.
저 하늘에다 봉창이나 뚫으랴 숨결이 막힌다.

—《개벽開闢》 1926. 1.

---

24) '시 삼편詩三篇'이라는 큰 제목 아래 〈조선병朝鮮病〉, 〈겨울 마음〉, 〈초혼招魂〉이 함께 실려 있다. 이 책에서는 각각의 작품을 따로 보아 순서대로 배치하였다.

겨울 마음

물장사가 귓속으로 들어와 내 눈을 열었다.
보아라!
까치가 뼈만 남은 나뭇가지에서 울음을 운다.
왜 이래?
서리가 덩달아 추녀 끝으로 눈물을 흘리는가.
내야 반가웁기만 하다 오늘은 따스하겠구나.

—《개벽開闢》 1926. 1.

초혼招魂

서럽다 건망증이 든 도회都會야!
어제부터 살기조차 다 — 두었대도
몇백百 년 전 네 몸이 생기던 옛 꿈이나마
마지막으로 한 번은 생각고나 말아라
서울아 반역叛逆이 낳은 도회都會야!

—《개벽開闢》 1926. 1.

〈도— 교—〉에서

— 1922 추추

오늘이 다 되도록 일본의 서울을 헤매어도
나의 꿈은 문둥이 살기 같은 조선의 땅을 밟고 돈다.

예쁜 인형들이 노는 이 도회都會의 호사豪奢로운 거리에서
나는 안 잊히는 조선의 하늘이 그리워 애닯은 마음에 노래만 부르노라.

〈동경東京〉의 밤이 밝기는 낮이다 — 그러나 내게 무엇이랴!
나의 기억은 자연이 준 등불 해금강海金剛의 달을 새로이 솟친다.

색채와 음향이 생활의 화려로운 아롱사紗를 짜는 —
예쁜 일본의 서울에서도 나는 암멸暗滅을 서럽게 — 달게 꿈꾸노라

아 진흙과 짚풀로 얽맨 움 밑에서 부처같이 벙어리로 사는 신령아
우리의 앞엔 가느나마 한 가닥 길이 뵈느냐 — 없느냐 — 어둠뿐이냐?

거룩한 단순單純의 상징체象徵體인 흰옷 그 넘어 사는 맑은 네 맘에
숯불에 손 데인 어린 아기의 쓰라림이 숨은 줄을 뉘라서 알랴!

벽옥碧玉의 하늘은 오직 네게서만 볼 은총 받았던 조선의 하늘아
눈물도 땅 속에 묻고 한숨의 구름만이 흐르는 네 얼굴이 보고 싶다

아 예쁘게 잘 사는 〈동경〉의 밝은 웃음 속을 온 데로 헤매나
내 눈은 어둠 속에서 별과 함께 우는 흐린 호롱불을 넋 없이 볼 뿐이다.

— 〈향수鄕愁〉에서, 《문예운동文藝運動》 1926. 1.

본능本能의 노래

밤새도록, 하늘의 꽃밭이, 세상으로 옵시사 비는 입에서나,
날삯에 팔려, 과년해진 몸을 모시는 흙마루에서나
앓는 이의 조으는 숨결에서나, 다시는,
모든 것을 시들프게 아는, 늙은 마음 위에서나,
어디서, 언제일는지,
사람의 가슴에, 뛰놀던 가락이, 너무나 고달파지면
〈목숨은 가엾은, 부림꾼이라〉 곱게도 살찌게, 쓰담아주려
입으론 하품이 흐르더니 — 이는 신령의 풍류이어라
몸에선 기지개가 켜이더니 — 이는 신령의 춤이어라.

이 풍류의 소리가, 네 입에서, 사라지기 전,
이 춤의 발자욱이, 네 몸에서, 떠나기 전,
　　(그때는 가려운 옴자리를 긁음보다도,
　　밤마다, 꿈만 꾸던 두 입술이, 비로소 맞붙는 그때일러라)
그때의 네 눈엔, 간악한 것이 없고
죄로운 생각은, 네 맘을 밟지 못하도다,
아, 만입을 내가, 가진 듯, 거룩한 이 동안을, 나는 기리노라,

때마다, 흘겨보고, 꿈에도 싸우던 넋과 몸이, 어우러지는 때다,
나는, 무덤 속에 갔어도, 이같이 거룩한 때에, 살고자 읊으려노라.

—《시대일보時代日報》1926. 1. 4.

원시적原始的 읍울悒鬱 — 1922
— 어촌 애경漁村哀景

방랑성放浪性을 품은 에메랄드 널판의 바다가 말없이 엎디었음이
뫼 머리에서 늦여름의 한낮 숲을 보는 듯 — 조으는 얼굴일러라.
짜증나게도 늘어진 봄날 — 오후의 하늘이야 희기도 하여라
게선 이따금 어머니의 젖꼭지를 빠는 어린애 숨결이 날려 오도다.
사선斜線 언덕 위로 쭈그리고 앉은 두어 집 울타리마다
걸어둔 그물에 틈틈이 끼인 조개껍질은 머—ㄹ리서 웃는 이빨일러라.
마을 앞으로 엎디어 있는 모래 길에는 아무도 없고나
지난밤 밤 낚기에 나른하여 — 낮잠의 단술을 마심인가보다.
다만 두서넛 젊은 아낙네들이 붉은 치마 입은 허리에 광주리를 달고
바다의 꿈 같은 미역을 거두며 여울돌에서 여울돌로 건너만 간다.
잠결에 듣는 듯한 뻐꾸기의 부드럽고도 구슬픈 울음소리에
늙은 삽사리 목을 뻗고 살피다간 다시 눈감고 조을더라.
나의 가슴엔 갈매기떼와 함께 수평선 밖으로 넘어가는 마음과
넋 잃은 시선 — 어느 것 보이지도 보려도 않는 물 같은 생각의 구름만 쌓일 뿐이어라.

— 〈둔찬遁竄의 선물〉에서, 《개벽開闢》 1926. 3.

이 해를 보내는 노래

— 1924

〈가뭄이 들고 큰물이 지고 불이 나고 목숨이 많이 죽은 올해이다. 조선 사람아 금강산에 불이 났다 이 한 말이 얼마나 깊은 묵시默示인가. 몸서리치는 말이 아니냐. 오 하느님 — 사람의 약한 마음이 만든 도깨비가 아니라 누리에게 힘을 주는 자연의 영정靈精인 하나뿐인 사람의 예지睿智 — 를 불러 말하노니 잘못 짐작은 갖지 말고 바로 보아라 이 해가 다 가기 전에 — 조선 사람의 가슴마다에 숨어 사는 모든 하느님들아!〉

하느님! 나는 당신께 돌려보냅니다
속 썩은 한숨과 피 젖은 눈물로 이 해를 싸서
웃고 받을지 울고 받을지 모르는 당신께 돌려보냅니다.
당신이 보낸 이 해는 목마르던 나를 물에 빠져 죽이려다가
누더기로 겨우 가린 헐벗은 몸을 태우려도 하였고
주리고 주려서 사람끼리 원망타가 굶어죽고 만 이 해를 돌려보냅니다.
하느님! 나는 당신께 묻조려 합니다
땅에 엎디어 하늘을 우러러 창자 비—ㄴ 소리로
밉게 들을지 쉽게 들을지 모르는 당신께 묻조려 합니다.
당신 보낸 이 해는 우리에게 〈노아의 홍수〉를 갖고 왔다가

그날의 〈유황불〉은 사람도 만들 수 있다 태워보였으나
주리고 주려도 우리들이 못 깨쳤다 굶어죽였던가 묻조려 합니다.
아, 하느님!
이 해를 받으시고 오는 새해 아침부턴 벼락을 내려줍쇼
악惡도 선善보다 더 착할 때 있음을 아옵든지 모르면 죽으리다.

— 〈통곡慟哭〉에서, 《개벽開闢》 1926. 3.

통곡慟哭
— 1925작作

하늘을 우러러
울기는 하여도
하늘이 그리워 울음이 아니다
두 발을 못 뻗는 이 땅이 애닯아
하늘을 흘기니
울음이 터진다.
해야 웃지 마라
달도 뜨지 마라

—《개벽開闢》 1926. 4.

시인詩人에게
— 1925작作

한 편의 시 그것으로
새로운 세계 하나를 낳아야 할 줄 깨칠 그때라야
시인아 너의 존재가
비로소 우주에게 없지 못할 너로 알려질 것이다
가뭄 든 논에게는 청개구리의 울음이 있어야 하듯 —

새 세계란 속에서도
마음과 몸이 갈려 사는 줄풍류만 나와보아라
시인아 너의 목숨은
진저리나는 절름발이 노릇을 아직도 하는 것이다
언제든지 일식日蝕된 해가 돋으면 뭣하며 진들 어떠랴

시인아 너의 영광은
미친개 꼬리도 밟는 어린애의 짬 없는 그 마음이 되어
밤이라도 낮이라도
새 세계를 낳으려 손댄 자국이 시가 될 때에 — 있다

촛불로 날아들어 죽어도 아름다운 나비를 보아라

—《개벽開闢》 1926. 4.

빼앗긴 들에도, 봄은 오는가

지금은 남의 땅 — 빼앗긴 들에도 봄은 오는가?

나는 온몸에 햇살을 받고
푸른 하늘 푸른 들이 맞붙은 곳으로
가르마 같은 논길을 따라 꿈속을 가듯 걸어만 간다.

입술을 다문 하늘아 들아
내 맘에는 내 혼자 온 것 같지를 않구나
네가 끌었느냐 누가 부르더냐 답답워라 말을 해다오.

바람은 내 귀에 속삭이며
한 자욱도 섰지 마라 옷자락을 흔들고
종조리는 울타리 너머 아씨같이 구름 뒤에서 반갑다 웃네.

고맙게 잘 자란 보리밭아
간밤 자정이 넘어 내리던 고운 비로
너는 삼단 같은 머리를 감았구나 내 머리조차 가뿐하다.

혼자라도 가쁘게나 가자
마른 논을 안고 도는 착한 도랑이
젖먹이 달래는 노래를 하고 제 혼자 어깨춤만 추고 가네.

나비 제비야 깝치지 마라
맨드라미 들마꽃에도 인사를 해야지
아주까리 기름을 바른 이가 지심 매던 그 들이라 다 보고 싶다.

내 손에 호미를 쥐어다오
살진 젖가슴과 같은 부드러운 이 흙을
발목이 시도록 밟아도 보고 좋은 땀조차 흘리고 싶다.

강가에 나온 아이와 같이
짬도 모르고 끝도 없이 닫는 내 혼아
무엇을 찾느냐 어디로 가느냐 웃어웁다 답을 하려무나.

나는 온몸에 풋내를 띠고
푸른 웃음 푸른 설움이 어우러진 사이로
다리를 절며 하루를 걷는다 아마도 봄 신령이 접혔나보다.

그러나 지금은 — 들을 빼앗겨 봄조차 빼앗기겠네

—《개벽開闢》1926. 6.

비 갠 아침

밤이 새도록 퍼붓던 그 비도 그치고
동편 하늘이 이제야 불그레하다
기다리는 듯 고요한 이 땅 위로
해는 점잔하게 돋아오른다.

눈부시는 이 땅
아름다운 이 땅
내야 세상이 너무도 밝고 깨끗해서
발을 내밀기에 황송만 하다.

해는 모든 것에게 젖을 주었나보다
동무여 보아라
우리의 앞뒤로 있는 모든 것이
햇살의 가닥 — 가닥을 잡고 빨지 않느냐.

이런 기쁨이 또 있으랴
이런 좋은 일이 또 있으랴

이 땅은 사랑뭉텅이 같구나
아 오늘의 우리 목숨은 복스러워도 보인다.

—《개벽開闢》 1926. 6.

달밤 — 都會

먼지투성인 지붕 위로
달이 머리를 쳐들고 서네.

떡잎이 터진 거리의 〈포플라〉가 실바람에 불려
사람에게 놀란 도적이 손에 쥔 돈을 놓아버리듯
하늘을 우러러 은銀쪽을 던지며 떨고 있다.

풋솜에나 비길 얇은 구름이
달에게로 달에게로 날아만 들어
바다 위에 섰는 듯 보는 눈이 어지럽다.

사람은 온몸에 달빛을 입은 줄도 모르는가
둘씩 셋씩 짝을 지어 예사롭게 지껄인다
아니다 웃을 때는 그들의 입에 달빛이 있다 달 이야긴가 보다.

아 하다못해 오늘 밤만 등불을 꺼버리자
촌각시같이 방구석에서 추녀 밑에서

달을 보고 얼굴을 붉힌 등불을 보려무나.

거리 뒷간 유리창에도
달은 내려와 꿈꾸고 있네.

—《개벽開闢》 1926. 6.

달아

달아!
하늘 가득히 서러운 안개 속에
꿈모닥이같이 떠도는 달아
나는 혼자
고요한 오늘 밤을 들창에 기대어
처음으로 안 잊히는 그이만 생각는다.
달아!
너의 얼굴이 그이와 같네
언제 보아도 웃던 그이와 같네
착해도 보이는 달아
만져보고저운 달아
잘도 자는 풀과 나무가 예사롭지 않네.
달아!
나도 나도
문틈으로 너를 보고
그이 가깝게 있는 듯이
야릇한 이 마음 안은 이대로

다른 꿈은 꾸지도 말고 단잠에 들고 싶다.
달아!
너는 나를 보네
밤마다 손치는 그이 눈으로 —
달아 달아
즐거운 이 가슴이 아프기 전에
잠재워다오 — 내가 내가 자야겠네.

— 〈동여심초童女心草〉에서, 《신여성新女性》 1926. 6.

파―란 비

파―란 비가 〈초ㄱ 초ㄱ〉 명주 찢는 소리를 하고 오늘 낮부터 아직도 온다.

비를 부르는 개구리 소리 어쩐지 을씨년스러워 구슬픈 마음이 가슴에 밴다.

나는 마음을 다 쏟던 바느질에서 머리를 한번 쳐들고는 아득한 생각으로 빗소리를 듣는다.

〈초ㄱ 초ㄱ〉 내 울음같이 훌쩍이는 빗소리야 내 눈에도 이슬비가 속눈썹에 듣는고나.

날 맞도록 오기도 하는 파―란 비라고 서러움이 아니다.

나는 이 봄이 되자 어머니와 오빠 말고 낯선 다른 이가 그리워졌다.

그러기에 나의 설움은 파―란 비가 오면부터 남 부끄러 말은 못하고 가슴 깊이 뿌리가 박혔다.

매몰스런 파―란 비는 내가 지금 이와 같이 구슬픈지는 꿈에도 모르고 〈초ㄱ 초ㄱ〉 나를 울린다.

― 〈동여심초童女心草〉에서, 《신여성新女性》 1926. 6.

지구地球 흑점黑點의 노래
— 1925작作

영영 변하지 않는다 믿던 해 속에도 검은 점이 돋혀
— 세상은 쉬이 식고 말려 여름철부터 모르리라 —
맞거나 말거나 덩달아 걱정은 하나마
죽음과 삶이 숨바꼭질하는 위태로운 땅덩이에서도
어째 여기만은 눈 빠진 그믐밤조차 더 내려깔려
애닮은 목숨들이 — 길욱하게도 못살 가엾은 목숨들이
무엇을 보고 어찌 살고 앙가슴을 뚜드리다 미쳐나 보았던가.
아 사람의 힘은 보잘것없다 건방지게 비웃고
구만 층 높은 하늘로 올라가 사는 해걱정을 함이야말로 주제넘다
대대로 흙만 파먹으면 한결같이 살려니 하던 것도
— 우스꽝스런 도깨비에게 홀린 긴 꿈이었구나 —
알아도 겪어도 예사로 여겨만 지는가
이미 밤이면 반딧불 같은 별이나마 나와는 주어야지
어째 여기만은 숨통 막는 구름조차 또 겹쳐 끼어
울어도 쓸데없이 — 단 하루라도 살 듯 살아볼 거리 없이
무엇을 믿고 잊어볼꼬 땅바닥에 뒤궁굴다 죽고나 말 것인가
아 사람의 마음은 두렬 것 없다 만만하게 생각고

천 가지 갖은 지랄로 잘 까부리는 저 하늘을 둠이야 말로 속터진다

—《별건곤別乾坤》 1926. 11.

저무는 놀 안에서
— 노인勞人의 구고劬苦[25]를 읊조림

거룩하고 감사론 이 동안이
영영 있게시리 나는 울면서 빈다.
하루의 이 동안 — 저녁의 이 동안이
다만 하루치만이라도 머물러 있게시리 나는 빈다.

우리의 목숨을 기르는 이들
들에서 일깐에서 돌아오는 때다.
사람아 감사의 웃는 눈물로 그들을 씻자
하늘의 하느님도 쫓아낸 목숨을 그들은 기른다.

아 그들의 흘리는 땀방울이
세상을 만들고 다시 움직인다.
가지런히 뛰는 네 가슴 속을 듣고 들으면
그들의 헐떡이던 거룩한 숨결을 네가 찾으리라.

25) 수고롭고 고통스러움.

땀 찬 이마와 맥 풀린 눈으로
괴론 몸 움막집에 쉬러 오는 때다.
사람아 마음의 입을 열어 그들을 기리자
하느님이 무덤 속에서 살아옴에다 어찌 견주랴.

거룩한 저녁 꺼지려는 이 동안에 나 혼자 울면서 노래 부른다.
사람이 세상의 하느님을 알고 섬기게시리 나는 노래 부른다.

—1925작作, 《조선지광朝鮮之光》 1928. 7.

비를 다고
— 농민의 정 짐에 읊조림

사람만 다라워질 줄로 알았더니
필경에는 믿고 믿던 하늘까지 다라워졌다
보리가 팔을 벌리고 달라다가 달라다가
이제는 곯아진 몸으로 목을 댓자나 빠주고 섰구나!

반갑지도 않은 바람만 냅다 불어
가엾게도 우리 보리가 달증이 든 듯이 노랗다
풀을 뽑느니 이랑에 손을 대보느니 하는 것도
이제는 헛일을 하는가 싶어 맥이 풀려만 진다!

거름이야 죽을 판 살 판 거루어 두었지만
비가 안 와서 — 원수ㅅ놈의 비가 오지 않아서
보리는 벌써 목이 말라 입에 대지도 않는다
이렇게 한장 동안만 더 간다면
그만 — 그만이다 죽을 수밖에 없는 노릇이로구나!

하늘아 한 해 열두 달 남의 일 해주고 겨우 사는 이 목숨이

곯아 죽으면 네 맘에 시원할 게 뭐란 말이냐
제—발 빌자! 밭에서 갈잎 소리가 나기 전에
무슨 수가 나주어야 올해는 그래도 살아나 가보세!

다라운 사람놈의 세상에 몹쓸 팔자를 타고나서
살도 죽도 못해 잘난 이 짓을 대대로 하는 줄은
하늘아! 네가 말은 안 해도 짐작이야 못 했겠나
보리도 우리도 오장이 다 탄다 이러지 말고 비를 다고!

— 1925 춘작春作, 《조선지광朝鮮之光》 1928. 7.

곡자사哭子詞

웅희야! 너는 갔구나
엄마가 뉜지 아빠가 뉜지
너는 모르고 어디로 갔구나!

불쌍한 어미를 가졌기 때문에
가난한 아비를 두었기 때문에
오자마자 네가 갔구나.

달보다 잘났던 우리 웅희야
부처님보다도 착하던 웅희야
너를 언제나 안아나 줄꼬

그러께 팔월에 네가 간 뒤
그 해 시월에 내가 갇히어
네 어미 간장을 태웠더니라.

지나간 오월에 너를 얻고서

네 어미가 정신도 못 차린 첫 칠날
네 아비는 또다시 갇히었더니라.

그런 뒤 온 한 해도 못 되어
갖은 꿈 온갖 힘 다 쓰려던
이 아비를 버리고 너는 갔구나.

불쌍한 속에서 네가 태어나
불쌍한 한숨에 휩쌔고 말 것
어미 아비 두 가슴에 못이 박힌다.

말 못하던 너일망정 잘 웃기 따에
장차는 어려움 없이 잘 지내다가
사내답게 한평생을 마칠 줄 알았지.

귀여운 네 발에 흙도 못 묻혀
몹쓸 이런 변이 우리에게 온 것
아, 마른하늘 벼락에다 어이 견주랴.

너 위해 얽던 꿈 어디 쓰고
네게만 쏟던 사랑 뉘게다 줄꼬
웅희야 제발 다시 숨쉬어다오

하루해를 네 곁에서 못 지내본 것
한 가지로 속 시원히 못 해준 것
감옥방 판자벽이 얼마나 울었던지.

웅희야! 너는 갔구나
웃지도 울지도 꼼짝도 않고.

불쌍한 선물로 설움을 끼고
가난한 선물로 몹쓸 병 안고
오자마자 네가 갔구나.

하늘보다 더 미덥던 우리 웅희야
이 세상엔 하나밖에 없던 웅희야
너를 언제나 안아나 줄꼬 —

—《조선문예朝鮮文藝》 1929. 6.

대구행진곡大邱行進曲

앞으로는 비슬산琵瑟山 뒤로는 팔공산八空山
그 복판을 흘러가는 금호강琴湖江 물아
쓴 눈물 긴 한숨이 얼마나 섰기에
밤에는 밤 낮에는 낮 이리도 우나

반 남아 무너진 달구성達句城 옛터에나
숲 그늘 우거진 도수원刀水園 놀이터에
오고가는 사람이 많기야 하여도
방천防川 둑 고목古木처럼 여윈 이 얼마랴

넓다는 대구 감영 아무리 좋대도
웃음도 소망도 빼앗긴 우리로야
님조차 못 가진 외로운 몸으로야
앞뒷들 다 헤매도 가슴이 답답타

가을밤 별같이 어여쁜 이 있거든
착하고 귀여운 술이나 부어다고

숨가쁜 이 한밤은 잠자도 말고서
달 지고 해 돋도록 취해나 볼 테다.

—《별건곤別乾坤》 1930. 10.

예지叡智

혼자서 깊은 밤에 별을 보옴에
갓모를 백사장白砂場에 모래알 하나같이
그리도 적게 세인 나인 듯하여
갑갑하고 애닯다가 눈물이 되네.

—《만국부인萬國婦人》1932. 10.

반딧불

— 단념斷念은 미덕美德이다 — 루낭

보아라 저기!
아—니 또 여기!

가마득한 저문 바다 등대와 같이
짙어가는 밤하늘에 별낱과 같이
켜졌다 꺼졌다 깜작이는 반딧불!

아 철없이 뒤따라 잡으려 마라
장미꽃 향내와 함께 듣기만 하여라
아낙네의 예쁨과 함께 맞기만 하여라.

—《신가정新家庭》1933. 7.

농촌의 집童詩

1.
아버지는 지게 지고 논밭으로 가고요
어머니는 광지 이고 시냇가로 갔어요
자장자장 우지 마라 나의 동생아
네가 울면 나 혼자서 어찌하라냐.

2.
해가 져도 어머니는 왜 오시지 않나
귀한 동생 배고파서 울기만 합니다.
자장자장 우지 마라 나의 동생아
저기저기 돌아오나 마중가보자.

—《조선중앙일보朝鮮中央日報》1933. 10. 10.

역천逆天

이때야말로 이 나라의 보배로운 가을철이다
더구나 그림도 같고 꿈과도 같은 좋은 밤이다
초가을 열나흘 밤 열푸른 유리로 천장을 한 밤
거기서 달은 마중왔다 얼굴을 쳐들고 별은 기다린다 눈짓을 한다
그리고 실낱 같은 바람은 길을 끄으려 바래노라 이따금 성화를 하지 않은가.

그러나 나는 오늘 밤에 좋아라 가고프지가 않다
아니다 나는 오늘 밤에 좋아라 보고프지도 않다.

이런 때 이런 밤 이 나라까지 복지게 보이는 저편 하늘을
햇살이 못 쪼이는 그 땅에 나서 가슴 밑바닥으로 못 웃어본 나는 선듯만 보아도
철모르는 나의 마음 홀아비자식 아비를 때리듯 불 본 나비가 되어
꾀이는 얼굴과 같은 달에게로 웃는 이빨 같은 별에게로
앞도 모르고 뒤도 모르고 곤두치듯 줄달음질을 쳐서 가더니.

그리하여 지금 내가 어디서 무엇 때문에 이 짓을 하는지
그것조차 잊고서도 낮이나 밤이나 노닐 것이 두려웁다.

걸림 없이 사는 듯하면서도 걸림뿐인 사람의 세상 —
아름다운 때가 오면 아름다운 그때와 어울려 한 뭉텅이가 못 되어지는 이 사리 —
꿈과도 같고 그림 같고 어린이 마음 위와 같은 나라가 있어
아무리 불러도 멋대로 못 가고 생각조차 못하게 지천을 떠는 이 설움
벙어리 같은 이 아픈 설움이 칡넝쿨같이 몇 날 몇 해나 얽히어 틀어진다.

보아라 오늘 밤에 하늘이 사람 배반하는 줄 알았다
아니다 오늘 밤에 사람이 하늘 배반하는 줄도 알았다.

—《시원詩苑》 1935. 4.

병적 계절病的 季節[26)]

기러기 제비가 서로 엇갈림이 보기에 이리도 설운가,
귀뚜리 떨어진 나뭇잎을 부여잡고 긴 밤을 새네.
가을은 애달픈 목숨이 나뉘어질까 울 시절인가보다.

가없는 생각 짬 모를 꿈이 그만 하나 둘 잦아지려는가,
홀아비같이 헤매는 바람떼가 한 배 가득 굽이치네.
가을은 구슬픈 마음이 앓다 못해 날뛸 시절인가보다.

하늘을 보아라 야윈 구름이 떠돌아다니네.
땅 위를 보아라 젊은 조선이 떠돌아다니네.

—《조선문단朝鮮文壇》 1935. 5.

---

26) 이 작품은 그동안 《조선지광》 1926년 11월호에 발표되었다고 알려져왔지만, 그 책에는 수록되지 않았다. 그래서 《조선문단》 1935년 5월호에 수록한 작품을 원문으로 삼았다.

나는 해를 먹다

구름은 차림옷에 놓기 알맞아 보이고
하늘은 바다같이 깊다라— ㄴ하다.

한낮 뙤약볕이 쪼는지도 모르고
온몸이 아니 넋조차 깨온 — 아찔하여지도록
뼈 저리는 좋은 맛에 자스러지기는
보기 좋게 잘도 자란 과수원의 목거지다.

배추 속처럼 핏기 없는 얼굴에도
푸른빛이 비치어 생기를 띠고
더구나 가슴에는 깨끗한 가을 입김을 안은 채
능금을 부수노라 해를 지우나니.

나뭇가지를 더우잡고 발을 뻗기도 하면서
무성한 나뭇잎 속에 숨어 수줍어하는
탐스럽게 잘도 익은 과일을 찾아
위태로운 이 짓에 가슴을 조이는 이때의 마음 저 하늘 같이 맑기도 하다.

머리가닥 같은 실바람이 아무리 나부껴도
메밀꽃밭에 춤추던 벌들이 아무리 울어도
지는 날 예쁜이를 그리어 살며시 눈물지는,
그런 생각은 꿈밖에 꿈으로도 보이지 않는다.

남의 과일밭에 몰래 들어가
험상스런 얼굴과 억센 주먹을 두려워하면서.
하나 둘 몰래 훔치던 어릴 적 철없던 마음이 다시 살아나자
그립고 우습고 죄없던 그 기쁨이 오늘에도 있다.

부드럽게 쌓여 있는 이랑의 흙은
솥뚜껑을 열고 밥김을 맡는 듯 구수도 하고
나무에 달린 과일 — 푸른 그릇에 담긴 깍두기같이
입 안에 맑은 침을 자아내나니.

첫가을! 금호강琴湖江 굽이쳐 흐르고
벼이삭 배부르게 늘어져 섰는
이 벌판 한가운데 주저앉아서
두 볼이 비자웁게 해 같은 능금을 나는 먹는다.

—《조광朝光》1935. 12.

기미년己未年(時調)[27]

이 몸이 제 아무리 부지런히 소원대로
어머님 못 뫼시니 죄롭쇠다 비올 적에
님이야 허랑타 한들 내 아노라 우시던 일.

—《중앙中央》 1936. 5.

---

27) 〈나의 어머니 — 공동제共同題 수필〉라는 제목으로 "몇 해 전 심각하게도 감명感銘된 바 있어 지어 둔 삼행시시조형) 가운데의 한 편을 내 생각에 적당하다고 하여 물으신 두 가지의 의미를 아울러 대답하나이다."라는 말 다음에 이 시편이 쓰여 있다.

서러운 해조諧調

하이얗던 해는
떨어지려 하여
헐떡이며
피 뭉텅이가 되다.

샛붉던 마음
늙어지려 하여
곯아지며
굼벵이 집이 되다.

하루 가운데
오는 저녁은
너그럽다는 하늘의
못 속일 멍통일러라.

일생 가운데
오는 젊음은

복스럽다는 인간의
못 감출 설움일러라.

—《문장文章》 1941. 4.

쓰러져가는 미술관美術館

— 어려서 돌아간 〈인순〉의 신령에게

옛 생각 많은 봄철이 불타오를 때
사납게 미친 모—든 욕망 — 회한을 가슴에 안고
나는 널 속을 꿈꾸는 이불에 묻혔어라

쪼각쪼각 흩어진 내 생각은 민첩하게도
오는 날 묵은 해 뫼 너머 구름 위를 더우잡으며
말 못할 미궁迷宮에 헤맬 때 나는 보았노라

진흙 칠한 하늘이 나직하게 덮여
야릇한 그늘 끼인 냄새가 떠도는 검은 놀 안에
오 나의 미술관美術館! 네가 게서 섰음을 내가 보았노라

내 가슴의 도장에 숨어 사는 어린 신령아!
세상이 둥근지 모난지 모르던 그날 그날
내가 네 앞에서 부르던 노래를 아직도 못 잊노라

클레오파트라의 코와 모나리—자의 손을 가진

어린 요정아! 내 혼을 가져간 요정아!
가차운 먼 길을 밟고 가는 너야 나를 데리고 가라

오늘은 임자도 없는 무덤 — 쓰러져가는 미술관아
잠자지 않는 그날의 기억을 안고 안고
너를 그리노라 우는 웃음으로 살다 죽을 나를 불러라

—《상화尙火와 고월古月》 1951. 9.

청년青年

청년
— 그는 동망憧望 — 제대로 노니는 향락享樂의 임자
첫여름 돋는 해의 혼령일러라.

흰옷 입은 내 어느덧 스물 젊음이어라
그러나 이 몸은 울음의 왕이어라

마음은 하늘가를 날으면서도
가슴은 붉은 땅을 못 떠나노라

바람도 기쁨도 어린애 잠꼬대로
해 밑에서 밤자리로 六字未詳[28]

청년
— 흰옷 입은 나는 비수悲愁의 임자

---

28) 《상화와 고월》 본문에 '六字未詳'이라고 적혀 있다. 아마도 이 책의 편자인 백기만이 상화의 시고詩稿 가운데 알아보지 못한 여섯 자라고 추정된다.

느껴울 빛은 술의 생명일러라.

—《상화尙火와 고월古月》 1951. 9.

무제無題

오늘 이 길을 밟기까지는
아 그때가 가장 괴롭도다.
아직도 남은 애달픔이 있으려니
그를 생각는 오늘이 쓰리고 아프다

헛웃음 속에 세상이 잊어지고
끄을리는 데 사람이 산다면
검아 나의 신령을 돌멩이로 만들어다고
제 사리의 길은 제 찾으려는 그를 죽여다고

참 웃음의 나라를 못 밟을 나이라면
차라리 속 모르는 죽음에 빠지련다
아 멍들고 이울어진 이 몸은 묻고
쓰린 이 아픔만 품 깊이 안고 죽으련다

주註 사리 = 국수, 실, 새끼들을 풀어서 사리어놓은 것[29)]

—《상화尙火와 고월古月》 1951. 9.

29) 이 같은 백기만의 주석에도 불구하고 상화 시편에 여러 차례 나오는 '사리'는 '살이' 곧 삶이나 생生으로 보는 것이 타당하다.

그날이 그립다散文詩

내 생명의 새벽이 사라지도다

그립다 내 생명의 새벽 — 설워라 나 어릴 그때도 지나간 검은 밤들과 같이 사라지려는도다

성녀聖女의 피수포被首布처럼 더러움의 손 입으로는 감히 대이기도 부끄럽던 아가씨의 목 — 젖가슴 빛 같은 그때의 생명!

아 그날 그때에는 낮도 모르고 밤도 모르고 봄빛을 머금고 움 돋던 나의 영靈이 저녁의 여울 위로 곤두치는 고기가 되어

술 취한 물결처럼 갈모로 춤을 추고 꽃심의 냄새를 뿜는 숨결로 아무 가림도 없는 노래를 잇대어 불렀다

아 그날 그때에는 낮도 없이 밤도 없이 행복의 시내가 내게로 흘러서 은銀칠한 웃음을 만들어만 내며 혼자 있어도 외롭지 않았고 눈물이 나와도 쓰린 줄 몰랐다

내 목숨의 모두가 봄빛이기 때문에 울던 이도 나만 보면 웃어들 주었다

아 그립다 내 생명의 새벽 — 설워라 나 어릴 그때도 지나간 검은 밤들

과 같이 사라지려는도다

오늘 성경聖經 속의 생명수에 아무리 조촐하게 씻은 손으로도 감히 만지기에 부끄럽던 아가씨의 목 — 젖가슴 빛 같은 그때의 생명!

— 1920년 작作, 《상화尙火와 고월古月》 1951. 9.

무제無題[30]

풍랑風浪에 일리던 배 어드메로 가단 말고
구름이 머을거던 처음에 날 줄 어이
허술한 배 두신 분네 모다 조심하소서

30) 1929년 대구고보 졸업 앨범에 부친 시조임.

교남학교嶠南學校 교가校歌[31)]

태백산太白山이 높솟고
낙동강洛東江 내달은 곳에
오는 세기世紀 앞잡이들
손에 손을 잡았다.
높은 내 이상理想 굳은 너의 의지意志로
나가자 가자 아아 나가자
예서 얻은 빛으로
삼천리三千里 골골에 샛별이 되어라.

31) 교남학교는 현 대륜大倫중고등학교임.

무제無題[32]

눈이 오시면 —
내 마음은 미치나니
내 마음은 달뜨나니
오 눈 오시는 오늘 밤에
그리운 그이는 가시네
그리운 그이는 가시고
눈은 자꾸 오시네

눈이 오시면 —
내 마음은 달뜨나니
내 마음은 미치나니
오 눈 오시는 이 밤에
그리운 그이는 가시네
그리운 그이는 가시고

32) 상화의 미발표 유고이다. 대구 이윤수 씨 소장 모필毛筆 필사본에 있다.

눈은 오시네!

—《한국일보韓國日報》1963. 5. 17.

새 세계(번역시)

G. W. 러셀

나는 일찍 이 세상 밖으로
남모를 야릇한 나라를 찾던 나이다
그러나 지금은 넘치는 만족滿足으로
나의 발치에서 놀라고 있노라.

이제는 내가 눈앞에 사랑을 찾고
가마득한 나라에선 찾지 않노라,
햇살에 그을은 귀여운 가슴에
그 나라의 이슬이 맺혀 있으니.

무지개ㅅ발과 같이 오고 또 가고
해와 함께 허공虛空의 호흡呼吸을 쉬다가
저녁이면 구슬같이 반짝이며
달빛과 바람과 어우러지도다.

저무는 저녁 입술 내 이마를 태우고
밤은 두 팔로 나를 안으며,

옛날의 살틋한 맘 다 저버리지 않고
하이얀 눈으로 머리 굽혀 웃는다.

나는 꿈꾸는 내 눈을 닫고
거룩한 광명光明을 다시 보았다
예전 세상이 그때에 있을 때
우리가 사람을 잊지 않던 것처럼.

이리하야 하늘에 있다는 모든 것이
이 세상에 다 — 있음을 나는 알았다
어둠 속에서 본 한 가닥 햇살은
한낮을 꺼릴 만큼 갑절 더 밝다.

이래서 내 마음 이 세상이 즐거워
옛적 사람과 같이 나는 살면서
은銀가루 안개를 온몸에 두르고
무르익은 햇살에 그을리노라.

—《신민新民》1925. 10.

II 산문

선후에 한 마디 | 출가자의 유서 | 문단 측면관
지난 달 시와 소설 | 감상과 의견
시의 생활화 | 방백 | 독후 잉상
잡문횡행관 | 가엾은 둔각이여 황문으로 보아라
무산작가의 무산작품(1) | 단 한마디 | 속사포
신년을 조상한다 | 웃을 줄 아는 사람들
무산작가의 무산작품(2) | 세계 삼시야
문예의 시대적 변위과 작가의 의식적 태도론
초동 | 나의 아호

선후選後에 한 마디[1)]

금반今般 대구 지국支局에서 한 소년문예 모집은 대체로 보아 성공이라 할 수는 없었다. 응모되기는 시詩가 37수首 문文이 46수 소설이 8편밖에 되지 않았다. 그러나 우리는 이것으로 그다지 실망치는 않았다. 원래 모집이 그다지 대규모적이 아니고 기간도 단촉短促한 혐嫌이 불무不無한 데 비하여는 오히려 상당한 성적으로 여기고자 한다.

그리고 분량으로만 하기보다 내용에 들어가볼 때에 다만 한둘이라도 그 천재적 섬광閃光이 발휘되는 데는 우리는 만심환희滿心歡喜로 축하하지 않을 수 없다. 모집의 주요 정신이 그 점에 있었은즉 강호江湖에 숨은 소년 준재俊才가 금반에 과연 얼마나 응모하였는지 않았는지는 의문이지마는 다만 기부분幾部分이라도 그를 발견케 된 것은 기쁜 일이다. 그래서 금반에 고심노작苦心勞作한 응모 제군諸君의 성의에 대하여 먼저 사의를 표한다. 이로부터 분문分門하여 개평槪評을 시試할까 하는 동시同時 소위 선자選者라 할 우리도 분망한 중에라도 제 딴은 시, 문, 소설 간에 낱낱이 숙심정선熟審精選한 것을 말하여 둔다. 말하자면 고선考選이란 의수히 대가大家 열列에 들 사람도 잘 선발하기는 이사易事가 아닌데 역亦 초학자인 우리가 아무리

---

1) 이 글은 이상화와 최소정崔韶庭 두 사람이 문예작품 응모 심사 후기로 쓴 것인데, 어휘와 필치로 보아 이상화가 집필했을 것으로 추정된다.

신중 정사精査하였더라도 혹이나 실수나 없을까 하는 우려를 끝까지 놓을 수 없었다.

여기 특히 부附등할 것은 원래 발표한 규정에 20세 이내라고만 연령을 제한하였으므로 자연 20세 이내에선 유년 소년 2부로 나뉘지 않을 수 없었다. 그래서 2부로 나누어 고선考選할까까지 하였으나 다행히 입선된 작품의 작자는 연령이 18세 중간 연령이 16–7세이므로 일괄하여 고선하였다. 그러나 작품의 가치가 비슷비슷한 것에는 연령도 다소간 참작參作하였는 것도 양해해주어야겠다.

더욱 소설에는 연령 문제로 불평까지 들은 일이 있다. 신문 지상 광고에는 상재詳載되지 못하였으나 비라에는 소설은 18세 이상자 응모를 요한다 하였다. 질문자는 왜 소설에는 18세 이상으로 하였느냐 하지마는 이는 소설은 단순히 문장만 보는 것이 아니라 적어도 작자가 상당한 인생관이 확립한 후에라야 자기의 주의主義라든지 인생에 대한 관찰을 표현할 수 있으며 따라 창작의 가치를 드러내는 것이다. 그래서 어떤 작가는 25세 이하 청년이 소설을 지으라 함은 망상妄想이라까지 말한 이도 있다. 꼭 이 말에 구니拘泥하는 것은 아니지마는 주최자 측에서는 기旣히 소년문예를 모집함에 소설을 뺄 수는 없으나 문예를 유희시遊戲視하지 않는 엄정한 의미에서 다만 얼마라도 성년에 가까운 이의 응모를 원하였음인바 지상紙上에까지 발표가 못 되어서 비라를 못 본 원방遠方에서는 18세 이하자도 응모하였을 뿐 아니라 2등 당선자가 17세인즉 질문자에게는 더욱 미안하나 18세란 세칙細則을 보지 못하게 된 것은 그의 잘못이 아닐 뿐더러 나이 적을수록 그의 재분才分은 더욱 감탄할 만하므로 17세 조인기趙仁基 군 작품을 입선시킨 것과 원래 18세 제한을 말한 까닭을 이에 변명한다.

조조條條히 말할 여유는 없지마는 금반에 비록 입선이 못 된 것이라도 선외選外 가작에도 참여치 못한 것이라도 — 여망餘望과 전정前程이 풍유하여 차마 할割하기 어려운 것도 불소不少하나 너무 무제한하게 할 수 없어서 작가와 선자가 함께 후기後期를 기期하자 한다.

이에서 분문分門 이평異評을 하려는 것은 지금은 시간 관계로 도저히 매거枚擧치 못하여 또한 후기後期로 추推하거니와 취중就中 소설은 우선 약언略言하여 둘 것은 전부 응모된 것이 불과 8편에 당선된 2편 외에는 선외選外 가작이라 할 것도 없어서 (억지로 말하자면 진주 서상한徐相翰 군의 〈쓰린 이별〉과 대구 김대곤金大坤 군의 〈사랑의 눈물〉의 공정功程이 가관이라 할까) 부득이 2등 3등만 선選하였는데2등인 조군의 〈양심良心〉은 1등 되기도 부끄럽지 않으나 차등次等을 연속할 만한 것도 없고 또는 소년 작품을 너무나 모두 최상급으로 입등入等하기는 장래 여망에 어떨까 하여 그와 같이 선選하였다.

마지막 신건新建 문단의 영경아寧磬兒가 될 제군의 건강과 노력을 빌고 붓을 던진다.

—《동아일보東亞日報》 1924. 7. 14.

출가자出家者의 유서遺書

"Alass! I can not stay in the house
ane home has become no home to me……" — R. Tagore

나가자! 집을 떠나서 내가 나가자! 내 몸과 내 마음아 빨리 나가자. 오늘까지 나의 존재를 지보支保하여준 고마운 은혜만 사례해 두고 나의 생존을 비롯하려 집을 떠나고 말자. 자족심自足心으로 많은 죄를 지었고 미봉성彌縫性으로 내 양심을 시들게 한 내 몸을 집이란 '격리사隔離舍' 속에 끼이게 함이야말로 우물에 비추이는 별과 달을 보라고 아무 짬 모르는 어린 아해를 우물가에다 둠이나 다름이 없다. 이따금 아직은 다 죽지 않은 양심의 섬광閃光이 가슴 속에서 — 머릿속에 번쩍일 때마다 네 마음 반쪽엔 자족自足이 먹물을 들인 것과 그 남은 반쪽에 미봉彌縫 — 파먹은 자취를 오 — 나의 생명아 — 너는 얼마나 보았느냐! 어서 나가자 — 물들인 데를 씻고 이지러진 데를 끊어버리려 내 마음 모두가 고질痼疾을 품고 움직일래야 움직일 수 없는 반신불수가 되기 전에 나가자 나가자 — 힘자라는 데까지 나가자!

* * *

어떤 시대 무슨 사상으로 보든지 사람의 정情으론 집이란 그 집을 없애기와 또 집에서 나를 끄을고 나온 담은 무어라 할 수 없으리만큼 그다지 서러운 장면일 것이다. 하지만 이 존재에서 저 생활로 가고는 말 그 과도기를 참으로 지나려는 사람의 밟지 아니치 못할 관문에는 항상 비극이 무엇보다 먼저 그를 시험할 줄 믿는다. 이 시험은 남의 말에서나 내 생각에서나 어떤 짐작만으로는 아무 보람이 없는 것이다. 아—니 도리어 아는 척하는 죄만 지을 뿐이다. 오직 참되게 깨친 마음과 정성되게 살 몸덩이가 서로 어우러져서 치러보아야 할 것이다. 이것은 모르던 것을 발견함이나 또는 모를 것을 현성顯惺과 같은 그런 자랑이 아니다. 다만 자연을 저버릴 수 없는 사람의 생활을 비롯함뿐이다. 자연은 언제 무엇에게든지 비극으로 말미암아 새 생명을 주는 것이다.

* * *

나의 반성反省에서 부끄러운 고백을 한다면 나의 집에 자그마한 불안이라도 나기 전에 내가 집은 없애지 못할 때도 나이란 나는 나왔어야 할 것이다. 얼굴 두터운 핑계일지 모르나 이러한 반성을 비롯한 그때는 반성의 지시指示를 곧 실행할 만한 의지가 뿌리 깊게 박히지 못한 열여덟 되던 해부터이었지만 그 뒤 어제까지도 실행은 못 하였다. 짧게 말하자면 모—두가 한갓 미련의 두렴 많은 억제抑制에게 과단성을 빼앗긴 때문이었으며 이 행위의 내면에는 나이란 나의 살던 힘이 그만큼 미약하였다는 사실이 숨어 있다.

이러한 사실로 지명誌銘된 나의 지난 생명을 읽을 때마다 언제든지 우리에게도 한 번은 없어져야만 할 정명定命된 집을 구태여 잊게스리 애쓰던 미봉성彌縫性과 그러한 속에서 헛꿈을 꾸느니 차라리 하루 일찍 미쳐지지 못한 속 쓰린 자족심自足心을 볼 수 있을 것이다.

* * *

사람이면 다 가지게스리 마련이 된 자기의 양심이 없이는 그에게 한 사람이란 개성個性의 칭호稱號를 줄 리도 받을 수도 없음과 같이 그러한 개성이 아니고도 집을 차지한다면 그는 집이 아니라 그 집의 범위만치 그 나라에와 그 시대 인류에게 끼치는 것이란 다만 죄악뿐이기 때문에 집이란 한 존재를 가질 수 없다. 아, 그따위 것보다 나의 양심을 잃어버리지 않도록 애써야겠다. 그래서 나의 개성을 내가 가지고 살아야겠다. 양심 없는 생명이 무엇을 하며 개성 없는 사회를 어디다 쓰랴. 모—든 생각을 한 뭉텅이로 만들 새 생명은 지난 생활의 터전이던 내 몸의 성격을 반성함에서 비롯할 것이다. 이러한 양심에서 생겨날 반성은 곧 양심 혁명을 부름이나 다를 바이 없다. 이 길은 피할 수 없는 길이다. 나는 내 몸에게 이 길을 따라만 가자 빌어야겠다.

* * *

사람이란 누구이든 혼자 살 수 없는 것이다. 다만 개체로 보아서만이 아니라 개체가 모인 그 집도 한 집만이 살지 못한다. 그러므로 나에게는 그들을 섬기고 또 내가 섬기어질 그런 관계가 있다. 좀 더 가까운 의미로 말하자면 그리하지 않을 수 없는 선천적 의무와 이론적 구권求權이었다.

이 의무를 다하고 이 구권求權을 가지게 된 그때가 비로소 나이란 한 사람 — 양심을 잃지 않는 한 개성個性 — 인 사람이 된다. 참으로 사람이 되려면 미봉彌縫과 자족自足으로 개도야지 노릇을 하는 가운데서 모—든 기반羈絆을 끊고 나와야 한다. 내 몸속에 있는 개도야지의 성격을 무엇보다 먼저 부숴야 한다. 세상에서 내가 가장 사랑하던 내 자신조차 아까움 없이 부숴야 할 그 자리에서 무엇 그리 차마 버릴 수 없는 것이 있으랴. 사람이 되려 애써 보아야겠다. 나란 전신全身을 뭉쳐서 나란 양심을 만들어야겠다.

* * *

오늘 다시 생각하여도 하늘을 보기 부끄러운 것은 나의 둔각鈍覺이었던 것이다. 알게 된 것이 한 자 길이가 되면 그 길이만치는 내가 살아보아야 할 것이다. 그 길이만치 살려면서도 그 앞에 이른바 서러운 장면의 뒤에 올 성공을 미리 의아疑訝함에서 얻은 나겁懶怯으로 말미암아 주저를 하다가 드디어 자족自足과 미봉彌縫으로 지나던 둔각 그것이다. 그 생활에서 이미 살게 되었으면 그 생활대로나 충실하게 살아야 할 것이지만 그리도 못하고 헛되게 시절을 저주하였으며 부질없이 생명을 미워하던 그 둔각이다. 말하자면 자연을 감식鑑識할 만한 그런 반성이 없었던 것이다. 개념概念에서 짜낸 자각自覺 — 입술에 발린 자각自覺 — 이 넋 잃은 생활에게 무슨 그리 놀랄 만한 소리를 들려줄 수 없었던 것은 마땅한 일이다.

* * *

언제든지 한번 오고는 말 이 기운機運이 하루 일찍 오늘에라도 오게 된 것을 나는 속마음 깊이 기뻐한다. 사람의 몸으로 다른 성수星宿에 가서 살지 않는 바에야 져버릴 수 없는 자연의 가르치는 말을 듣지 않을 수는 없는 것이며 깨치지 않을 수 없는 것이다. '설움을 지난 뒤의 기쁨'이 양심 생명의 하나뿐인 희망이다. 영구의 희열은 자연이 방대한 비극 너머에다 모셔 놓았다. 아, 나는 이 비극을 마중가야겠다. 양심과 자족自足 미봉彌縫과의 싸움이다. 다시 말하면 사람과 개도야지와의 싸움이다.

* * *

사람의 목숨이 본래 그리 오래지 못한 가운데 더우든 그 반생半生을 지났다고도 할 수 있는 나의 생명이 다하기 전에 진저리날 이 싸움이 마치게 될는지 — 그리하여 참으로 사람이 사는 듯한 세상에서 가진 꿈대로 다만 하루 동안이나마 살아볼는지 — 그는 내 마음으로도 풀이 못 할 까마득한 일이다. 하나 나의 목숨이 일찍 자연의 비극이 바로 마친 뒤에 나지 못하고 영구한 희열로 건너갈 징검다리 턱으로나 오고 말았으니 자연은 그만치 나의 생명력을 바라는 것이다. 오 — 이것은 나의 정명定命이요 나의 활로이다. 무엇보다도 조심을 하여야 할 것은 갖은 정성을 다— 했어도 나의 앞을 보살펴서 길을 잃어버리지나 않을 그것뿐의 참다운 아들이 되게스리 나의 마음을 가질 것뿐이다. — 1, 20 · 25, 차실車室에서

—《개벽開闢》1925. 3.

문단측면관文壇側面觀
— 창작 의의意義 결핍에 대한 고찰과 기대企待

1. 관찰觀察의 결핍

현재 문단文壇이란 모임 속에는 관찰성觀察性이라든 관찰안觀察眼이라든 관찰력觀察力이라든 관찰이 없다 할 만큼 결핍하다고 않을 수 없다. 재래에 있던 것이 핍절乏絶된 것이 아니라 작품이 출산될 때부터 가져온 선천부족先天不足이다. 개성에 대한 관찰성, 사회에 대한 관찰안, 시대에 대한 관찰력 — 이 세 가지 가운데의 아무것에서 하나도 못 가졌다 하기보다는 거의 가질 맘이 없었다 하여도 폭언暴言이 아니겠다. 겨우 이즈음 한 두어 사람의 논평論評 — 그도 개평槪評 월평月評에 지나지 않지마는 — 이 작자와 및 작품에 대한 요구를 하였다. 그 요구가 아직 그리 명료한 것은 아니나, 그 산만한 의사를 모두어보면 사회 관찰안을 가지라는 충고적 친분親分이 많이 있다. 그나마 반가운 일이라 않을 수 없다. 이로부터 작가의 두뇌에 별다른 영양분을 흡수할 한갓 기능이 생길 줄 믿는다. 오늘껏 나온 그 작품들을 자세히 본 이면 짐작도 하려니와 거의 다 — 사특한 장난에 지나지 않았다. 이것은 작자 자신들이 그때의 창작욕을 반성해보아도 알 것이고, 또 오늘 문단이 얼마쯤 수사修辭와 기교를 수확한 것 말고는 아무것 내놓을 것이 없음을 보아도 알 것이다. 이런 수확이라도 없었더면 하는 생각을 할 때는 그만 다행한 기쁨이 나오지 않는바 아니나 이런 수확을 얻기만스리 마지막 속없는 장난이 되고 말 짓을 언제든지 할 것은 아니라고도 않을 수 없다. 개성과 사회와 시대 — 말하자면 이 세상과 접류接流가 없이 살아보려는 마음이 있으면 그는 하루 일찍 하늘로나 물밑에나 사람 없는 곳으로 가야 할 것이다. 왜 그러냐 하면 사람이 된 개성이 어찌 살까 하는 관찰이 없고 개성이 살 사회가 어떠한가 하는 관찰이 없고 사회가 선 시대가 어찌 하다는 관찰이 없이는 적어도 이러한 관찰을 해보려는 노력이 없이는 그의 모든 것에서 사람다운 것이라고는 하나도 볼 수 없기 때문이다. 사람다움은 사람의 양심에서 나온 것이니 사람이 아니고는 찾을 수 없는 이러한 미美를 사람이 살 땅 위에 가져오게스리 애쓰려는 관찰이 없이는 사람 작자 노릇은커녕 노릇을 않겠다고 함이나 다르지 않기 때문이다.

2. 의의意義의 상실

더욱이 문단으로 말하면 어느 나라에서나 별달리 책임을 가지고 있다. 물론 그 책임 가운데는 자기의 양심에서 스며난 창조력으로 말미암아 그도 몰래 책임을 즐겨 질 때도 있고 또는 개성과 사회와 시대를 관찰함으로 그의 양심이 그러하지 않고는 만족할 수 없음에서 책임을 알면서 질 때도 있다. 책임이람은 다른 것이 아니라 자신의 그 나라 사람으로서 그 나라 말로 그 나라의 추구(사람의 모든 노력을 아울러 영원한 추구라 할 수 있다.)하는 바를 말하는 사람이 되었으면 그에게는 그 나라 사람으로서 글 쓰지 않는 그 사람들보다는 무엇 한 가지 더 가질 책임이 있다. 그렇다고도 한 개씩 가진 눈을 세 개 네 개나 가지라든지 하나뿐인 머리를 둘씩 셋씩 가지라는 짬없는 요안要案은 아니다. 말하자면 글 안 쓰는 사람들이 그 날의 공급과 그 날의 존재를 얽매기에 바빠서 마음으로나 몸으로나 사람답게 살아야 할 아름다운 생활을 생각지 못할 때나 또는 그 생활의 아름다움을 가지지 않을 때마다 이는 모독冒瀆이다. 이는 자멸自滅이다, 할 만한 마음과 다시 그런 결함 있는 자리를 보다 더 완미完美한 마당으로 만들 수 있다는 설계회設計畫를 꾸밀 만한 관찰성, 관찰안, 관찰력과 및 그를 계속할 성실을 의미한 책임이다. 책임 한 가지를 더 가진다 함은 그 책임한 만치 한 가지의 노동(맘으로나 몸으로나)을 더함이다. 여기서 글 쓰는 사람의 즐겨 하는 희생적 향락이 있고 이로써 문단의 존재가 있다고 할 만한 정명적定命的 의식을 가지게 된다. 이 의식의 심핵心核을 가지지 못하고 따라서 이 향락의 저의底意를 잡지 못한 때에는 혼이 참되지 못한 노동 — 곧 사특한 장난을 하면서도 한 가지 더 노동한다는 망상만으로 그만 본질에 대한 의식을 빼앗기고 잃어버리고 만다. 그러한 가운데서는 전진이 없고 자족自足이 있으며 창조가 없고 미봉彌縫이 있으며 열등熱騰이 없고 새축塞縮이 있으며 젊은 듯하기를 꺼리고 늙은 체하기를 즐겨 해서 마치 제때에 먹는 끼니를 싫어하고 호작질 비슷한 군입 다시기를 좋아함이나 다름이 없는 그따위 망령을 부리게 되나니 의식을 잃어버린 문단에는 다만 아무도 몰래 모든 것을 빼앗아 가고는 말 죽음이 오기를 기다리는 헛소리가 날 뿐이다.

3. 저조低調한 경향

내가 말하고자 하는 것은 이 위의 말한 바와 같이 늘 본질로 보아서 말함이다. 아무라도 그렇게 했을 테지마는 이즈음 달마다 나는 한두어 개의 잡지에 몇 개 안 되는 작품을 읽어보면 거의 다 앉은 자리에서 쓴 것이다. 만일 그렇지 않고 많은 애를 써서 만든 것이라면 그는 확실히 작자의 관찰과 의식이 없었거나 또는 쓰기에 적당하지 않은 자신을 깨닫지 못함이거나일 것이다. 그 작자들 가운데 몇 사람은 일찍이 관찰을 해보아서 생명

있고 힘 있는 작품을 쓰기에 훌륭한 사람이 있었다. 하나 이즈음 나온 것으로 보아서야 어디 사람의 마음을 깨우칠 것이 있으며 어디 사람의 마음을 아름답게 할 것이 있던가. 시대에 대한 경고도 없고 사회에 대한 비평(작자 기완技腕에 따라 구관拘關이 없을 줄 안다)도 없다. 의식이고 관찰이고 아무것도 없는 것은 사특한 장난이니 말할 것도 아니지만 몇 사람의 의식과 관찰을 조금이나마 가진 듯한 것도 그리 신통치 못한 경험에 군더더기를 붙인 것이고 별로 느낄 것 없는 상상에 분박재기[2]를 가린 것이다. 이 현상으로만 나간다면 백 년, 이백 년은 두고 단 십 년 이십 년 뒤에서도 오늘의 문단을 돌아보면 이른바 조선문학을 건설하는 사람의 위치(이런 위치임을 알았거나 몰랐거나 오늘 글 쓴다는 이에게는 불행인지 행인지 그리 되었다)에 있었으면서도 아무러한 의식을 못 가졌었기 때문에 이렇다 할 만한 의의나마 남기지 못하게 될 그 부끄러움을 생각할 수 있을 것이다. 사고思考로나 체험으로 나의 생활은 하루만치도 않은 재료로 욕량慾量에 와 작품에는 일생을 지나본 듯한 표현을 하려 하니 옛이야기에 있는 글 잘 하는 귀신이 옆에서 일러주기 전에야 그 내용이 어떠할 것은 해가 뜨면 낮이 되고 해가 빠지면 밤이 되듯한 사물의 이치 그대로일 것이다. 어떤 이는 "그렇게는 말할 게 아니라"든지 또 "아직 그럴밖에 더 있나" 하든지 해서 여러 가지 변박辨駁이 있을지 모르나 아무튼지 허심탄회로 문단 의식을 성찰한 이면 그이의 생각은 오히려 이보다 더할 줄 안다.

4. 양量과 질質

이렇게 귀엽지 못한 경향이 있게 된 것은 그 동기를 오로지 양과 질에

---

2) 분粉바가지.

대한 고려가 없었음에서 비롯하였다 않을 수 없다. 이 고려가 없었음은 문학이란 것을 그닥 계통 있게 사구思究하지 않고(나부터 그렇지만 작자 전부가 아니라 대부분 험담이 아니라) 그야말로 개천 치다 금 줍는 격으로 아무 짬없는 작물을 인쇄로 보고 갑자기 작자인 척하는 그 비열한 속에서 얻은 자만심이 오늘껏 반성할 기회도 없었으리만큼 그 고려성考慮性을 빼앗았기 때문에 쓰기만 쓰면 작품이려니 해서 그만 양量 — 곧 생명의 거르매[3]를 그리면서도, 질質 — 곧 생명의 그 자신을 가져올 줄 알았던 것이다. 물론 개성들이 모여 사는 그 사회가 어찌 살까 초로焦勞하는 그 시대가 아니고 개체로나 전부로나가 다 — 안정 풍유豊裕한 그 기절期節이면 생명의 거르매의 거르매를 그려서 도깨비 소리를 할 수도 있고 또 그러는 것이 도리어 그날의 생명을 한번 웃게 할 웃음거리도 될 것이다. 하나 조선의 문단이 가진 시대와 사회의 개성 — 곧 세상에서는 생명 그것을 어찌면 빼앗기지나 않을까 하는 그 기절期節을 밟고 있다. 아—니다 생명다운 생명 — 내 몸이 사는 맛을 못 보던 그 자리서 잃어버렸던 내 생명을 내 몸으로 찾아오려는 그때이다. 다시 말하면 남의 세상을 모방한 양적量的 존재를 읊조리기보다 나의 세상을 창조한 질적質的 생명을 부르짖을 때다. 순진한 예술은 모방성을 안 가진 창조열創造熱에서 난다던 말을 반성하고 체험할 때다. 나는 이런 의미에서 이즈음 작품의 거의가 사회라든지 인생에 대한 깊은 번민도 없고 생기 있고 아름다운 심원心願도 없이 자못 현상 만족에서 난 오락 기분이나 또는 한가롭게 지은 듯한 흥미 이야기로 보일 뿐이다. 이래서야 문학의 인생에 대한 가치 같은 그 점으론 말고도 어디 조선이 새 문단을 가졌다 할 거리가 있으며 무엇을 문단이 조선에 있는 보람이라 할까. 지금 문단에 본질적 추구가 없는가 있는가는 성실한 기지氣志와 엄숙한 태도로 관찰을 한 작품이 있고 없음을 찾아보면 알 것이다.

3) '그림자'의 방언.

5. 생활, 언어, 작가

현재의 작품을 모조리 외어外語로 번역하여서 외국인에게 읽은 뒤의 감상感想을 들어본다면 그의 입에서 조선의 내음새를 맛보았노라 하는 말이 나올까? 조선이란 그 생명 덩어리의 어떠한 것과 얼마만한 것(아직은 희미하게라도)을 보았다고 하리만큼 조선의 생명이 되었을까? 만일 "조선의 생명이 표현된 작품이 있느냐 없느냐고 묻는 말은 문단이란 성형成形조차 못된 오늘이라 너무 이르다" 하는 말이 있다 하면 그는 확실히 지금 글 쓰는 이를 모욕 질타보담 더 참혹하게 죽이는 연민의 소리일 것이다.

왜 그러냐 하면 조선이란 나라에도 사람이 있는 이상 그 사람들 모두가 임종석臨終席에 누워있는 반귀신이 아닌 이상 그들에게도 살려는 충동이 쉬지 않을 것이다. 그 충동이 있는 것만치는 그들에게도 생활이 있을 것이다. 어떤 나라에서든지 그들의 생활이 있고 그들의 언어가 있는 이상 그들의 생활이 천국 사리가 아니고 대지로 밟은 이상 그들의 언어도 사람의 감각과 배치背馳하는 괴물이 아니고 사랑의 통양痛痒을 지시하는 표현이라면 그들에게도 추구하려는 울음이 있을 것이요 미화하려는 부르짖음이 있을 것이다. 그 울음과 그 부르짖음을 얻어 듣지 못하고 그 울음과 그 부르짖음을 그대로나마 기록하래도 못 하는 사람이 그 나라의 생명을 표현하는 작자가 되었다면 글 쓸 사람의 의식을 못 가진 죄가 얼마나 클 것이며 작자 자신의 본질을 빼앗긴 허물은 어찌나 될 것인가. 조선에도 생활이 있고 언어가 있는 바에야 조선의 추구열追求熱과 조선의 미화욕美化慾 곧 조선의 생명을 표현할 만한 관찰을 가진 작가가 나올 만한 때이라 믿는다. 다시 말하면 오늘의 조선 생명을 관찰한 데서 새로운 생활 양식을 구성할 곧 실감 있는 생명의 창조를 시험할 창작가가 나올 때라 믿는다.

6. 창작創作

창작은 결코 소설만을 말한 것이 아니다. 문학 형식으로야 어떠하든지 현실의 관찰을 망친 상상(추구열과 미화욕이 있는)에 새로운 사회의 환경을 그리고 그 사회의 규정으로 말미암아 거기서 인생을 생활하게만 하였으면 아무것이든지 창작이라 할 수 있다. 그런데 작가가 분류되는 것은 작가들의 개성이 다른 때문이고 그 사회와 시대가 다른 것은 아니다. 작가의 관찰하는 태도와 감촉感觸 받는 방법이 각자各自의 개성이 다름에 따라 인생을 소설(장편이나 단편) 희곡 시 비평이란 여러 형식으로 표현하는 것이다. 바꾸어 말하자면 작가는 그의 개성을 따라서 인생을 시, 희곡, 장편소설, 단편소설의 형식으로 생각키도 하고 느끼기도 하는 것이다. 그러므로 작가 한 사람이 한 가지 이상의 형식으로 표현을 한다면 그만큼 그 작가의 성격이 다각적으로도 명료하기를 요구한다. 절대로 불가능한 일은 아니다. 그러나 결코 단편을 복잡하게 연장한 것이 장편이거나 장편을 간단하게 축소한 것이 단편이라고는 할 수 없다. 따라서 시를 산문으로 고친다면 그는 산문이 창작이 될 것이나 시가 산문으로 변하여졌다고는 못 할 것이다. 또 비평도 어떤 작품을 이리저리 금을 그어서 여기는 살아서 좋고 저기는 죽어서 나쁘더라만 하는 독후감 비슷한 따위는 말고 독특한 경지를 가지고 있는 비평가의 관찰 감촉이 보일 표현 곧 비평이라야만 창작이라 할 수 있다.

7. 기대企待

여기서 나는 지금 문단에서도 창작하기에 천분天分이 있대도 과언이 아니고 몇 분들에게 충고한 기대를 드린다.

상섭想涉, 빙허憑虛, 도향稻香 같은 이들은 하루 일찍 유탕遊蕩 생활(즉 과장된 말일지 모르나 하여간 기분상으로라도)을 버리고 될 수 있는 데까지는 오늘 조선의 생활을 관찰한 데서 얻은 감촉感觸으로 제일의적第一義的 대작大作이 될 만한 총서叢書를 짓기로 지금부터 착공하였으면 한다.

그리고 회월懷月, 월탄月灘, 명희明熙, 석송石松, 기진基鎭 같은 이들은 다 — 시 쓰는 이들로써 소설(전 사인), 비평(후 일인)까지 쓰는 이들이니 남달리 가진 두뇌와 남달리 섰는 위치를 다시 다 고지告知하여서 그들의 예사롭지 않은 책임을 다 — 함으로 말미암아 문단에서 섰지 못할 이중 효과二重效果가 있게스리 바란다.

어떤 이는 문단의 역사적 배경이 없으므로 이 기대를 과분하다 할는지 모르나 우리는 오히려 그리 보배롭기 못한 전통력(물론 전부를 말함은 아니다)에 의뢰를 피하려 하고 또 곡형曲型에 사로잡히지 않으려 애쓰지 않고 있는 정력精力이란 정력을 오직 현재와 미래를 위하여만 쓰기 때문에 우리의 할 일이란 자못 창조뿐이다. 혹 잘못 생각하게 되면 지금의 문단에서 애쓰는 자신을 터전 닦는 이 희생으로만 여기게 된다. 하나, 이 마음은 일종의 자포自暴이다. 일층一層의 타락이다. 우리의 가진 전부는 언제든지 새로운 것을 창조함에서 생명을 얻게스리 자연의 은총을 받은 것은 무엇보다 먼저 감명感銘을 하여야 한다. 그러면 우리에게는 희열이 있으며 용기가 있겠고, 자시自恃가 돋으며 활력이 날 줄 안다.

—《개벽開闢》 1925. 4.

지난 달 시詩와 소설小說

소설부터 먼저 말하겠다.

〈흙의 세례洗禮〉 — 성해星海 작 —《개開》

이것은 성격 전환을 보이려는 작품이다. 사색적 경향이 있던 생명 — 곧 여러 가지 갈래로 살피려던 그 성격이 실천적 경향을 가진 생명 — 곧 한 갈래의 길로만 살아가려는 그 성격으로 옮아가는 경로를 말한 것이다.

나는 '경향傾向'이란 것을 붙인 것에 많은 의미를 가졌다. 이 작품에 대한 비평의 의미가 '경향'이란 그 두 자 속에 거의 다 있다.

왜 그러냐 하면 '흙의 세례'를 받은 전후의 명호明浩가 다 무슨 결정된 행위를 일찍 갖지 못하였기 때문이다. 그는 사상(사색에서 얻은 결정적 행위)이랄 만한 것을 가지지 않았다. 있다면 장차에는 생산될 수 있는 '불평' 한 가지 뿐이었다.

한데 처음부터 명호가 순전한 '불평'만 가졌더면 그에게는 울분이 날 터이므로 한 가지의 사상(사색함)이었던 양식樣式으로든지 반드시 나왔을 것이다마는 그의 맘이 유굴柔屈, 나타懶惰하였으므로 반열叛熱 그대로 살지 못하였고 또 그래도 자신을 반성할 만한 양심은 있었기 때문에 모—든 것에 모르는 척할 냉정한 그 생활(혹은 은둔생활)도 하지 못하였다. 이리하여 그에게는 도회都會에 있으나 향촌으로 가나 항방 없는 불평과 자신에 대한 불만이 그를 떠나지 않았다. 말하자면 제 생명의 공허(물론 이것을 확인은 못하였다)를 채우지 못한 데서 얻은 고민이 그의 생명을 여러 가지로 살펴보게 하려던 경향과 동기는 주었던 것이다. 하나 그는 그 경향을 그 동기에 받았을 뿐이고 한 자욱 더 들어가지는 않았다. 그러므로 '흙의 세례'를 받기 전 그의 성격에 사색적 경향이 있었다고 한 말은 이성理性과 오성悟性을 아직 분인分認할 줄 모르는 그 시기 생활의 몽롱 상태를 의미함이나 다르지 않다.

그리고 또 그가 냉정 생활의 제일보(실천에서 얻은 결정적 행위)로 밭갈이를 오늘 하루 동안 한 결과 순전한 은둔생활을 하겠다고 하면서도 '이것이 또한 영원히 우리의 시달린 영을 잠재워줄 것으로(아무리 현하現下의 경우이지마는) 믿을 수는 없다' 한 것을 보면 그에게는 아직도 사상(실천할)이 없음을 아는 동시에 자못 실천 생활을 할 듯싶어만 보이는 그 꼴을 알 수 있다. 이리하여 그에게는 저리로 가보자고 하나 진실을 못 가진 회의적 기분이 있고 한 갈래의 길을 따라가기에는 그의 인식한 생명의 발광發光이 너무나 가엾게도 희미하였다. 다시 말하면 지금 그의 성격을 지배하는 그 '불평'은 '불평' 그대로 실천하기엔 환상이 아직 순화純化를 못 하였다. 그러므로 '흙의 세례'를 받은 뒤 그의 성격에 실천적 경향이 있다고 한 말은 정의情意와 이지理知를 분감分感할 줄 모르는 그 시기 생활의 혼돈 상태를 의미함이나 다르지 않다. 그리하여 명호의 생활엔 참된 각오가 없다는 것이 이 작품에 대한 비평의 축어縮語다.

그러나 이것을 작품에 대한 비평으로만 말할 수 없다. 나는 이 작품을 힘입어서 현하現下 조선 사람의 내적 생활을 관찰하였으므로 말이다. 아마도 우리 나라의 식자識者들 가운데는 거의가 다 — 명호와 같을 줄 안다. 계몽 시기에 있느니 여명기에 있느니 하는 짧은 시일을 가진 조선이니 물론 이렇게도 자신과 사회와 시대와 생명에 대한 관찰이라던 비평에 허망한 것이 무리는 아닐 줄 아는 바이나 오늘의 현상現狀을 미래에까지 연장

해볼 때에는 참으로 하루 바삐…… 하는 마음이 불 일 듯하다. 이런 말은 그만두기로 하고 나는 작자에게 한 가지 묻고자 하는 것이 있다. 그것은 이것이다.

작자는 이 작품을 쓸 때 조선 식자(명호를 대표로)의 내적으로 불철저 비자각不徹底非自覺인 것을 폭로시키기 위하여 쓴 것인가 그렇지 않으면 명호의 생활을 의의가 있게 생각하여서 그의 생활에서 무엇을 발견하라고 쓴 것인가? 만일 전자의 의미 같으면 모르거니와 후자의 의미일진댄 나는 실념失念 않을 수 없다. 왜 그러냐 하면 근본적 의미에서 창작을 쓸 사람은 그 자신이 선지先知와 같은 충분한 관찰을 가져서 한 개의 작품에 완전한 '새 세상을 보이거나', '새 사리'를 보여야 할 것이다. 적어도 그리할 만한 통찰은 보여야 할 것이다. 그것을 보이기에는 이 작품에 표현된 작자의 관찰이 너무 협근狹近하다 하리만큼 자포自暴 관념이 많다. 자포와 발악發惡은 유사한 듯하나 아주 다르다. 그것은 침전沈澱과 유동流動과의 차이와 같다. 이것을 주의 삼아 충고해둔다.

그리고, 끝으로 아무랬든지 지난 달 창작 가운데서 가장 무게 있는 작품인 것을 말하지 않을 수 없다. 소위 양심을 잃지 않은 식자의 '사상과 생활의 통일'에 대한 고면苦面을 말한 것이라고도 볼 수가 있다. 이와 같은 내면생활에 대한 작품이 나오기를 바라리만큼 작자의 신면新面을 보인 노력을 감사한다.

〈가난한 사람들〉 — 이기영李箕永 작 — 《개開》

이것은 상상에서 나온 것이 아니다. 아마도 어떤 실생활의 단편斷片을 기록한 것 같다. 이만큼 실감이 읽는 이에게 핍주逼注가 된다. 하나 결코 구상構想이든 기교를 통하여서 오는 감흥이 아니고 전혀 말하자면 염치없어진 거러지의 '타령'하는 듯한 그런 참담한 생활의 고미苦味를 독상讀想함에서 오는 것뿐이다.

그러므로 소설이란 형식으로 보아서는 구비具備하기에 부족한 것이 너무나 많다. 차라리 수필로나 서간으로 썼더면 작자의 보배로운 열정이 얼마나 더 읽는 이를 충동까지 시켰을까 한다.

〈정희〉— 김동인 작 —《조朝》

이 작품은 아직 무엇인지를 모르게스리 게재揭載가 되었으므로 그만두기로 하고 이렇게 끊어낸 것에 대해서만 한두어 마디나 해보자.

첫째 이 작품을 보면 무슨 그러길 만한 것도 아니겠는데 왜 어째 이렇게 보기 흉 없도록 내어서라도 작품과 독자와의 감흥을 상하게 할 필요가 무엇이던가 하는 의소疑笑를 참을 수 없다.

둘째로는 이것이 비록 적어 보이는 일이나 사실인즉 창작이라는 것에 대한 견해를 말할 만한 것이다. 그런데 작자나 편자編者가 작품에게 어째 이렇게 대우를 하였을까 함이다.

〈계집 하인〉— 도향稻香 작 —《조朝》

남의 집 '어멈' 사리의 일면을 보인 것이다. 전편이 거의 대화로 된 데서도 아무 부자연한 것이 없이 장면의 변화를 가져온 것과 또 처음부터 끝까지에 옆길로 달아난 설명조차 없어서 한 번에 죽 내려읽도록 된 그 연활軟滑한 기교는 감복하고도 남을 것이다. 참으로 구상構想이나 형식이 단편의 그것을 다 갖추었다 할 작품이다.

내용의 주의主意를 잠깐 할 테면 '계집하인'인 '양천집'이란 여자가 '짝어뱅이' '애꾸눈'인 것과 시골 사람이므로 교활미狡猾味를 못 가진 데서 생활에 학대를 받는 일종의 애화哀話다. 말하자면 우스우면서도 눈물 나는 그런 이야기다. 작자는 독자에게 도회 인성都會人性과 향촌 인성의 장극墻隙을 살그머니 보이는 동시에 어쩔 수 없는가 하는 한갓 비애와 버리지 못할 것이다 하는 무슨 문제를 웃는 눈에 눈물을 흘리면서 갖다 주려던 것이다.

그런데 나는 이 작품에 나타난 작자의 관념과 태도가 조화를 살피지 않았으므로 작품의 원생명原生命에 아까운 미자微疵를 끼쳤다고 생각한다. 그것은 '양천집'의 가진 그 비애를 발견한 작자의 현실에 대한 그 온정인 관념과 그 비애를 알려준 작자의 표현에 대한 그 냉정한 태도와의 사이에 아무러한 교섭이 없었기 때문에 이 작품이 자못 그닥 따슨 맛없는 우스운 이야기로도 오해를 받을 만하다는 그것이다.

〈박돌朴乭의 죽음〉 — 서해曙海 작 —《조朝》

북방北方 어느 산촌의 가난한 집에 자라난 어린 박돌朴乭이가 남의 집에서 썩었다고 내버린 고등어 대가리를 주워다 삶아먹고 중독이 되어 생명이 위기에 있을 그 순간 — 어린 생명의 전부가 다— 멸망될 그 순간에까지도 '초시初試'의 악지바른 착취욕으로 말미암아 치료를 못 받고 죽었으며 또 박돌의 어머니까지 남과 같은 생명을 잃어버리게 됨을 따라 드디어 '초시'도 그 보복을 받게 되었다는 이야기다. 말하자면 현상 세계에 많은 비극에 인과관념을 우의寓意한 듯한 작품이다.

제6구초齣初와 같은 그런 묘사는 고리키의 기완技腕을 연상시키리만큼 씌었다고 할 수 있다. 그리고 또 억색抑塞된 비통을 감내하기에는 너무나 애상이 많게 살아온 박돌 어머니의 신경이 자기 전생全生의 광명으로 알던 외동아들을 원통하게도 빼앗기다시피 잃어버린 설움으로 말미암아 그만 질식이 되고 다시 착란이 되었다가 마지막 발광까지 하는 그 경면景面들도 여실한 감이 있다.

그러나 이 작품 전체의 감흥적 효과로 보아서 그가 썩은 고등어 대가리를 먹게 된 그때의 정경(먹고 싶었더라고만 하기보다도 고기에 주렸던 그 식욕이 보였어야 할 것이다)이 부족한 것과 결말에 미친 박돌 어머니가 '초시'의 얼굴을 물어뜯는 것을 본 군중이 말리느니 욕하느니 놀라느니 해서 아무 혼잡한 상태가 없이 마쳐버린 그것이 애닯게 생각된다.

끝으로 나는 이 작자가 남과 같이 섬세와 유연한 맛이 없는 대신에 언제든지 소박素朴과 순성純性을 남달리 가진 데서 반드시 얻기 어려운 건실한 작품을 우리의 앞에 내보이리라는 믿음성 있는 기대企待를 말하여 둔다.

〈꿈 묻는 날 밤〉 — 김탄실金彈實 작 — 《조朝》

이것은 '남숙'이란 여자가 이미 남의 가장이 되고 남의 아버지까지 된 와이란 사람을 그 사람도 멀리 사랑은 하면서 자기의 애정과 환경에 대한 성찰을 말지 않은 결과로 그의 이지理智가 그만 잊어버리지 못하던 그 꿈을 영영 환상 속에다 묻어버리게 하였다는 이야기다. 말하자면 우리 나라에는 일찍 드러나지 않은 그런 신면新面을 보인 작품이다.

이 작품의 주의主意로서는 틈틈이 '남숙'이의 생각을 묘사한 문구에 삽체澁滯한 언어(안국동을 지날 때의 생각을 말한 것과 맨 마지막에 그의 결정된 생각을 보이던 것)가 몇 마디 있음이 험점이랄는지는 모르나 성공한 것이라고 할 만한 작품인 것은 사실이다.

하지마는 작자가 '남숙'이를 '포에티스'[4]로 쓴 것만큼 시인에 대한 견해가 작은 '포에티스'인 것을 말하지 않을 수 없다. 이 말이 좀 옆길로 퍼질 듯하나 이미 시인이란 말이 났으니 아주 짧게나마 몇 마디 하겠다.

직실直實한 의미에서 '남숙'이는 시 쓸 사람이 아니다. 시를 쓰기에는 너무나 공리욕功利慾이 많다. 그리고 또 자신의 성실한 데서 나온 겸손이 없다. 자못 '무리 앞에 놓도록' — 곧 처음부터 한갓 교양만 되도록 — 하겠다는 공리욕보다도 더 어려운 과대망상이 있을 뿐이다. 그에게는 팽창하는 생명력이 없다. 순정이 없고 열성이 없다. 공아恐訝가 있고 미온微溫이 있을 뿐이다. 그러므로 그에게는 시를 쓴다는 것이 한갓 두렴 많은 자기의 피난처가 되었다. 그렇게 짐작만 했으면 또 모르겠으되 도리어 그러는 것

4) poetess(여성시인)

으로써 거룩한 희생이나 된 듯이 과장을 하는 치행稚行을 알라. 생명이 발랄潑剌된 데서 나온 생활을 저버리는 그 목숨에서 나올 것이 무엇이랴. 가장 산 듯한 생명을 가진 이라야만 시인이 될 것이다. 왜 그러냐 하면 시란 것은 가장 산 듯한 생명의 발자국이기 때문에. 그런데 '남숙'이는 산 듯한 생활을 저버리고 난 한숨을 시로 알았으니 작자가 '남숙'의 우스운 이 생각을 풍자로 썼으면 모르거니와 그렇지 않으면 작자의 시에 대한 오견誤見인 것을 면할 수 없다.

〈서문학자序文學者〉— 임영빈任英彬 작 —《조朝》

이즈음 '문학청년' 가운데 일종 허위적 기분을 가진 자를 풍자한 해학諧謔 작품이다.

'선옹仙翁'의 심리 경과가 여실히 묘사되었다. 우스우면서도 연증憐憎한 생각이 나게 한 것은 작자의 암시력을 볼 수가 있다. 별미別味 있는 작품이다.

하지만 나는 작자가 소설로 쓰기에는 용의用意라든지 구상構想이라든가 — 곧 내용에 너무나 단순하다는 감이 없지 않든가 함이다.

그리고 또 작자에게 의견 삼아 말해 둘 것은 보기에 구토嘔吐가 나게스리 흉 없지 않을 만큼만 한자漢字를 써주었으면 하는 것이다.

〈동경憧憬〉— 한병도韓秉道 작 —《조朝》

이것은 S란 사람이 애쓰던 미적 추구를 그림으로 표현하려에서 나온 동경憧憬과 K란 여자가 한 번 만난 이성에게 가졌던 연모에서 난 동경 — 이 두 사람의 동경이 뜻하지 않는 기회에 서로 만남으로 말미암아 조화경調和境으로 교융交融이 되었다는 이야기다.

젊은 시기에 흔히 있을 만한 순수한 그런 공상 같지 않게스리 자연스러운 풍미를 얼마쯤 보인 것은 작자의 열지 않게 세련된 기완技腕을 짐작할 수 있다. 그러나 한 가지 유감 되는 것은 암시가 모자라는 서술에 가까워서 자못 막연한 환상 생활을 그리워하는 듯한 그것이다.

어쨌든지 이 작품 가운데서 나오는 노력 — 내적으로나 외적으로나 묘사에 치밀하려는 그 노력이 창작할 기면技面의 어느 부분을 말하는 듯해서 작자에게 감사를 않을 수 없다.

〈상환相換〉 — 자아自我 작 — 《조朝》

이것은 비유해 말하자면 눈 코 입이 없는 그런 얼굴을 가진 사람이겠다. 멀— ㄹ리서 보면 사람 같기는 하나 가까이 가 보면 사람이라고 할 수 없을 것과 같이 보기에는 무슨 작품 같기는 하나 읽으면 도무지 신문에 사회면 기사처럼 '아내를 상환'하였다는 그 사건을 보고報告 비슷하게 쓴 그 의미뿐이다. 필치와 구상 사이에 차위差違가 너무 많다.

창수昌洙가 홍득弘得의 아내를 어찌 왜 데리고 도망하게 되었으며 또 홍득이가 창수의 아내와 어찌 살기가 되었는가? 이리된 '까닭'이 이 작품의 주의主意 생명일 것 같은데 그 암시가 도무지 없으니 이것을 무어랄는지는 지은이와 읽은이가 다시 한 번 본 뒤의 느낌에게 맡긴다.

〈첫날밤〉 — 김낭운金浪雲 작 — 《생生》

'순희'란 어린 여자가 집안의 빈곤으로 말미암아 넉넉한 살림을 빙자하고 음탕한 생활을 제멋대로 살아온 짐승 같은 늙은 색마에게 셋집 첩으로 들어간 것이 '순희'의 온갖 소망을 다 부수고 다시 '순희'의 목숨까지 빼앗고 말았다는 애 듣는 작품이다.

'첫날밤'이란 것은 작자가 '순희'의 생명도 사는 보람이 있게 살려 하던 그 첫날밤이 '순희'의 생명은 언제 있었더냐 비웃는 듯한 그 마지막 날 밤 — 곧 영원한 파멸의 '첫날밤'이 되고 말았다는 우의寓意에서 명제命題를 한 것이다.

나는 이 작자의 필치(이 작품에만, 다른 것은 못 보았기 때문에)가 모파상의 〈윤느 리브〉에 있는 '첫날밤'의 묘사를 연상시키리만큼 여실하다는 것을 적어둔다.

지난 달 창작으로는 다 된 셈이다. 《생장生長》에 〈옥순玉順이〉 — 이종명李鍾鳴 작과 〈절교〉 — 곰보 작 — 란 작품이 있으나 그것은 당선된 것과 벌써 선자選者의 소평所評이 있으므로 그만둔다. 그리고 또 신문에 작자와 및 제명題名을 기억할 수는 없으나 어쨌든 작품이 한 두어 개 게재된 것이 짐작은 되지마는 부끄러운 말씀으로 읽지를 못하였기 때문에 거기 대하연 말 못하게 된 것을 많이 사과한다.

끝으로 한 마디 할 것은 많이 나온다고 무조건으로 반가웁달 것은 아니나 그래도 속담에 '닭이 천 머리면 봉鳳이 한 머리'란 셈으로 반드시 많기만 하면 명편가작名篇佳作이 나올는지도 모를 터이라 한 달에 겨우 십여 편밖에 나오지 않는 창작단創作壇의 은성殷盛을 바라지 않을 수 없다는 그것이다.

이로부터는 지난 달의 시로 옮아가보자.

〈형제들아 싸우지 말자 동방東方이 아직도 어둡다〉 — 석송石松 작 — 《생生》

사람은 개성의 내적으로나 개성과 개성의 접촉되는 그 사이에서나 생명에 대한 투쟁이 끊이지 않고 있으므로 말미암아 개체의 영육靈肉 균형을 얻으며 두 개 이상의 무수한 생명이 통일을 얻는 것이다. 물론 생명에 대한 투쟁과 분요紛擾는 다르다. 이 시는 분열 이산離散이 되고 말려는 금일의 분요된 생명에게 주는 간곡한 정성 그것이다. '형제들아 동방 이 틈을 기뻐하여라. 오 그때의 땅 위에 열릴 것은 춤터뿐이다' 한 것은 작자가 우리에게 조화경調和境을 가르친 것이다.

그런데 전편全篇으로 보아서는 암시력이 너무나 드러나지 않은 까닭인지 모르나 자칫 하면 읽는 이에게 '작자는 행여나 피사성避事性을 가지지 않았는가?' 하는 뜻하지 않은 의아疑訝를 받을 만큼 표현이 흐렸다고 할 시이다.

〈까뭉개어진 얼굴〉, 〈지렁이의 죽음〉 — 기진基鎭 작 —《생生》

〈까뭉개어진 얼굴〉은 우리의 가난한 사람에서 짓쭈그러지려는 생명을 발견한 것이다. 두려움을 주는 시이다. 작자의 생명의 행의行儀가 없음이 서어하다.[5] 그리고 〈지렁이의 죽음〉은 확실히 상상력이 많은 것이다. 침통을 가진 암시의 시다. 두 편에 제가끔 넘치는 열정을 다— 감격을 하면서도, 나는 〈지렁이의 죽음〉을 시상詩想으로 보아서 몇 번 읽을 것이라고 한다.

〈실망과 후회〉 — 김여수金麗水 작 —《생生》

평범한 언어로써 인성人性을 미묘하게 풍자한 시다. 그러나 어쩌면 야비野卑에 빠지지 않을까 하는 충고를 하게 하는 묵감默感이 있다. 작자의 기능은 많이 존경한다.

〈고요한 저녁때〉외(2편) — 낭운浪雲 작 —《생生》

〈고요한 저녁때〉란 것은 저녁 정경에 아무러한 발견이 없다. 내용에 아무것도 없는 것을 형식으로만 미화를 하려 했으니 작자의 시적 기교에 결흠缺欠된 것을 알 수 있다. '금金'이란 것에서는 본질을 더 나타내었다. 열정한 가지로만 보아서 〈애인〉이란 것이 낫다고 한다. 그것은 '살아서 이렇게 얼굴을 맞대고 울고 싶어요' 한 구절이 있는 까닭이다.

5) 서운하다.

〈나의 옛집에 돌아오도다〉 — 류춘섭 작 —《생生》

이 시에선 익숙한 솜씨를 남달리 보인 것이다. 하나 그보다도 나는 이 시상에서 흐르는 성실을 더 반가워한다. 그것은 이 뒤의 생명에 많은 기앙冀仰을 두지 않을 수 없기 때문이다.

〈무덤에서 나와서〉 — 강애천姜愛泉 작 —《생生》

이것은 작가의 사상을 말할 만한 시인데 너무 배치에만 힘을 썼고 따라서 현실에 경탄하는 태도가 너무 경첩輕倢하여서 아직 어리다는 감이 있으나 역량의 광대하려는 노력을 기려둔다.

〈고양이의 꿈〉, 〈겨울밤〉 — 이장희李章熙 작 —《생生》

이채異彩 있는 시다. 〈고양이의 꿈〉이란 것은 환상의 나라로 달아나는 작자의 시정詩情이다. 여기서 작자의 시에 대한 태도를 볼 수가 있다. 그는 확실히 정관靜觀 시인이다. 그 대신 생명에서 발현된 열광이 없음을 말하지 않을 수 없다. 그리고 〈겨울밤〉은 기교나 암시가 조금 모호하다.

〈기원祈願〉, 〈나무장사의 한탄〉 — 김창술金昌述 작 —《생生》

이 두 편은 내재內在 의식이 확실히 현실적이다. 이런 것을 불구하고 그의 표현은 아직도 기교 편중하는 태도를 가져 보인다. 〈개벽開闢〉에 개재된 〈초ㅅ불〉이란 시가 차라리 작자의 관념과 태도를 구체화한 것으로 보아서 읽을 만한 것이라고 생각는다.

〈인류의 여로旅路〉 — 오천석吳天錫 작 —《조朝》

이것은 적어도 작자의 용의用意와 노력한 것만큼 감상鑑賞하기를 요구하는 중요한 '시극詩劇'이므로 한 두어 편의 시와 같이 그렇게만 짐작할 수 없다. 그래서 다음 어느 기회로 미루어두고 시란 것이 아직도 그닥 이해를 못 받는 현 문단에서 이만한 영역까지 들어간 작자의 행적을 감사만 해두고 따라서 〈죽음보다 아프다〉란 박월탄朴月灘 작의 '시극'과 함께 일적은 수확으로 가진 우리의 기쁨도 우선 말을 해둔다.

〈법성포 십이경法聖浦十二景〉 — 조운曺雲 작 —《조朝》

이것은 시조이기 때문에 여기 대한 식안識眼을 못 가진 나이라 그만둔다. 물론 시조에서도 어묘語妙와 경이를 발견하는 데야 다를 것이 없을 줄을 아나 그래도 여기는 특용어特用語(토吐 형용사 등에)가 있으므로 그의 시비론과 함께 이 뒤 식안을 얻게 될 때까지 미룬다.

〈늙어지오라〉(외 3편) — 이은상李殷相 작 —《조朝》

이 네 편 시 가운데 작자의 민감敏感을 보인 〈늙어지오라〉와 또 후자後者의 본질을 말한 〈흙에서 살자〉는 두 편을 취하고자 한다. 〈심장心臟〉에서도 열정을 볼 수는 있으나 〈실제失題〉와 같이 너무 기교에 애쓰는 자취가 보여서 작자의 감흥을 도리어 무너뜨린다.

〈나는 악시惡詩를 쓴다〉 — 이동원李東園 작 —《조朝》

이 시의 제명題名을 처음 볼 때에 나는 번쩍 생각하기를 타협妥協 인습因襲 시기猜忌에 대하여 발악을 하는 노래로 알았다. 하나 이것은 나의 헛된 짐작이었다. 작자가 시로 쓴 것이 자못 무슨 이름도 못 붙일 유식한 '타령'으로 되고 만 것이다. 무엇보다도 작자가 자신의 생명을 아무 보람 없이 만든 것은 '나는 일없이 악시를 쓴다' 하는 그 의식이다. 사람도 아무것도 아니라고 한 작자에게 청춘은 어디 있으며 그것을 아까워할 정의情意는 어디서 날까? 아무랬든 이렇게 길게 쓴 노력과 상량想量은 감심感心한다.

〈신랑 신부〉 — 파인巴人 작 —《조朝》

발랄한 시상을 가진 시인이다. 말하자면 물에서 뛰어나온 고기와 같이 파닥파닥하는 생명을 보이는 사람이다. 그러므로 기교와 태도에 남다른 색채를 띠고 있다. 이 시는 예리한 감수성에 냉열冷熱한 풍자미를 가진 귀여운 것이다.

〈창궁蒼穹〉 — 탄실彈實 작 — 《조朝》

이것과 〈언니 오시는 길에〉와 두 편 시다. 그런데 절주節奏가 어째 좀 미끄럽지 못하고 또 시상이 정제된 것만치 기교가 모자랐던 험이 있다. 이 가운데서 나는 〈창궁蒼穹〉을 취한다. 왜 그러냐 하면 '오오 가을 하늘 우리의 집아……' 하는 시구는 확실히 작자가 발견한 자연과의 동화감에서 나온 보배로운 그 소리이기 때문이다.

〈몸과 마음〉, 〈한빛 아래서〉 — 유도순劉道順 작 — 《조朝》

두 편이 다— 미묘하기는 하나 이 작품의 태도에서 본 작자의 장래할 진정進程을 위하여 생명의 열광熱光을 더 추구하지 않으면 시의 형해形骸라고 할 속 빈 기교만 남게 되리라는 것을 말하여 둔다.

〈봄이로소이다〉, 〈신음呻吟〉 — 강애천姜愛泉 작 — 《조朝》

무슨 작품이든 잘못 써서 읽는 이에게 비열하다는 생각을 일으키지 않으라마는 애련愛戀에 대한 정을 솜씨 없이 표현한 것만큼 작자의 생명까지 비열하게 느끼게 하는 것이 없다. 작자의 주의를 빈다.

이 두 편 시 가운데서 바랄 것은 〈봄이로소이다〉의 속에 나타난 정열의 미래가 성실을 잃지 말라는 그것이다.

이제는 더 쓸 것이 없어 그만 마치기로 하고 딴 말 한 마디만 적어 놓자.

이것은 별말이 아니다. 물론 우리의 생활이 글 쓰는 것으로만 지탱을 할 수 없는 것은 사실이지마는 이미 글 쓰는 사람이면 어느 한도까지는 생활에서 시달린 건강으로도 쓸 거리를 찾아야 하고 쓰지 않으면 안 될 의무를 자부自負한 것만큼은 애를 써야 할 것이다.(그리 생활에 부대끼지 않는 이로서야 말할 것도 없지마는) 그런데 이즈음이래도 몇 달이 못 되기야 하지만 소설 쓰던 이나 시 쓰던 이 가운데의 몇 분의 작품이 나오지 않는 것은 여간 서어롭다 못할 것이다. 물론 상想과 역力을 잠축潛蓄한다면 도리어 반가운 기대企待를 가지고 있겠다. 그래도 글 쓰는 사람의 주위와 시기를 살펴본 이면 한 달에 한 개쯤이야 쓰지 않을 수 없을 줄 안다. 이것은 결코 수요에 대응의 의미로 써라 하는 것이 아니다. 우리 경우에는 쓰려면 얼마라도 쓸 수 있는 생활이 있으니 쓰자 하는 그 뜻이다. 실상인즉 우리 나라만큼 혼잡된 생활이 어디 있겠으며 순화된 생활을 찾는 데가 어디 있겠느냐? 이런 가운데서 글 쓸 감각이 글을 쓸 수 없도록 나오지 않는 데서야 너무나 글 쓰리라던 자신의 몰염沒廉한 태도를 짐작 못한 말이 아닐까 하고 둔다.

—《개벽開闢》 1925. 6.

감상感想과 의견意見
— 〈조선문단朝鮮文壇 합평회에 대한 소감所感〉

'합평合評'의 가치 여하는 말하자면 평자評者, 그들의 여하에 있다고 생각는다. 한데 대체로 보아서 지금까지 나온 '합평合評'이란 것은 평자나 피평자被評者에게 그다지 있음직하다 할 만큼 필요를 느끼지 못하였으므로 아무러한 획득獲得이 없는 일성이었다. 왜 그러냐 하면 문단 일반文壇一般에게 '합평'이란 것이 경시가 되었을 뿐, 평가平家 그 사람을 얻지 못하였고 따라서 그 태도들이 비평의 선외線外로 달아난 냉조冷嘲 책략策略 아첨阿諂 만과漫誇와 같은 불순한 기분이 보였으므로 말이다.

이것은 '합평合評'에 대한 감상感想이고 다음으로는 의견을 짧게 적고 그만두겠다.

'합평合評'이란 것이 월평月評과 같이 있는 것이 좋을 줄 안다. 좋다는 까닭은 그런 것이 있으면 여러 가지로 향응響應이 되기 때문에 읽는 이에게나 쓰는 이에게 한층 더 긴장미를 가지게 할 것이다. 물론 그만큼 소리를 낼 만한 작품이 나고 안 난 것은 작자와 평자와 구비되어야 할 것이다. 작자는 그만한 작품을 썼어야 할 것이고 평자는 그만한 것을 발견하여야 할 것이다. 그런데 작품을 전혀 독자의 감상에만 맡기지 않으려고 있게 된 '합평'일 것 같으면 자기 생명을 파악하기에 애쓰는 그런 작자를 수고롭게 할 것 없이 될 수 있으면 비판의 감상력이 보이고 여력을 가진 이를 고르는 것이 좋을 줄 안다.

그리고 '합평'의 형식은 총괄적으로 하는 것과 또는 그 달 작품 가운데 가장 고려考慮가 많이 보이는 몇 개를 선택하여서 아주 해부적으로 하는 것 — 이 두 가지 형식을 취하였으면 비평이란 그것에 대한 견해까지 독자에게 파급이 될 줄 안다.

—《개벽開闢》 1925. 6.

시詩의 생활화
— 관념 표백表白에서 의식意識 실현으로

시는 어떠한 국민에게든지 항상 그 국민의 사상 핵심이 되고 그 국민의 생명 배주生命胚珠가 됨에서 비로소 탄생의 축복과 존재할 긍정을 받는 것이다. 여기서 축복과 긍정이란 것은 시詩 자체의 의식 표현을 암시하는 말이다. 시와 그 주위와의 관계를 말한 것이다.

그러므로 오늘의 시인은 한편으로는 사상의 비판자이어야 하고 또 한편으로는 생활을 선구자이어야 한다. 그러나 결코 이 비판과 이 선구先驅는 남을 말미암아 하는 것이 아니고 모두 나라는 의식과 생명을 순전히 추구함에서 나와야 할 것이다. 그 뒤에야 비로소 그 주위 생활의 동력을 나의 마음에 추향趨向케 하며 나의 의식을 그 생활 위에다 활동시킬 수 있을 터이다.

그때에 시인에게는 생활이란 것이 다만 그 자신의 생활만이 아닐 것이다. 우주 속에서 인생 가운데서의 한 생활일 것이다. 모든 생활을 이 근본정신으로써 통솔할 만하여야 한다. 오직 시학상詩學上으로의 사상思想이란 것은 존재할 수 없는 것이다. 이 시대에 호흡을 같이하는 민중의 심령에 부합이 될 만한 방향을 지시하여야 할 것이다. 그것은 곧 시란 것이 생활이란 속에서 호흡을 계속하여야 한다는 까닭이다. 현실의 복판에서 발효醱酵하여야 한다는 까닭이다. 생활 그것에서 시를 찾아내어야 한다는 까닭이다.

경제학자나 정치가나 철학자나 사회학자도 그 생활 반면半面에 시를 잃어버리지 않은 데서 비로소 그 생활의 진실이 나며 그 의식의 균제均齊를 얻고 따라서 그 생명의 골자骨子를 잡는 것과 같이 시인은 이 여러 생활에 대한 모든 방향을 지시할 만한 생명 의식을 파악함에서 시인이란 생명을 가진다 할 수 있을 것이다. 왜 그러냐 하면 전자前者들은 생활의 방편의 견제牽制가 되기 쉽고 후자는 생명의 비약에 분방奔放을 일삼기 때문이다. 저것은 방류傍流이고 이것은 주조主潮인 까닭이다. 다만 시인은 그의 사상을 시 위에서 행위할 뿐이다. 하나 여기서 시라고 한 것은 문자文字의 시만이 아니라 사실事實의 시 — 보담도 시의 사실事實을 의미한 것이다. 생명의 본질을 말한 것이다. 그러고 보면 현실에서 나올 시 곧 현재現在할 시는 반드시 자연과의 종합성을 깨친 것이라야 할 것이다. 나는 사람이면서 자연의 한 성분인 것 — 말하자면 나란 한 개체가 모든 개체들과 관계 있는 전부로도 된 것이라야 할 것이다.

거기서 진실한 개성個性의 의식이 나며 철저한 민중의 의식이 날 것이다. 따라서 생명의 진면眞面이 날 것이다. 그리하여 찰나에도 침체沈滯가 없이 유전流轉하여 가는 자연의 변화를 인식한 데서 얻은 영원한 현실감을 갖게 될 것이다. 그때 그 시인의 행위야말로 경박한 관념적 유희가 아니라 진중珍重한 생활적 표현일 것이다. 어떠한 생활인지 그 생활에 대한 검찰檢察도 없이 부질없게 그 생활을 아름답게 한다고 자신도 살지 못한 타협적 생활로 그 주위에까지 염색染色을 하려 하면서 그리도 못하고 다만 그 주위로 하여금 막연한 속에서 상양徜徉 천[6]만 하게 하는 그 시인보담은 너나 할 것 없이 다 가진 생활에서 각기 품고 있는 새 생명을 찾자 할 그 시인이 얼마나 더 미덥고 얼마나 더 힘다울 것이냐.

---

6) 천히 여기저기를 거닒.

물론 이런 거장巨壯한 의식 그대로 살아갈 시인은 반드시 별다른 천품天稟의 향수자일 것이다. 혜민慧敏한 감성과 비약하는 생명으로 용왕勇往하는 실행자일 것이다. 과연 우리 시대에와 우리 주위에는 이런 시인 한 사람을 요구 않을 수 없는 기운機運이 이미 오고 말았다. 하나 우리는 현재에 없는 사람을 기대企待만 하고 있을 수는 없다. 아무리 둔감鈍感인 성질로도 성근誠勤된 시험이며 세련洗鍊을 받을 수는 없지 않을 것이다. 아무랬든 우리의 생명이 생활의 속에서 발현될 것은 사실일 것이다. 그러면 나갈 길은 오직 생활의 속에 있을 뿐이다. 현실의 등성이뼈를 밟고 나가는 데 있을 뿐이다. 그러나 시인의 결국 할 일은 생활에게 시라는 것을 던져주는 그것이 아니라 생활에게서 우리의 시를 찾아서 생산을 시키려는 그것이다. 다시 말하면 생활을 시화詩化시키려는 태도를 갖지 말고 시를 생활화하려는 행위를 하여야 한다는 그것이다. — 취운정翠雲亭에서

—《시대일보時代日報》 1925. 6. 30.

방백傍白

◇

진실한 융화融和는 개성個性을 소멸까지 시키는 그 희생에서만 획득을 할 수 있다. 진실한 미묘美妙는 혼합과 이존離存이 되어야만 비로소 그 약동을 볼 수 있다.

○

이것을 항상 모순矛盾으로만 여기는 사람은 외형만 보는 정신통찰자精神洞察者가 아니다. 왜 그러냐 하면 한 송이 꽃을 험상스런 돌비렁에서 보기와 여러 송이 꽃을 혼색무混色霧처럼 된 온실에서 보기와 같은 이유이기 때문이다.

○

그러므로 융화融和나 미묘美妙가 그 경이적驚異的 가치에선 절대로 차위差違가 없을 것이다. 하나 한 송이 꽃이나 여러 송이 꽃이 서로 융화와 미묘로 될 만한 그 의욕을 결제缺除한 꽃이라면 그것은 꽃으로는 보지 못할 한갓 괴물에 넘지 않는다.

○

대개 개성을 소멸시킨단 말은 소아小我에서 대아大我로 옮음을 의미한 것이고 혼합에서 이존離存을 한단 말은 대아에서 소아로 옮음을 의미함이다. 결코 다 자아의식이란 것을 몰각沒却한 뒤의 행위 같은 것은 아니다.

○

그런데 사람이 생명 의식을 가장 정성되게 간절하게 추색追索하는 동안은 그 효과가 아직은 자신에만 있으므로 소아라고 할 수 있다. 그러나 추색에서 얻은 그 '힘'이 참지 못할 충동으로 될 동안은 생명의 의식이 남에게 미치기까지 실현이 되므로 대아라고 할 수 있다.

○

이것을 가장 민첩하고 순진하게 전환시키는 사람이 참으로 생명의 예술가이다. 꿀물 같은 미묘美妙와 간장 같은 융화로 생명을 요리하는 사람이다. 실현하리만큼 통찰을 하고 통찰한 것만큼 실현을 할 시적詩的 생명을 가진 사람이다.

◇

인생은 완성물인 불완성품이다.

동물안動物眼과 진화론進化論으로 보면 완성된 것이다. 인류심人類心과 생명학으로 보면 불완성된 것이다.

○

그러나 인생이란 것이 불완성이란 범주 안에 숙명적으로 존재된 것이 아니라 완성으로 향행向行하는 도정道程 위에 가능적으로 추근追近하게 된 것이다.

○

우리의 지력知力이 미쳐가는 대로 적어둔 인류사를 보아라 — 그것은 오늘까지 불완성에서 완성으로의 노력한 보고서가 아니냐? 다시 말하면 보다 완성 대對 불완성의 투쟁 기록이 아니냐?

○

이러므로 그날의 생활에 주저를 하고 게을리 한 이는 현상유지자現狀維持者나 및 현상자족자現狀自足者와 다름이 없는 우악愚惡한 이며 곧 동물 분류학에서만 사람이다. 투쟁은 필연의 과정이므로 말이다.

◇

세계는 인생이 있어야 존립存立이 되는 것이다.

영원은 순간이 있고야 구성이 되는 것이다.

그러므로 나는 믿는다 —

영원한 세계는 순간마다를 사람답게 사는 때와 사람답게 사는 데서 조산肇産이 되는 것이라고 —.

○

세계를 너무 광대시廣大視해서 인생을 모욕하지 말아라.

영원을 너무 신성화神聖化해서 순간을 모독하지 말아라.

진실眞實치 않은 인생이 모였어도 세계란 의의意義가 자랑이 되느냐.

공허空虛뿐만인 순간이 쌓였어도 영원의 가치를 지절기겠느냐.

◇

생활은 존중尊重하다. 사상思想은 존중하다.

흔히 우리가 하는 말이다. 그러나 이 말이 생활이란 것이 존재로만 있지 않고 사상이란 것이 언어에만 머물지 않을 그 의식의 충동에서 발원한 행의行儀의 공음跫音이 아니면 차라리 아—니 반드시 입을 다물 만한 굳센 마음을 가져야 할 것이다. 언어도 생명이 되므로 말이다.

○

생활의 존중하온 까닭은 생활 그것의 배경인 사상 그것이 있기 때문이고 사상의 존중하온 까닭은 사상 그것의 무대인 생활이 오기 때문이다. 그러므로 사상 없는 생활은 생물의 기생寄生에 지나지 않고 생활 없는 사상은 간질癎疾의 발작에 다를 것이 없을 것이다. 본능이 그리 시키는 것이다.

○

일찍 우리에게 그만큼 깨친 자아의 의식이 있었다면 그 깨친 '힘'이 그렇게 말로 나오기 전에 아마도 그만한 물적物的 표현을 우리에게 먼저 가지도록 되었어야만 할 것 같다. 이것은 사람의 의식이 충동 그대로 살아갈 때의 필연적 태도인 까닭이다. 진리는 거기서 비로소 나온다.

○

생명이 존중하다. 실현이 존중하다.

이즈음 우리가 느낀 말이다. 그러나 이 말이 생명의 가려운 자리를 긁기만 하고 실현의 선잠 깬 소리를 거듭만 한다면 그 의식의 충동은 남 부끄럴 만큼 미약한 것이다. 그 행의行儀의 공음跫音은 한 군데서 발버둥질하는 허향虛響일 뿐이다. 실현은 침묵에서 오므로 말이다. 하나 사악邪惡도 이런 형식을 가지는 것은 우리가 미리 알아 두어야 한다.

◇

이 세계 민족 가운데 이성적 종족으로 특별히 현저顯著하기는 '튜—톤'

인종 — 곧 도이치 오란다 스웨덴 노르웨이 잉글리쉬 —와 및 중화 민족이다. 이와 반대로 감정적 종족으로 특별히 현저하기는 '라틴' 인종 — 곧 프랑스 벨기에 — 이탈리아 — 와 및 일본 민족이다.

○

말하자면 유럽에서는 '튜—톤'족과 '라틴'족이 서로 대항을 하고 동양에서는 일본인과 중화인이 서로 대항을 하여 반대의 국민성을 가졌게 되었으므로 이 두 종족은 과거 현재 미래를 통하여 영원히 상쟁相爭할 운명을 품부禀負하고 있다. 물론 싸움뿐일 투쟁을 의미함이 아니다.

○

그러므로 조선이란 나라는 이 사이에 끼여서 확연한 성격을 못 가진 데서의 비애와 붕새崩塞된 생활을 돌리기 어려운 데서의 고뇌와 싸우지 아니치 못할 진정進程의 가짐을 생각할 때에 조선이란 민족도 일종의 반항적 숙명을 전적으로 투쟁을 치름에서 해탈을 구하여야 할 것이 보인다.

○

거기서 완전한 국민성과 완전한 생명력이 파지把持될 것이며 실현이 될 것이다. 또 오늘 조선이란 의식이 세계의 의식에 한몫 끼일 여료與料로 되려면 이 환경의 성각省覺을 각근히 가질 때에서만 비로소 그것이 분원噴源으로 될 것이다.

◇

박두迫頭된 새 문학은 아무에게든지 기대冀待와 화락和樂을 주려고 생각지 않는다. 그것은 생명의 의식이 충동으로 변함에서 사무쳐 나오는 절미絶味 그것이기 때문이다. 이제 와서는 실현 전前의 소리가 아니라 실현 후

後의 소리로 되었다. 아직은 실현이란 그것이 전부를 덮었지마는.

○

그러기에 억압이 되었던 다수에게는 희망과 활력의 부조扶助가 될 터이나 특권을 가졌던 소수에게는 전율과 낙담의 공후恐吼가 될 것이다. 왜 그러냐 하면 새 문학이 그들의 반성조차 없던 사악邪惡의 모임인 특권의 존재에 대한 항의를 말하므로 말이다. 이 항의의 잠재의식 — 곧 신新건설을 다수 민중은 반기므로 말이다. 그때는 태양도 비로소 참웃음을 웃기에 말이다.

○

"과거의 민중은 Nothing이었다.

현재의 민중은 Something뿐이다.

미래의 민중은 Everything이리라."고 —

19세기초에 어떤 프랑스 시인이 말한 것이 있다. 천체의 운행이 느렸던지 우주의 변화가 쉬었든지 오래 전 그때의 '미래'가 이즈음에야 발자욱이 크게 들린다. 새 문학 속에서 똑똑히 들린다.

◇

항상 비통한 열정으로•인생을 추급追及하자.

모—든 진리의 자체인 그 생활도 거기서 나오며 모—든 진리의 화신인 그 지혜도 거기서 나온다.

인생은 자연의 본능이다. 자연의 성근誠勤이 인생의 열정熱情이다.

—《개벽開闢》 1925. 11.

독후잉상讀後孕像

고애苦愛와 인신人神의 일원적 행자行者로서 진실의 화신인 '도스토예프스키'— 도씨氏 탄생 103주년 기념호

나는 아직 '도스토예프스키'의 작품을 전부 다— 읽지 못하였다. 읽은 것이라고는 열 개가 못 되는 그 속에서도 인상성印象性이라든 감상력이 넉넉지 못한 그때 — 한 살이라도 더 젊었을 그때 — 에 본 것이 많음으로써 낱낱이— 말해낼 수가 없다.

그 가운데서도 오늘까지 내 기억에서 떠나기는커녕 도리어 마음속으로 파고드는 그의 정신이 《까라마조프 형제》니 《백치白痴》니 《죄와 벌》이니 하는 그 작품을 통하여 하루 이틀이 갈수록 나의 눈앞에 이따금은 환영幻影으로 현현現顯까지 된다.

그것은 무엇보다도 '도스토예프스키'가 '사람'이란 계선界線을 벗어나려고 안 한 '사람다운 사람' — 곧 '진실' 그것의 화신임으로 말미암아 미美와 선善을 수태하게 된 그 생명의 파악에 있다.

한데 이런 생각을 구체적으로 발표하기에는 이 작자에 대한 연구적 사색이 적으므로 몇 개 작품 속에서 가장 내 마음을 끄을던 그 감상感想이 나는 대로만 간략하게 써보겠다.

◇

맨 먼저 《까라마조프 형제》 가운데 '이반'의 시詩의 심판자로서 '크리스트'의 애愛를 공박攻駁하여 "너는 하늘의 밥을 주겠노라고 말하였지마는 그 밥이 우리 인간의 몸덩이를 기르는 이 땅의 밥과 같은 것가. 만일 하늘 밥을 얻기 위하여 천 사람 만 사람이 너를 쫓아갔다면 하늘 밥보다도 이 땅의 밥을 버릴 수 없게 된 그 나머지 몇백만 몇억만 사람은 어떻게 되느냐"고 한 것을 보아라. 이렇게도 그는 신혹辛酷한 무신론자無神論者인 말을 하였다.

그때 그로 말하면 열광신자熱狂信者란 평판이 있었었기 때문에 여러 사람에게 많은 비난을 받았다고 한다. 하나 만일 '신神'이란 것이 인성人性 가운데에 있는 '양심'을 가리킨 것이라면 — God in thyself — 라고 하는 말이 시인된다면 그의 공박이란 것이 얼마나 옳은 것이며 그의 인품이란 것은 얼마나 진실한 것일까.

◇

그리고 또 《백치》에서 그는 여주인공 '나스타샤'로 하여금 "추상적 인류애는 이기주의에 넘지 않는다."고 하였다. 참으로 현재와 미래를 통하여 이런 인도주의를 떠들 때로 하여금 민사憫死케 할 만한 일이다. 이 세상의 악인과 죄인과 같은 심정으로 같은 생활을 하여온 그 사람이 아니면 — 그만큼 물적物的 박해를 받았거나 심적 고민을 맛본 사람이 아니면 — 과연 사람의 사랑이란 것을 말할 수 없을 것이다. '도스토예프스키'는 이런 사람의 사랑을 가졌었기 때문에 개인, 민족, 인류의 서로 모순되기 쉬운 관칙關則에서도 아무런 당착이 없었을 뿐 아니라 도리어 서로 일치된 융합의 가능성을 체현하였다.

◇

《죄와 벌》에서는 다른 무엇보다도 가난으로 말미암아 매음을 하는 '소냐'에게 '라스콜리니코프'가 왜 이렇게도 남부끄럽고 분한 짓을 해가면서 사느냐 — 하는 말에 "신神은 나를 위해서 무슨 일이든 다— 해주십니다."라고 하는 '소냐'를 '라스콜리니코프'는 종교에 미친 계집이다 종교를 도망갈 길로 만들었다고 하였다 하나 그 길은 고뇌 그것이었다. 숨결을 틀어막는 고뇌 그것이었다. 고뇌 가운데서 가장 인욕적忍辱的 고독을 받지 않을 수 없는 우둔한 고뇌이었다. 그래서 '소냐'와 같은 박고자迫苦者가 되었다. 거기서는 인생의 가장 서러운 비극적 심정이 있었기 때문이었다. 그것을 맛보지 않을 수 없던 때문이었다. 이것은 곧 작자 자신의 열정을 말한 것이다. 이만큼 인생을 떠나기는커녕 도리어 그 속에서 나는 울음을 찾던 것이었다. 그렇게도 인생에게 애착을 가진 사람이다. 가장 사람다운 사람이다.

◇

'도스토예프스키'의 진실하게도 인간미 있던 것은 그의 전기傳記에서 연애에 대한 그의 생활을 보면 또 한 가지 알 수가 있다. 그의 심령이 어른과 같이 냉정하기에는 너무나 어린 아이 가까웠다. 이것은 체 젊었을 때 일이지마는 그와 사랑을 하던 '마리아 도미트리예브나'가 '쿠스내크'란 지방으로 전임轉任을 가는 가장을 따라가기 되었을 때 '새미파라틴스크'란 마을에서 아무 보람 없는 부질없는 짓인지도 모르고 남몰래 만나서 온밤을 울고 새웠다는 것과 또는 그 뒤 얼마 되지 않아서 그리다 못하여 '쿠스내크'와 '새미파라틴스크'와 사이에 있는 어느 마을에서 — 약 이십리나 되는 그 마을까지라도 가서 애인을 만나려고 헛기다리는 — 그런 것을 보면 짐작할 것이다. 그의 이런 성격이 《학대받는 사람들》이나 《가난한 사람들》이나 《백치》의 주인공들을 만들어 놓은 것을 보면 알 것이다.

◇

이제는 지한紙限도 있고 하니 간단히 그를 비평한 어느 평전에서 본 기억되는 대로 몇 마디만 쓰고 마치겠다.

"오, 위대한 '도스토예프스키'! 그는 깊이로는 심연의 심연이요 높이로는 절정의 절정이다. 이 사람이야말로 거룩하다고 안 할 수 없을 것이다. 그의 사명이란 다만 '슬라브' 민족을 세계화시켰을 뿐 아니라 신神과 인人의 일원一元을 찾았으며 하늘과 땅을 동체同體로 만들었다. 그가 우리에게 열어준 새 세계는 참으로 놀라운 장대한 세계다. 거기는 폭풍이 사납고 전광電光이 번쩍이며 소나기가 퍼붓고 욱조旭照가 내려쏜다. 사람 영혼의 비밀, 궁오穹奧한 생명은 그의 가슴에서 놀고 격렬비통한 정서도 숭고정적靜寂한 감정도 어느 것 할 것 없이 신비로운 현실의 집착에서 난 사랑에 싸여 우리에게 놀라운 시계視界를 보여준다. 그는 어둠 속에서 광명을 찾아냈고 고통 가운데서 행복을 구했으며 비천卑賤에서 숭고를 — 찰나에서 영원을 발견하였다. 그의 작물作物은 어리석고 죄 많은 우리를 악마의 유혹에서 신神과의 회합으로 끌고 가는 우주의 교량이다. 밑없는 그의 '힘' 가모를 그의 사랑 참으로 그의 사상은 세계 모든 사상의 종합일 것이며 또 그의 인격은 전인류의 애愛를 체현한 '교주敎主'의 인격과 마주볼 것이다."

—《시대일보時代日報》 1925. 11. 9.

잡문횡행관雜文橫行觀

(1)

금년부터 글 쓰던 이들 가운데서는 이상한 징후가 한 가지 생겼다. 그것은 필자들의 내면으로 보았었든지 외면 곧 표현상으로 보았었든지 말인데 다른 것이 아니라 잡문의 발흥을 일으킬 만한 그 행동을 가리킨 것이다. 이것은 겨운 통증痛症이었다. 초기니 초창 시대니 하는 그 나라에서 이런 별조別兆가 보인다는 것은 얼마나 남부끄러운 현상일는지도 모를 일이다. 실상인즉 우리에겐 그런 시간이 없을 것이고 없어 보여야 할 것이다.

온갖 방면의 여러 형식으로 창작만 쓰든지 또는 남의 작가나 어느 시대의 사상을 본 데서 얻은 지식으로 연구나 소개를 하는 그것이 초기의 필연적 진정進程인 것이다. 그것은 되나 안 되나 창작만 써야겠다는 그 말이 아니라 현대와 우리의 사이에서 나는 욕구와 지적指的을 찾으라는 그 뜻이며 남의 것이나 묵은 것에서 본보려는 그 의미로써 말이 아니라 작가와 시대와의 관련이라든 또는 이 두 가지 사이의 서로 교환되는 그 영향이라든지를 비판 관찰함으로써 오늘 우리 출발점의 기준을 가질 수 있으므로 말이다.

우리에게는 글 쓰는 사람이 있고 작품이 몇 개나마 나오니 말이 문단이지 결코 글 쓰는 기관이라든 그 외 다른 정경을 보았어야 참으로 너무나 가난한 것은 사실이다. 하나 이런 것을 번연히 알면서 글을 줄곧 쓰는 사람이 있는 바에야 문단의 뿌리를 세우기 위해서라도 일종의 자포적自暴的 자조적自嘲的 부오浮傲한 태도로 초기니 초창 시대니 하는 그 말만 말고 그럴수록 이때의 할 일을 살펴보고 마음에 켜이는 대로 근저根底될 만한 일을 해야만 할 것이다.

이런 시기는 열성 있는 노력을 요구하는 철이니 다만 그것만 보여야 할 것이겠고 되지도 못한 과대망상誇大妄想의 추행醜行이 없을 것은 말할 것도 아니려니와 따라서 순수 진실한 태도만 있어야 할 것이다.

⑵

그런데 이즈음 우리 나라의 문단을 보아라. 몇 가지 안 되는 잡지에서 몇 개 안 되는 학예란에서 창작(시나 소설이나) 몇 편 말고는 연구나 소개나 평론 같은 것은 자취도 없다. 모두 붓장난뿐이다. 그 가운데라도 참다운 감상感想이나 또는 형식을 벗어난 것만큼 분방한 섬정閃情이나 있으면 그는 수긍을 할지도 모르나 우습게도 내용이라곤 과기誇己이거나 사욕적邪慾的 허식虛飾이 보이는 그따위 잡문만이 예사로이니 말이다.

이 달에도 예외가 있으니 인상印象도 아니요 비평도 아니요 칭송도 아닌 '쇄담瑣談'이 그러하고 반평反評도 아니요 공박攻駁도 아니요 별호別號풀이인 '독페獨吠'가 그러하고 문예지도 아니고 언론지도 아니고 부동조不同調로 미화未化된 기형지畸形誌인 '가면假面'이 그러하다. 남의 시詩를 실어주고 싶으면 그 시의 잘된 것만 집어낼 것이고 '내 본래 슬픔이 많은 사람이라'는 그따위 연설衍說은 정행正行이 아니며 남의 평을 꾸짖고 싶거든 그 평의 오상誤賞된 것을 찍어내야 할 것인지 '가로 세운 윷가락을 좌로 우로 보았다'는 게나 '어째 좀 거북스럽다'는 혐사嫌詞를 쓴 끝에 별명풀이를 첨부한 것은 반평反評이 못 된 잡문의 성질이며 더욱 창간지創刊誌는 염가廉價인 체면으로도 내용을 고쳐야겠다.

초창草創 시대도 오히려 않았던가. 그렇지 않으면 조선의 문단은 언제나 벌써 정체停滯까지 되는 셈인가.

물론 이것만이 아니라 잡문이 횡행하려는 이런 현상은 위태롭고도 남부끄러운 일이다. 더욱 그 태도들이 밉다. 비유해 말하면 논바닥에서는 '피'가 나려 하고 밭고랑에서는 잡풀이 나려는 것 같다. 뿌리가 박히기 전에 헛일을 말도록 하여야 될 줄 안다. 이런 잡문이야말로 간간이 하였다는 과장을 말함이니 뒷날 하기로 밀기를 바란다.

—《조선일보朝鮮日報》 1925. 11. 10–11.

가엾은 둔각鈍覺이여 황문惶文으로 보아라[7)]

— 〈황문荒文에 대한 잡문雜文〉 필자筆者에게

세상에 불쌍한 인물이 장님 벙어리 귀멍청이 앉은뱅이 곱사등이 가지가지로 많을 터이지마는 그보다도 더 불쌍한 인물이 하나 있다면 그것은 생선 비웃는 눈알 같은 두 눈 뜨고 무엇을 본다면서 실상은 못 보는 게나 마찬가지로 삼십 본생本生에 글공부 했다면서도 국한문 섞어 쓴 것을 짐작조차 못 한다고 철면鐵面을 겹겹이 집어쓴 듯이 만목소시萬目所視에다 도리어 생멱 따던 격으로 짓떠들던 그 둔각鈍覺의 소지자所持者 〈황문荒文에 대한 잡문雜文〉의 필자일 것이다.

왜 그러냐 하면 글을 볼 줄 모른다는 것은 일보一步를 더 들어간 말이니 그만두고 글을 읽고 나서 그 글을 읽은 이야기를 하면서도—그 글에서 들은 말을 옳다고 말은 하면서도 — 그 글을 알아볼 수 없다고 하는 그런 착각적 행동을 했으니 말이다. 이것은 확실히 필자의 둔각질鈍覺質을 증명할 만한 것이며 따라서 요양을 시켜야 할 것이다. 그 요양법은 오직 필자의 정신을 바로잡아주는 것이 제일책이겠으므로 지난 착각적 행동을 지금 가르쳐주는 것이다.

"잡문횡행관雜文橫行觀의 필자는 초기에 잡문이 발흥해선 부끄러운 일이

7) 이 글은 상화의 〈잡문횡행관雜文橫行觀〉에 대한 김억金億의 반박문 〈황문荒文에 대한 잡문雜文〉(《동아일보東亞日報》 1925. 11. 19)에 대해 상화가 재반박의 의미로 쓴 것이다.

라 한 뒤에 창작이나 남의 작가이나 어느 시대의 사상을 지식적으로 연구 소개할 것이라는 의미에 말은 나 역시 동감일 뿐더러 도시 초재삼기初再三期니 할 것 없이 창작 연구 소개를 하지 않아서는 안 될 것이다. 이런 의미에서 그 필자의 잡문이란 것은 '자포적 자조적 부오浮傲한 태도'를 가리킨 것이 되니 옳은 말이다'고 하였다.

이렇게도 영리하게 문의文意를 짐작이나 한 듯이 태도를 부리다가도 드디어 그 말이 가면假面에 부딪치자 그만 망지소조罔知所措한 꼴로 황문荒文이니 황설荒說이니 했으니 벼룩도 상판이 있거든 이것을 소위 반박이라고 쓴 셈인가. 이 행동이 온전한 정신의 앞뒤를 생각하는 버릇인가?

참으로 받기에도 황송하게 여겨야 할 그 '황문惶文'을 도리어 모독하려 하였으니 물론 그 짓이야 하늘을 우러러 가래침 뱉는 노릇이겠으나 그래도 필자의 전정前程을 위한 이 노파심은 부질없이 가엾은 생각을 품게 된다. 그러나 내가 일찍 꾸중을 하려 안 했더면 모르거니와 이미 말을 낸 바에야 꾸중을 타고 안 타고 하는 그 성취성成就性은 생각할 것도 없이 한 번 더 일러만 두는 것이다.

잡지를 한 개 낸다는 것은 여간 어려운 일이 아닐 것도 사실이며 또 여간 반가운 일이 아닐 것도 사실이다. 하나 그 어려운 것과 반가운 것은 다 — 그 잡지의 내용을 조건으로 하여서 하는 말이다. 더욱 문예를 위하여 난 것이라면 아무리 빈약하더라도 그 시대 그 민족정신을 가져야 할 것이 마땅한 일이다 — 언제든지 그 민족문예는 그 민족의 내적 생명 집약을 도모하는 것이니 말이다.

한데 '가면'에 있던 것은 무엇이었느냐!

모자타령 머리타령 화장타령 안경타령 수염타령 옷타령 — 홍동지 탈춤 추는 그것도 못 된 탈타령에서 무슨 진실이 뚜덕뚜덕 흐르고 예술가의 양심이 가게의 개업 광고를 예사 작품삼아 내놓은 모양이니 이것이 과기誇己와 사욕적 허식虛飾이 아니고 무어며 이따위 글들로 겨우 한 두어 개 창작(詩)만 끼워두었음이 그 잡지의 문예성을 띠지도 못한 내장內腸과 동시에 불문조不聞調로 미화未化된 기형지畸形誌인 추면醜面을 자파自破하지 않았느냐. 그리고 다만 그런 글로, 자랑거리 못 되는 글로 문예지라고 고창高唱 절규를 하니 이만큼 필자의 문예관이 자포적 자조적 부오浮傲한 태도임을 사실이 증명을 하고 말지 않았느냐. 이런 짓을 몰랐어도 둔각鈍覺이 아니겠느냐. 예증을 더 들 것이나 그 중에 가장 '방소첨태공放笑瞻太空' 할 것만 취하여 보였고 나머지는 모진 자 곁에 있다 벼락 맞는다는 어떤 미안未安을 끼칠까 해서 그만둔다.

나의 문예관은 이따위 소위 문예를 머리부터 발까지 부정한 제 오랜 줄만 기억해 두고 나의 잡문관은 '방백傍白'만큼이나 형식을 벗어난 것만치 분방한 사상과 섬정閃情을 가질 그때에 알려고 하여라. 왜 그러냐 하면 '방백'이란 말조차 모르는 머리에 사상이나 감정이 이입될 수 없으니 말이다. 방백이라고 흰 백白자가 달렸으니 그런 문자로 오직 아는 독백獨白이란 것을 행여나 이게 아닌가 하고 비겨본 셈인가. 이미 백자白子 모둠을 해보려면 과백科白 취백就白 이태백李太白은 왜 쓰지 않았는가. 공연한 추상적 화재禍才로 나부끼지 말고 구체적 양지良知를 닦기로도 가엾은 착각을 말아야 비로소 진실을 짐작할 평인平人이 될 것이다.

이렇게도 필자의 두뇌가 아직 본인 이하에 있고 보니 소위 '싸케스틱'한다고 한 그 '싸케즘'은 도리어 '싸키捲尾猿'의 작반이 되었을 뿐이고 소위 '조크'란 것도 현대에 맞지 않는 '조밀러'(케케묵은 우스개)를 시절도 모르고 지절기는 소리가 되었으며 '황문惶文'을 '황문荒文'으로 아는 필자의 '진실眞實'된 태도는 양羊과 같은 독자들의 마음을 불순하게 더럽힐 염려가 있다. 그러기에 나는 이런 것을 언제 어디까지든지 그대로 방관만 하고 있을 수 없게 여기는 사람이 되어서라도 상대가 되어줄 터인즉 둔각의 눈에서도 회준悔焌의 피눈물이 나게스리 설왕설래가 되도록 바란다.

— 11월 19일, 《조선일보朝鮮日報》 1925. 11. 22.

무산작가無産作家와 무산작품無産作品(1)

— 이것은 소개로보다도, 다만 독물讀物 턱으로 보기 바랍니다

현대 작가라고만 하여도 그 수는 한량이 없다. 그리고 또는 그들의 현대에서 영향된 환경도 다 각기 다를 것이다. 만일 상세한 통계로 이들이 어떤 환경에서 생성이 된가를 분류만 할 수 있다면 그것은 아마도 무용無用한 사업이 아닐 것이다. 현대와 같은 시대에서 유산 계급에 나서 질서 있는 학교 교육을 받은 예술가와 무산 계급에 나서 눈물과 땀 속에서 아름다운 심령을 가지게 된 그 예술가와의 차별로 말미암아 현대의 사회 제상諸相이 또는 인생 의의가 얼마나 틀리는 각도로 표현이 될 것인가. 그것은 반드시 고찰하지 않을 수 없는 한 가지의 사업이겠으나 지금은 시간도 식량識量도 그만큼 가지지 못하였다. 몇 가지 생각나는 대로 여러 작가들 가운데서 먼저 격별格別하게 근대 혹은 현대 무산 계급 작가의 특조特調를 가진 작가 몇 사람과 다음에 무산 계급을 주제로 한 작품을 약설略說하려고 한다. 이하에 쓰려는 사四작가 가운데서 '조지 기싱'만은 연대로 보아도 다른 작가보다 오래 전 사람이다. 그는 1857년에 나서 1903년에 죽었다. 그러나 다른 작가들은 아직도 현대에 생존하였다. 물론 살아 있대도 그들의 왕성한 창작력은 다— 지나갔다. 만일 신新시대를 대표할 만한 신新작가를 요구한다면 그는 필연한 일이나 그것은 여기서 빼기로 하였다.

작가

'덴마크'의 수부首府인 '코펜하겐' '포리치캔'의 신문사 편집실에서 일어난 이야기다.

어느 날 청년 한 사람이 원고 한 묶음을 가지고 편집실 안으로 들어왔다. 실내에는 편집 기자인 '에드워드 브란데스'가 있었다. 아무러한 기자들의 관례로 그 원고 내용을 자세히 보지도 않고 너무 장황하다는 구실로 거절하려고 하였다. 하나 차마 그 말을 입 밖에 내지 못한 것은 그 청년의 얼굴을 한 번 건너본 때문이었다. 그때껏 그 '포리치캔' 신문사를 드나들던 사람 가운데서 그렇게도 비참한 자태로 그렇게도 쇠약한 사람이 온 일이 없었을 것이다. 그렇게도 파래지고 해쓱해진 얼굴의 표정에는 말 못 할 무엇이 그래도 감추어 있었다. 유리창 뒤에서 가까이 보이는 바다와 같은 그 눈동자가 까닭도 없이 '브란데스'의 마음을 끈 것이었다. 그래서 '브란데스'는 그 원고를 집으로 가져가서 읽기를 비롯하자 등한等閑하고 냉정하였던 자신을 혼자 속으로 질욕叱辱을 하였다. 왜 그러냐 하면 그 작품의 주인공 같은 젊은 천재는 먹을래야 먹을 것이 없어 심신이 공피共疲가 되어 있을 때이었으므로 거기서 그는 처음 보는 작가의 주소 쓰인 봉투에 10크오내 지폐를 넣어서 빨리 부치고 다시 그 글을 읽고 있을 때에 그 청년이 왔던 것이다. 그 돈을 받고 어떻게 반가웠던지 미칠 뻔이나 하였다고 하던 것이었다. 그럴 것이다. 그만한 금액은 그 주인공이 처음 가져보는 많은 돈이었으니까.

그날 밤에 '브란데스'가 '스웨덴'의 비평가 '아키새르 룬데갈드'를 만나 이상한 이름도 없는 청년 작가의 작품에 자기의 감동된 것을 이야기하였다. "그건 자못 문재文才가 있어 그럼이 아니라 영위 목구멍을 쥐어짜는 듯한 심각미深刻味가 있어 말이다. 말하자면 '도스토옙스키'와 같은 그런 무슨 힘이 있단 말이다……" 이 말에 '룬데갈드'가 "응 참으로 그렇게 굉장한 것이던가 — 그래 표제는 무엇이던지?" 물었다. "표제는 'The Hunger'(기아)이고 작가는 'Knut Hamsun(크누트 함순)'이란 사람이라"고 하였다.

1920년 가을에 '스웨덴' 왕에게 '노벨' 문학상을 받은 낙위諾威[8]의 현대 작가 '크누트 함순'은 이국 '덴마크'에서 비로소 발견이 된 것이었다. 그의 작품 〈방랑자(The Wanderer)〉나 또 〈기아飢餓〉의 주인공과 같이 그는 적신공권赤身空拳의 무산자無産者로서 위대한 예술가로 발견이 된 것이었다. 이리하여 그는 '브란데스'의 호의護意로 처녀작 〈기아〉를 '코펜하겐'에서 가장 신新사상을 대표한다던 《New Soil(新土)》이란 잡지에 게재하게 되었다. 그것은 1888년경 '함순'이가 극도의 절망으로 미국米國에서 돌아와 '덴마크'를 석 달 동안이나 방황한 때이었다.

△

영국에 "The House of Cobweb"(거미줄 집)이란 단편이 있다. 이상한 청년이 역시 이상한 성격과 생활철학을 가진 청년에게 거미줄투성이가 된 다 부서진 집 방을 빌리려고 하는 데서 이야기가 시작된 것이다. 빌리려는 청년이 그 전 하숙방에서 한 시간 전에 잠은 깨서도 아직 누운 채 이런 생각을 하고 있다. 시절은 6월달 어느 아침 여섯 시였다. 벽선지壁線紙로 비추이는 아침 햇빛이 종이 위에다 꽃 그림자를 그리는 듯하였다. 그것은 어떤 식물학자라도 하나 모를 야릇한 꽃뿐이었으나 그는 다만 부드럽게 흘러내리는 여름 햇살에서 꽃밭이라든 들판이라든 풋나무 울타리 같은 것을 연상만 하고 있었다. "아무래도 석 달 동안은 될 텐데 어째 지나갈까 — 한 주일에 15실링씩으로야 방세 밥값 빨래삯 — 어째 살아나가나. 그러면 이 집을 떠날까. 실상인즉 이것도 사치는 아니지마는 예서야 아무리 절약을 한대도 25실링으로는 살아날 수 없지…… 게다가 이번 작품은 석 달 동안 써야 할 테지. 만일 그래도 못 쓴다면 목매 죽어도 좋다. 그러면 출판상出

8) 노르웨이

版商을 만나야 할 텐데 — 그때까지 내 할 일은 가만히 들어앉아서 이 작품을 물고 넣을 것뿐이다. 여름철이 되어서 만행萬幸이다. 난로가 쓸데없다. 고요만 하고 햇살만이 비추이는 구석이면 아무러한 데라도 괜찮다. 대체 이 바닥에서는 방세와 밥값 얼러서 한 주일에 15실링쯤 해주는 데는 없나. 팔자소관이다. 한번 쏘대보자."

이리하여 용하게 찾은 것이 거미줄 집이었다. "나는 꼭 참말로 합니다. 내가 조금 반지르하게 차렸지마는 가진 돈은 몇 푼 못 됩니다. 그나마라도 석 달 동안을 먹고 살려고 해요. 그것은 내가 지금 책을 지으니 그것만 다 되어서 판다면 아무 일이 없을 테지요마는, 그게 아무래도 석 달 동안은 써야 할 것입니다. 그러기에 고요만 하다면 어떤 방이래도 괜찮습니다. 어떠시우 빌려주실 테요."

이 말을 듣는 사람의 얼굴에 차츰 놀라운 기운이 더하여졌다. 눈동자가 두려워하는 동정動靜이었다. 그러자 휘파람이나 불려는 듯이 입술을 뾰족하게 모으면서 "책을요 — 당신 — 당신은 책을 쓰신다구요! 그러면 당신은 문사文士이십니까……" "애— 쫓아내는 판입니까 하지만 동행同行을 하려거든 가난한 사람끼리 하란 말도 있습지요……" "그러면 '존슨' 박사 같으신 '체터톤' 같으신…… 아—니 '체터톤'의 임종 때와 같으신 양반이 아니실 줄은 믿습니다마는…… 그러면 '골드스미스' 같으신!" "아무랬든 '올리버'의 명망을 반쯤은 가졌습니다. '골드스미스'가 아니라 나는 '골드솔프'니까요." 이래서 방은 빌리게 되었다. 그럭저럭 석 달 동안 쓴 원고가 책사冊肆에서 책사로 돌아다니던 끝에 어느 출판회에서 50파운드에 매수하려는 편지를 받았는데 그대는 정월 어느 날이었다. 그날은 '골드솔프'의 문단적 역사에 잊어버리지 못할 그 하룻날이었다. 이리하여 이 작가는 그 다음날에 '런던'으로 만유漫遊를 하였다.

참으로 이 작가만큼 빈궁과 싸우고 빈궁 그것을 연상케 하는 작가도 드물 것이다. 그는 생활의 거의를 빈궁에서만 살아간 무산자이었다. 자못 후

반생의 단기短期는 먹고 지날 만했었으나 그것도 그리 충분한 것은 아니었다. 그러면서도 그는 초인주의자超人主義者요, 귀족주의자였다. 그래서 언제까지든지 빈궁이란 것을 미워하였다. 만일 경우만 용인했더면 어떤 귀족적 향락을 하였을는지. 또는 조금만 더 노동하였더면 웬만한 생활이야 못 하였을까. 그렇지마는 게으름을 부리면서 항상 싫어하는 빈궁에 끄을리고 있었다. 거기에서 그의 빈궁에 대한 암매暗昧와 상약傷弱과 반항이 느―ㄹ 있게 된 것이었다. 이러므로 어느 비평가는 그를 빈궁을 향락하던 작가라고 하였다. 그러면 이 작가는 누굴까. 영국의 '조지 기싱'이다. 19세기 말 영국 문단에서 현실주의파의 웅장雄將이던 그 작가이었다.

△

그는 1872년 3월에 낙위諾威에서 났다. 그는 '스트린드벌그'와 같은 여비女婢의 아들이었다. 어머니는 그를 양육할 수 없어 어는 산촌 농가에 주어 버렸다. 거기서 참혹하던 그의 생활이 〈거대한 기아飢餓〉라든지 또는 다른 작품에 여실하게 묘현描現이 되었다. "그의 생모 이야기를 여러 사람이 할 때마다 왜 그들은 그 애를 '불쌍한 자식이다!' 하느냐. 동무들이 골이 나면 왜 그를 '애비도 없는 자식!'이라고 욕질을 하였으며 비웃었느냐. 그러면서도 그 '필'이란 애는 마음씨 좋은 얼금뱅이 '트로앤'의 처妻를 어머니라고 불렀고 또 그 여자의 호랑이 같은 가장을 아버지라고 불렀다. 이리하여 대장간에서 메질을 할 때도 쪽배로 바다에 고기 잡으러 갈 때도 시키는 대로 그들의 말을 좇았다. 그래서 그의 유년 시대는 웃는 것은 죄악이라고 생각한 듯한 그런 촌민 속에서 지났다. 이 촌민들은 뿌리박힌 빈궁과 찬미讚美나 부르기와 지옥의 두려움에만 마음이 다― 빼앗겨져서 어둠침침한 바다 안개와 같이 음울陰盍한 사람들이었다라고 "The Great Hunger"(거대한 기아)의 주인공 '필'의 생력生歷을 이렇게 썼다.

그는 '포로드'에서 고기를 잡았다. 여름엔 들에서 염소와 소를 먹였다.

학교는 한 주일에 한 번씩 — 일요일에만 교회를 가게 되었다. 산촌 소학교를 처음 갈 때는 그가 열다섯 살이었는데 그때야 비로소 문학이니 시니 하는 것이 현세現世에 있는 줄 안 것이었다. 그 학교를 마치자 그는 어느 부농의 용인傭人이 되었으나 공부를 하려는 마음이 끊어지지 않았다. 그러다가 어째 허락을 얻어서 어느 하사관이 경영하던 사립학교에 입학하였다. 거기서는 월사月謝 의복 같은 것을 주므로 3년 동안이나 있었다. 그의 마음에는 어디든지 돈 안 드는 교육이면 어디서든지 지식을 얻으려고 하였다. 그때 같이 영어를 배우던 '호텔' 문지기가 살인죄로 입옥入獄이 되었다. 그 '모델'이 그의 소설에 나온 것이다. 그리고 공개강의 같은 것이 있으면 어째서든지 다니던 판에 '햄만방'과 '크누트 함순'의 강연이 그에게 특별한 인상을 주었다. 그런데 그때 그의 희망으로 말하면 자그마한 지주地主나 또는 군조軍曹가 되려고만 하였다. 왜 그러냐 하면 군조만 돼야 전쟁만 나면 장관將官의 지위까지도 승진할 기회가 있으니까. 그러나 이제는 이따위 야심이 다 사라지고 그는 자못 시인이 되려는 초원焦願을 가지게 되었었다.

이렇게 몽상을 하던 것이 현실고現實苦에 부딪치자 그만 그는 아름다운 시가詩歌의 꿈은 보고 있을 수 없었다. 생활의 박해가 아무 용서 없이 들이밀었다. 거기서 그는 하사관의 학교를 나오면서 장사를 해서 그 다음해까지에 여러 직업을 겪었다. '포로드' 군도群島에서 어부 노릇도 하고 여기저기서 인부 짓도 하였다. 재봉기상裁縫機商의 외교원도 하였고 무역회사의 서기도 하였다. 회사에 다닐 때는 불어문전佛語文典을 연구하더니 시를 쓰느니 밤에는 희곡이나 소설을 각색하려고 고안稿案을 하느니 하다가 그 이튿날 집무도 못 하게스리 두통으로 앓던 일이 예사이었다. 그래서 그가 쓰는 장부帳簿란 것은 우습고도 불쌍하게 볼 만큼 지저분한 먹투성이였다.

현대 낙위諾威 문단에서 '크누트 함순'과 병립한 작가 '요한 보앨'이야말로 이런 과거를 가진 의지의 작가이다.

△

그가 아홉 살 때는 양화洋靴 수선상修繕商의 고노雇奴이었다. 주인은 지극하게도 잔인한 사람이었다. 이 작가는 이렇게 말하였다. "나는 어느 날 물을 끓이다가 보시기를 떨어뜨려서 손을 많이 다쳤다. 그날 밤에 그만 그 집을 달아나왔으므로 할아버지에게 꾸중을 듣고 그 다음에 또 칠漆장사의 종놈이 되었다"고. 그러나 그는 거기도 오래도록 있지 못하였다. 이때부터도 그의 심령은 송두리째 '표랑성漂浪性'에게 빼앗겼던 것이다. 조각사彫刻師의 제자도 되었다. 남의 집 정원지기도 되었다. 그러다가 한참 동안 정착이 되기는 '볼가'로 다니는 기선汽船에서 주부廚夫 노릇을 한 때이었다. 인쇄한 문자에 대한 호기심에 끄을려서 열여섯 살 되는 소년의 몸으로 '카잔'의 대학촌에 와보았다. 그러자 '이런 아름다운 것을 무료로 배워보자'는 말래야 말 수 없는 욕망이 그로 하여금 곧 대학을 방문하게 하였다. 그러나 얼마나 참혹한 허위인가. '무료 교수敎授란 것이 학교 규칙에는 절대로 없다'는 그 완명頑冥으로 말미암아 귀여운 그의 희원希願은 헛꿈이 되고 만 것이다. 유산有産과 무산無産으로 교육의 균등이 차별이 되었다. 그것으로 사회의 불합리한 것이 얼마만큼인 것을 알 것이다. 그렇게 잊지 못할 사회의 불합리가 얼마만치나 학대받은 이 소년의 가슴을 상했었을 것이며 썩혔을 것인가. 절망된 그 소년은 그만 두어 달 뒤에 어느 동리에서 '빵' 장사가 되었다. 한 달에 4원이라는 요급料給으로 그는 음식을 먹으면서 더럽고 숨막히는 집 마루턱 방에서 살았다. "빵장사 집에서 '빵'을 구워주고 있을 그때의 내 생활은 일생 가운데서 가장 고통스럽던 2년인 것을 생각하면 얼마만큼이나 비참한 인상을 가진 듯한 생활이었다."고 어느 단편에 말하였다.

"천정에는 그을음 거미줄이 꽉 끼었다. 곧 내려앉을 듯한 천정 밑에서 장군 같은 여섯 놈이 그 나무판자 우리 속에서 살았다. 밤이 되면 진흙과 곰팡이투성인 벽 사이에 끼었다. 일어나기는 새벽 다섯 시였다. 이러니저

러니 할 동안에 여섯 시가 된다. 그러면 또 일을 시작한다. 일이란 것은 다른 게 아니라 우리가 자는 동안에 만들어둔 가루로 먼동이 튼 때부터 밤 아홉 시나 열 시나까지 '테블'에 기대선 채 하루종일 '빵'을 굽게스리 반죽을 이기는 것이다. 우리는 가끔 온몸이 저리는 것을 없애려고 줄곧 허리와 등을 앞뒤로 흔들기도 하고 틀기도 해야만 한다. 괴물과 같은 커다란 가마솥이 이글이글한 불꽃을 큰 입을 벌리듯이 벌리고 더운 김을 우리에게 뿜는다. 그리고 그 옆으로 뚫린 바람이 드나드는 구멍 두 개가 둥글게 뜬 눈깔같이 끝도 없이 하는 우리의 일을 언제든지 살피고 있다." "이렇게 우리는 밀가루와 먼지와 발바닥에 무겁게 달려 다니는 진흙과 숨막히는 더운 김 속에서 날마다 가루를 이기고 '비스켓'을 만들고 '빵'을 굽기에 우리의 땀을 짜낸 것이다. 우리는 이런 일이 말 못하게스리 미웠다. 그래 그럼인지 우리는 손수 만든 '빵'은 먹지 못하고 그런 향긋한 것보다도 개떡 같은 것만 먹고 살았다."

거처가 흉악하였고 음식이 흉악하였다. 그의 건강은 더 오래도록 거기에 있지 못하게 하였다. 이래서 그는 부두 인부로 되었다가 그 이튿날은 초부樵夫가 되었다가 하였다. 이렇게 온 '러시아'를 떠돌아다녔다. 그는 주머니에 한 '코패크'만 있어도 책과 신문을 사서 그날 밤이 새도록 읽었다. 여름이면 들판에 자고 겨울이면 빈집이나 동굴에서 잤다. 1889년 그가 스물한 살 때 자살까지 하려고 흉부를 쏘았으나 죽지를 않았다. 이렇게 상고嘗苦를 하던 그야말로 드디어 세간世間 도덕이란 티끌같이 보고 무엇에든지 구속되지 않는 자유혼으로 사회의 불합리를 향하여 선전宣戰을 하던 작가 무산계급의 예술가의 호과豪誇를 영원히 전할 '막심 고리키'였다.

작품

〈기아飢餓〉나 〈방랑자放浪者〉에 나오는 무산자無産者는 거의 다 뱃속이

편한 지하인地下人들이다. 양편의 주인공은 다 소유한 것이 없으므로 문명 사회에서 포기가 되어 먹는 듯 마는 듯한 꼴로 휘황輝遑한 도시를 헤맨다. 더군다나 〈기아〉의 주인공은 며칠 동안이나 굶었다. 그는 신명神明을 저주하면서 개 먹인다는 핑계로 고기집에서 뼉다귀를 얻어 온다. 옷자락 밑에다 그것을 감추어 가지고 남의 집 문간 뒤에서 뜯어먹어보았으나 진이 나게스리 주린 오장五腸이 받지를 않았다. 그래서 구토를 하였다. 눈에서 눈물이 쏟아졌다. 온몸이 부르르 떨렸다. 견디다 못해서 필경은 나무껍질을 씹어 잠깐 동안 허기를 잊었다. 그 나무껍질 맛이 똑똑한 감각으로 보였다. 배고픈 심리 감각을 어떤 심리학자라도 이렇게 심각하게 연구한 사람이 없을 것이다. 그는 자못 창자 빈 것이 신경과 감각을 못 견디게 구는 그 고통의 낱낱을 과학자의 세심細心으로 실험만 할 뿐이다. 그 고통을 주는 빈창자를 사회의 세포가 왜 가지지 않은 것인가 함에는 아무러한 관심과 흥미를 갖지 않았다. 거기서는 오직 어떤 주린 사람의 임상일지臨床日誌를 있는 대로 보일 것뿐이다. 사회 조직이 어떠하단 것이 이 사람과 무슨 교섭이 있으랴. 그러므로 이 작품에는 머리도 끝도 없다. 그러다가 주인공을 '크리스차니' 시중市中으로 돌아만 다니게만 함이 무엇하든지 작가는 섭섭하게도까지 굶주린 주인공에게 "집집마다의 들창에 눈비시게 밝은 '크리스차니'여 잘 있거라"라고 시키고 "영국으로 가는 배에 수부水夫가 되어 갔다"고 하였다.

한데 이것은 작가의 경향을 생각해보면 곧 해결이 될 것이다. 대개 낙위諾威 국민성國民性에는 이종二種의 전형이 있다. 하나는 해적 시대의 유전성으로 항상 새로운 동경憧憬을 찾고 무엇인지 외부에서 억압하려는 것에 반항을 해서 영구 유전流轉의 생활을 하려 하다. 이러므로 탐험자도 되고 수부도 되고 아무 거라도 된다. 말하자면 절대 자유를 찾는 것이다. 나머지 하나는 출생한 국토에 달라붙어서 조선祖先에게서 받은 신성한 대지를 더욱 더 경굴耕堀하려는 것이다. '함순'의 작품은 그 두 가지 경향이 전기 후기로 나뉘어 보이는데 〈기아〉라든 〈방랑자〉라든 〈목양신牧羊神〉이란 것은 다— 표박자漂泊者의 향락을 중심으로 한 것이다. 그것은 자신의 체험을 어느 부분까지 채용했으므로 — 곧 무산자에겐 문명 도회에서 코 길이만한 돈벌이에 깐작깐작하기보다 차라리 한 푼 없이라도 맘대로 다니는 것이 그들의 본망本望이기 때문이다. 그러므로 그들이 무산자인 것은 그런 변기성變氣性으로 말미암아 자유롭게 구원이 되는 셈이다. 물론 이런 심리를 가진 작품이 현대의 계급투쟁을 주제로 한 것과 전혀 질이 다른 것은 잔말을 할 것이 아니다.

△

'고리키'의 〈마칼 튜드라〉의 주인공은 말했다.

"자— 들어봐. 쉰여덟 되는 오늘까지 나는 갖은 것을 많이 보았다. 내가 안 가본 촌이라곤 없을 테야. 그러는 것이 내가 살아가는 방법이라네. 다녀라 다녀라 그러면 온갖 것이 다 보인다. 한 군데 지루하게 있어선 못써. 버릇만 들면 아무 거라도 다— 못 쓴다. 그러니 사람의 세상을 실찮게 여기려면 달마다 같은 생활은 치워버리고 거저 빙빙 돌아다녀라. 꼭 밤과 낮이 영원히 달음박질을 하는 게나 마찬가지로 말이야……" '코나로프'가 말을 잇는다. "여보게. 난 세상을 돌아다니기로 작정을 했네. 뭐—ㄴ지도 모르지만 세상에는 느—ㄹ 새것이 있어. 아무것도 생각지 말아라 — 바람이 불어 사람의 마음에 잡티를 다 쓸어준다는데 그래. 맘대로 다 속 편하다. — 누구 하나 괴롭게 구는 게 없고 배가 시장하면 거기 쉬면서 이틀 동안 돈벌이를 하지. 일터[9] 돈 벌 일이 없대도 돌아만 다니면 아무나 줄 테지. 이래서 여러 군데 첨 보는 구경도 할 수 있다는 게지."

예언자의 어머니라고 하는 〈어머니〉의 주인공을 보아라. 노동자요 사회

---

9) 설령

주의자인 자식 '파웰'이 십자가의 순교자처럼 서백리아西伯利亞[10] 로 방축放逐이 된 뒤 부인夫人의 심령이 비로소 진리의 광명을 보게 되었다. "이 지구는 너무 많은 부정과 비애를 운반하기에 염증이 났다. 그래서는 사람의 가슴에서 돋아 오르는 새 태양이 보고저워 남 몰래 떨고 있다." 그 부인은 없는 아들의 할 일을 하려 — 이웃 마을로 가서 착한 말을 선전하려고 — 기차를 타려 할 때에 경관에게 잡혔다. 이제는 그만이라고 생각한 그 노모는 군중에게 이렇게 부르짖었다.

"들어보시오. 저들은 내 아들이며 당신 동무들이 여러분에게 진리를 일러드리려고 한다고 그들을 처벌했습니다. 우리는 노동으로 말미암아 다— 죽어갑니다. 배고프고 추위로 못 견디고 있습니다. 우리는 언제든지 흙탕 속에 잠겨 있습니다. 그래서도 언제든지 부정한 속에 있습니다. 우리 인생은 죽음이 되고 어둔 밤이 되었습니다." "마님 만세"라고 한 사람이 떠들었다. 그러자 경관이 그 부인의 가슴을 쥐어질러서 부인은 비틀거리다가 의자 위에 넘어졌어도 또 부르짖었다. "여러분, 여러분의 모든 전력全力을 한 사람의 지도자 밑에다 결합을 시켜야만 됩니다." 경관의 붉고 억센 큰 손이 이번에는 부인의 목을 쥐어질렀으므로 부인은 뒤꼭지를 벽에다 부딪쳤다. "입 닥쳐 빌어먹던 늙은 년!" 하였다. 이렇게 경관이 욕질을 하자 부인의 눈은 더 크게 뜨면서 반들반들하였다. 그리고 턱을 바르르 떨면서 "누가 부활한 사람을 죽일 수 있느냐"고 부르짖었다. 경관은 더욱 험상스러워지며 이번에는 바로 얼굴을 내려갈겼다. 그러자 검붉은 물이 그 부인의 눈을 캄캄하게 하면서 입으로 피가 좔좔 흘렀다. "옳은 사람을 빠져 죽이는 것은 피가 아니다……"고 노모는 부르짖으면서 힘을 잃고 비틀거리다가 문득 군중의 눈들이 사납게 번들거림을 보았다. 더욱은 그 부인의 친히 아는 눈이.

10) 시베리아

또 "……아무렇게 크게 피바다를 만든대도 저들에게는 진리가 잡히지 않는다……"고 부인이 말을 마치자 경관은 또 몹시 목을 쥐어질렀다. 그 부인이 깨르깨르하는 목에서 겨우 가늘게 "불쌍한 사람들"이라고 할 때 한 사람이 깊은 한숨으로 부인에게 대답을 하였다.

〈참회〉에서는 신을 찾다가 크리스트 신에 절망을 하고 노동자 속으로 들어가 고생을 하다가 오직 하나인 자기의 이상신理想神을 최후에 민중에게서 발견한 '마츠뵈—'가 있다.

"민중이여 너야말로 나의 신神이다. 너희들의 번거로운 노역인 탐구 속에서 너의 아름다운 심령을 만들었다. 모든 신의 창조자인 너희들이야말로 곧 나의 신이다. 너희들 말고는 땅 위에 다른 신은 하나라도 두지 말게 하여라. 왜 그러냐 하면 너희들이야말로 기적의 창조자인 오직 하나인 신이니까."

△

이만한 혁명혼魂과 반역성은 나머지 삼작가三作家에선 못 볼 것이다. 그런데 이상한 것은 〈헨리 라이크로프트 일기日記〉 작자로 〈신구락부가新具樂部街〉 작자로 〈현세지옥現世地獄〉의 동정자同情者라고 부르는 '조지 기싱'이란 작가이다. 그는 자기가 그렇게도 작품은 빈궁을 주제로 했음에도 불구하고 마음속까지 빈민貧民을 싫어했음은 어떤 모순일까. 이상한 게 아니다. 그는 개인주의자였고 귀족 취미를 그리워하던 가난한 사람인 까닭이다. 그는 장편 〈데모스〉(Demos)로 '데모크라시'의 체체體體를 사상思想한 것이다. '데모크라시'란 것은 천민의 대집大集에 지나지 않는다. 사상이며 예술은 그 천민을 각하脚下에 두고 볼 권위를 허득許得한 듯이 생각하였다. 그래서 빈민은 하류계급은 취미도 지식도 한번 세련이 못 된 무지의 떼다. 자기는 장구한 반생을 더 그런 계급과 살아왔으므로 갑절 명료하게 그들의 무지를 보았다고 생각하였다. '고리키'의 〈참회〉에 있는 '마츠뵈—'와 여기서 반대되는 것을 발견한 것이다. 그러면 이 무지의 본원이 어디 있느냐. '기싱'은 '함순'과 같이 이런 일선一線으로 시력을 몰아넣는 흥미를 갖지 않았다. '런던' 같은 도회를 마차로 다닐 것은 생각도 못하였다. 그는 너무도 가난했었으므로 시간이 드는 것도 발이 부르틈도 헤아리지 않고 열두 시간 열다섯 시간이나 걸어 다녔다고 〈라이크로프트 일기〉에서 말하였다. 그는 그의 후반생에 노동 문제에 대한 논문을 써달라는 어떤 잡지의 의뢰를 받았을 때 "나는 이제 빈민 생활의 문제 같은 것은 일체 흥미가 나지 않는다"고까지 하였다. 그러나 그는 '중류계급의 역사가'라고 불릴 만큼 〈이오니안 해반海畔에서〉 속에 쓴 것처럼 노동과 실없는 말로 말미암아 병신이 되다시피 상처투성이가 된 손과 오래도록 빗질을 잊어버린 머리숱과 아무라도 옷으로는 보지 못할 더럽고 해진 누더기를 입은 중나이나 된 아낙네의 그 사람다워 뵈지 않는…… 비참한 꼴을 잊어버리지 못하였다. 자못 너무나 오래도록 그의 길기도 하던 빈궁과 불행이 언젠지도 몰래 그로 하여금 모든 인간에 대하여 알 수 없는 시들픈 마음을 가지게 하는 동시에 굳센 교양을 가진 그는 이른바 군중의 무지에까지 내려가서 그 속에 뒤섞이고만 말고 그런 취미를 가지지 못한 것이다.

△

'요한 보앨'로 말하면 또 다른 특채特彩가 있다. 그는 오래도록 무산계급에 자라서 학대받는 그 계급의 고로苦勞를 맞았다. 하나 그는 그 현상을 전도顚倒시킴에 '고리키'와 같이 산업혁명과 사회주의로 사회를 개조하려고 안 했다. 그는 학대받는 편의 불합리를 고찰한 동시에 그 계급 자신에게도 또 구원하여야만 할 그 무지無知를 발견하였다. 세계의 번뇌란 말할 것도 없이 이 두 편의 무지와의 투쟁에서 나는 것이다. 그것은 지식 문제가 근본이 되므로 당박當迫된 사회 개조는 먼저 심령 개조에 있고 다음이 양식樣式 개조일 것이라고 그가 생각하였다. 그 심령의 개조를 종교의 신앙에 가져오려던 것이 곧 〈거대한 기아飢餓〉이고 인도적 정신에서 행진을 하려던 것이 "The Face of the World(세계의 얼굴)"이나 또는 "Our Kingdom(우리 나라)"이다. "어머님 당신은 학대받는 사람이 어떤 사람들인지를 아십니까. 그것은 학대받는 사람을 학대하게스리 받는 사람 위에 업히려고 하는 그 사람들을 가리킨 것입니다. 노동자가 흔히 비싼 임금을 받을 때에는 어떻습니까. 그들이 일하는 성적은 더욱 불량합니다. 우리가 돌아다니는 세상을 보고서 그 진보되어가는 것을 자랑하시오! 대륙은 민족 증오로써 혼자 떠들고 있습니다. 정당 내의 각 단체는 서로 미워하고 단원끼리 암살을 합니다. 그것은 나 혼자만 다른 단체 위에서 그 단체를 정복하려고 하기 때문입니다. 나는 그런 모든 것을 향하여 그것을 개조하려고 합니다. 이— 내가!" 하는 이것이 '보앨'의 세계 개조의 신념이다. — 속續

—《개벽開闢》 1926. 1.

단 한 마디

— 신년문단新年文壇을 바라보면서

"나라는 그 사람의 속아지지 않은 생활 감정만!"이란 단 한 마디를 나의 요구 삼아 말해둔다.

왜 그러냐 하면 '나'라는 그 사람의 생활을 굳세고 진실하게만 삶으로써 거기서는 그 혼백魂魄의 호흡이 우리 가슴에 울려오도록 하여야 예술이란 가운데서도 문학의 별다른 그 직능職能이 드러나고 따라서 작가의 생명이 나올 것이니 말이다.

—《개벽開闢》 1926. 1.

속사포速射砲

영혼 경매靈魂 競賣

B 지난 11월 일본 '프로' 작가들이 동경東京 '긴자'에서 세계문사초기록世界文史初記錄인 영혼 경매식靈魂競賣式으로 원고原稿 넝마전을 보았다네그려.

D 경제 사조經濟思潮가 팽창할수록 이상한 상품이 다— 나오는군.

B 그야 벌써부터 그래왔지마는 이것은 원 너무도 창피하니 말이지 — 제일 고가高價 낙찰落札이 3원 50전이라고?

D 뭘, 가격 다소多少로야 말할 게 아니지만 경매식으로 한 상고술商賈術이 창피는 하군!

A 자네들이 참 창피하네. 그만큼 경제 조직이 되었다는 그 상징으로 보지 못하네그려!

B 여보게 그럴 듯한 말일세마는 그러다가는 '영혼 경매'도 안 되고 '영혼 경매靈魂更埋'가 되겠데.

D 아니야 영혼 경매靈渾更昧가 될 것 같데.

A 그런다고 파묻힐 영혼이라든지 또는 눈코 뜰 영혼이 된다면 그건 하여서 뭘 하겠나? B군 D군! 자네들의 생각은 그 '대차관계貸借關係'를 돌려서 '영혼 경매靈魂競賣'를 '영혼 경매靈魂敬買'로 보게. 영혼 상인商人의 할 일

인가 아닌가?

—《문예운동文藝運動》1926. 1.

신년新年을 조상弔喪한다

세초歲初부터 궂은 소리를 한다는 것은 두말 할 것 없이 청승맞은 노릇일 것이다. 일년 열두 달을 내 걱정으로만 지낼 요망한 짓일 것이다. 어찌 생각하면 미운 노릇으로도 보일 것이다.

그러나 3백 6십 일은 그만두고 3만 6천 일을 눈물 속에서 헤엄질을 한대도 하고 싶은 마음이 나는 바에야 하고 싶은 때인 바에야 이 마음을 막을 수도 어쩔 수도 없는 것이다. 만일에 나무라고 싶은 그 입이 있거든 행인지 불행인지 이 마음을 가지고 나온 우리 인생을 나무라려무나.

진저리나는 한 해를 죽을 판 살판 겨우 지나서 태산이나 하나 넘어온 듯이 후유하게 한숨을 길게 쉬고 행여나 올해에는 복 치레야 못할망정 하다못해 작년보다 가벼운 고통이라도 덜어질까 하여 헌옷이나마 빨아서 입고 막걸리라도 한 잔을 마셔야 할 만큼 이런 사람에게도 올해나 반기리만큼 그렇게도 지난해는 언제든지 사람에게 아기자기한 생각만 남기고 사람의 가슴을 멍들인 채 가고 마는 것이다.

그러나 사람아 우리가 오늘껏 살아오는 그동안에 허공에다 선을 그리듯이 시간 위에다 줄을 그려 예까지 1년 제까지 1년이라고 하며 하나씩 하나씩 건너올 때마다 — 몇백 년이란 그 가운데 어느 것은 우리의 애끗던 소망을 받지 않은 1년이라 말할 수 있으랴. 우리의 눈이 무형無形한 것을 본다면 모든 지난해에서 아직도 마르지 않은 핏물을 볼 것이고 우리의 귀가 공적空寂조차 듣는다면 모든 지난해에서 지금껏 물굽이치는 아우성을 들을 수 있을 것이다.

보아라 한번 웃음이라도— 더 웃어보고 한 방울 눈물이라도 덜 흘려보려던 대代물림하는 사람의 소망은 얼마나 오래도록 불쌍스러운 꿈으로만 굳어진 채로 쌓여왔느냐. 설마 오늘부터나, 설마 올해부터나 걱정이 적어지리라 하는 판에 박아둔 새해 축복은 몇만 사람의 입에서 도리어 서로 비꼬아 하는 그 뜻을 가져 보이게스리 들려만 왔느냐. 몇 해 동안의 소망을 반분半分의 반분쯤으로나마 단 하루를 살고 또 염증이 날지라도 지금까지 품고 온 그 소망이니 오늘은 그 소망대로 한번 살아볼 그 힘이 사람에게는 있는가 없는가. 사람의 소망이란 것은 모두 부질없는 한 자리의 꿈으로 되고 마는 것이니 차라리 하루 일찍 어수선한 생각을 흐르는 세월에다 실려나 보내고 돌아갈 그때만 기다리고 앉았을 그 힘이라도 사람에게는 있는가 없는가. 있는 것이 무엇인가.

세상에 나지를 않았다면 모르거니와 이미 나온 바에야 살아보려고 애를 켜보지 않을 수 없고 살아보지를 않았다면 모르거니와 이미 살아본 바에야 덜 괴로우려는 소망을 갖게 되는 것이 사람의 사는 마음에 마땅히 있어질 것이다. 우리의 소망도 심심풀이로 지절긴다면 모르겠거니와 그렇지 않고 다만 털끝만치라도 덜 괴로우려는 그 마음에서 나온 것이라면 얼마나 애닯은 노릇이냐 — 한결같은 소망으로 묵은해를 보내고 새해만 맞는 것이 말이다.

우리가 오늘껏 살아온 가운데서 아직도 괴롬이란 것을 맛보지 못하였느냐. 그렇지 않으면 덜 괴로우려는 그 소망이 꿈으로만 갖게 될 것이었느냐. 사는 대로 살다가 죽는 대로 죽는 것이 세상으로 나온 것이었느냐. 그러나 버리려야 버릴 수 없는 소망인 것도 어쩔 수 없는 일이어든 하물며 살아간다는 생명에게 소망이란 것이나마 없으면 고통 가운데의 가장 못견딜 굴종屈從과 일체의 마지막인 멸망이 북받치듯이 내릴 터이니 누가 감히 소망을 사르고도 단 하루를 살아 있을 수 있다고 말할 것이냐.

이렇게도 사실은 우리가 알거나 모르거나 우리가 손수 몸덩이로 실증實證을 거듭하고 있다. 날마다 때마다 흘려버리는 한숨과 날려 보내는 선웃음도 우리의 목숨을 차마 못 버리는 본능의 충동이요 본능의 충동이 그 찰나에도 나는 소망의 발로가 아니고 무엇일까.

물론이다. 우리의 본능인들 부족한 것이 아니요 우리의 생명도 불구인 것은 아니다. 오직 회오리바람과 같은 한숨에 몰려온 지 오래고 아우성 같은 선웃음에 끌려만 다녔으므로 우리의 소망이란 것이 맥 풀린 열병 환자들의 잠꼬대 토막같이 저도 남도 알아듣지 못하리만큼 서럽게도 우스꽝스런 짓이 되어온 것이다.

그러나 우리 신령의 눈썹 사이에 뿌리를 박은 듯이 덮고 있는 검은 구름을 한 겹 두 겹 벗길 것도 우리의 소망을 바로잡는 데 있고 우리 목숨의 이마 위에 골짝마다 사태진 듯이 패어 있는 깊은 주름을 한 개 두 개 메울 것도 우리의 소망을 고쳐 잡는 데 있을 뿐이다.

시간만 흘겨보고 좋은 세월이 와서 우리의 고통을 가볍게 해달라는 그런 마음이 꿈꾸는 것은 아직도 소망이 본능에서 나온 것이 아니요 생명에서 솟아난 그 힘이 아니다. 이따위 것으로야 일년 열두 달 밥 대신에 눈물을 먹고 말 대신에 피를 토한대도 아무런 변화를 우리의 생활에 가져오지 못할 것은 지금껏 우리가 진이 나게 겪어온 바가 아닌가.

사람아 우리의 힘이란 것을 무엇보다 먼저 알자. 한 해가 가고 한 해가 올 때마다 하염없는 시간의 두려움만 갖게 되어 그것만 잊으려 한 것을 우리는 힘으로 알아왔다. 물론 두려움이라도 강박強迫한 관념이 아니었고 다만 흐리터분한 인식에 지나지 않는 것이었다. 우리의 힘이란 것은 있는 것이 모두 이뿐일까. 덜 괴로우려는 그 소망대로 더 웃어보게 될 그 생명은 우리와 아무런 관계도 없는 것인가. 그러한 관계는 우리의 힘을 우리가 알 때에 비로소 나오는 것일까. 그러면 올해 안에는 우리의 본능이 그만한 힘을 갖고 나오겠는가.

만일에 그렇지 못하면 해가 바뀐다는 우스꽝스러운 때는 두고 하늘과 땅이 뒤범벅이 되는 그날이면 새삼스럽게 설워하느니 기뻐하느니 할 거리가 무엇이며 또 까닭이 무엇이랴. 만일 우리의 소망이 반분의 반분으로나마 단 하루를 살고 다시 염증을 낼지언정 그만한 소망이 없고 그만한 시절이 없는 올해라면 이 신년新年이란 것도 하루 일찍 가고 말라고 미리 조상弔喪이나 해두고 말 날이다. 축복은 주고받아 무엇 할 것이며, 생명은 있다 없다 할 게 무엇이냐. 우리에게 한숨만은 아직도 다 되지 않고 우리에게 선웃음은 언제나 끝날 것인가.

—《시대일보時代日報》 1926. 1. 4.

웃을 줄 아는 사람들
— 감상感想

사람이 '진실眞實'에 살 때 그곳에만 두려움이 없다. '진실'은 죽음을 능能히 넘어서거니와 그 죽음을 한계로 두고 닥쳐오는 학대와 불쾌 불의와 빈궁이 그 몸을 촌보寸步도 움직이지 못하게 얽매었다 하더라도 진실은 그것에 견디어 나아갈 수 있도록 모든 힘과 뜨거움과 눈물을 준다. 감격을 주고 생활의 굳센 술잔을 끼어 얹어준다.

그러하나 이 잔은 매웁고 쓰고 아프다. 그러하다. 그것은 생활의 술잔이다. 생활은 쓰다 아프다 괴롭다.

— 가장 쓴 생활의 술잔은 오늘날 우리 앞에 잔 가득 부어 넘쳐흐르게 놓여 있건마는 고달프고 지치고 눌리운 사람들은 감히 그 술잔을 바로 잡으려 하지 않는다. 인생 생활은 아픔과 매움과 괴로움과 쓰림에 못 견디어 마치 독약을 마신 것이나 같이 비비 꼬이며 시진해간다.

그들의 머리 위에는 태양이 빗난다. 그들을 안는다. 그러나 그 태양은 그들을 위하여서는 제 자신의 비참하고 가련하고 허기진 꼬락서니를 빈정거리는 듯이 비추어주는 저주의 빛이런가? 문명의 은총 안에 사는 사람들의 관택光澤한 빛이런가?

인제 그 뜻에 이를지도 일반이 헤아릴 수 있이 사람의 눈과 발 가는 곳에 그들을 세우고 실리고 안고 잠재우고 하는 그 대지는 그의 어머니로나

비길까.

그러나 그 땅은 벼이삭이 머리를 수그릴 때까지 그들의 힘과 피와 정성을 받아들이면서도 마침내는 그들이 눈을 뜨고 손을 댈 때는 어느 때에 조알갱이로나 강냉이로나 목을 쥐러 움켜드는 '돈'의 사도使徒의 흑수黑手로 변해버리는 기적을 행해지는 곳이다. 그러하다, 그것은 기적이다. 과학의 증명이 너무나 넘어선 자본資本의 기적이다.

하늘에 닿는 큰 집, 하늘을 조롱하는 듯이 뻗쳐 있는 도회의 굴뚝, 능히 햇빛조차 흐리게 할 수 있는 석탄 연기, 그 속에서 쉴 새 없이 사람의 목숨에 주린 것 같이 덜커덩거리며 돌아가는 그 아귀(기계)의 무서운 이빨에 걸려 들어가는 수많은 공장의 생활을 찾는 사람들. 그들은 흡혈귀의 왕궁의 제물祭物이라고나 할 것인가?

이들은 모두 생활을 찾아, 생활의 술잔에 힘껏 젖지 못하는, 그 근방에서 말라 비틀어져가는 생활을 잃은 무리다.

— 그러하나 이 생활의 술잔을 바로, 가장 굳세게, 뜨겁게, 가장 용맹하게 들고 마시고 있는 사람들, 그 쓰리고 아픔에 능히 견디어가는 사람들, 진실의 이름 아래서 죽음을 넘어서는 사람들, 미래를 맞이하기 위하여 전신全身 전령全靈을 작열灼熱하는 불 속으로 집어넣는 사람들, 야만인野蠻人의 정력과 같이 넘치고 흐르는 생활력을 가지고 달음질하는 사람들 — 이 사람들의 앞에는 진실이 잇다. 사람이 진실에 살 때, 그곳에는 힘이 있고 광명이 있고 눈물이 있고 감격이 있고 건강이 있고 미래가 있고 생이 있다.

아아 — 생활의 술잔은 쓰리다, 매웁다, 아프다.

× × ×

벗아! 갈 때까지는 가보려무나. 갈 곳까지는 가보려무나. 오직 네 심장

心臟의 피가 네 맘과 몸의 뜨거움을 안고 있는 동안에 그래서 네 맘이 아직 지치고 고달픔에 사그라지지 아니 했거든. 또 네 맘이 아직 무서움에 떨어 '부진실不眞實'에 물들지 아니 했거든 또 네 맘이 네 힘을 믿지 못하고서 하늘을 우러러서 구원을 부르짖고 싶은 못생긴 맘이 아직 나지 않았거든 생활의 닻줄을 움켜 뺏어 쥐고는 위에 잇는 사람들에게 머리를 수그리며 네! 네! 이 잔을 받읍쇼 이 나의 생활의 잔을 당신은 이것을 원하지 아니 했습니까 하며 아주 몰랑거릴 힘이 빠져버리지 아니 했거든 또 생명의 거지 노릇을 하고 싶지 않거든 네 힘으로써 네 뜨거움으로써 네 신념으로써 네 생활의 술잔을 받아들일 만한 기운 있는 사람이거든 네 등 뒤에서 너를 돕고 너를 믿고 있는 사람들에게 대한 신뢰와 우애를 아직 잃어버리지 아니한 사람이거든 진실한 사람이거든!

벗아 가거라 세 번 까무러쳐 세 번 다시 살아날 때까지 찬바람에 들이어 오는 북국北國에 있는 벗들과 같이

태양이 네 길을 밝혀주고 있지 아니하냐 대지와 공기와 건강과 자유의 다함없는 샘(泉)이 앞에 펼쳐 있지 아니한가.

× × ×

찬바람에 들려오는 북국의 소식은 '시장'의 곡曲이로구나 벗아 우리는 울랴? 부르짖으랴 그렇지 아니하면 웃으랴? 사람들은 흔히 아프거나 괴롭거나 설운 일을 당할 때 운다 부르짖는다. 성낸다 그러나 벗아 때로는 그 아픔과 괴롬과 쓰림을 가만한 웃음으로써 받아들이는 것이 필승을 위하여 이로울 때가 있다. 그러나 그 웃음은 단념의 웃음이어서도 안 되고 더욱이 타협의 웃음이어서는 못 쓴다. 오직 진실에 넘치는 웃음이어야만 한다. 그 절제의 때를 잘 아는, 가만한 웃음이어야 한다. 이 웃음을 잘 웃을 줄 아는 사람은 승리의 웃음을 아는 사람이다.

어떠한 때에 이 웃음의 힘은 강국强國을 무찌르는 무력武力으로도 전력全力으로도 권세로도 능히 당하지 못하는 때가 있다.

벗아! 웃자 우리의 심장을 소리 없이 흐트려줄 때까지. 그래서 '진실'의 거화炬火에 우리의 맘을 맡길 때에.

—《시대일보時代日報》 1926. 1. 4.

무산작가無産作家와 무산작품無産作品(2)

— 소개로보다도 독물讀物 턱으로 보기 바랍니다

그의 작가作家와 작품作品

세계 역사적 신세기의 여명은 인류의 선혈鮮血로써 붉게 되었다. 학살된 국민의 예술이란 반드시 장엄하여야 한다. 그렇지 않으면 존재할 수 없을 것이다. 인류가 일찍 취재取材하던 어느 것보다도 넓고 전쟁보다도 크고 업業보다도 가밀고[11] 사랑보다도 높은 한 가지의 시야가 이제는 예술의 앞에 제 몸을 바치려 왔다. 그것은 노동이다. 인류가 이마에 땀을 흘림으로 살아온 오늘 여자를 누리고 전쟁을 하던 세계를 자양시킨 노동은 이제 인류의 시詩에 비추이지 않게 되었다. "우리의 위로 내려진 고뇌가 그 불가사의한 운명의 바다에다 인류를 흘려보내는 현대에 미래로부터 우리를 불러주는 듯한 소망 있는 소리가 조금도 들리지 않는 것은 무슨 까닭일까. 용기 많은 국민이 놀라운 인류의 노력을 보이고 있는 것을 마음 있는 사람들은 가만히 바라보고 있다. 이렇게 광휘 있는 노력에서 이렇게 사나운 괴롬에서 이렇게 소망이 많은 것에서 왜 생각 깊은 지인智人이 일어서서 그 울리우는 말로써 새로운 양식樣式을 창조하지 않는가. 오너라 시인이여. 세계는 너를 기다린다." 이렇게 부르짖은 '프랑스'의 '피앨 함프'도 무산계

11) 넉넉하고

급에서 자란 작가이다. 그의 〈민중〉이란 일편은 그가 노동자이던 자기의 체험을 기축으로 하여서 노동자의 세계에 새로이 터져나 근대는 새로운 자기의식을 내면으로 관찰한 권화權化된 습작이었다. 그는 가난한 '빵' 장사로서 깊은 예술 심령을 날카로운 사회 의식의 속에다 포화飽和를 시켜버렸다. 이러한 학대를 받던 노동자의 눈을 통하여 본 사람마다의 아름답다는 모든 것은 돌 새 끼인 잡풀이 그 돌 밑에서 애처로운 꽃봉을 피우고 있는 듯이 도리어 학대받는 편에 있었다. 그 비틀어는 졌으나 그래도 필연의 생명의 표장表章의 미美가 얼마나 가엾은 자태로 구현되어 있는가. 학대받은 미美, 착취된 미 여기 '함프'의 거증巨憎이 있다. 밀매음蜜賣淫의 집 개에게 하루 백 '수—'짜리의 요리를 먹인다. 뼈다귀가 없다시피 칼질을 하여서 기름기를 너무 넣지 말라는 주문이 있다. "얼마나 사람의 말 못 할 수치냐. 나는 두 달 동안 배를 말려본 적도 있다. 아무것도 먹지 못한 날이 며칠이나 될지도 모른다. 그런데 개 한 마리에게 백 '수—'짜리의 대접이란다— 무엇이냐." 이것을 만들던 '보이'가 곧 침을 뱉으면서 "여기는 뼈다귀라곤 들지 않았습니다"라고 할 때 그 동무 '보이'도 그 음식에다 침을 뱉으면서 말하였다. 이리하여 그들의 부상負傷이 되었던 정의正義 관념觀念이 복수復讐된 것이다고 한 〈요리집에서〉란 단편은 그의 지긋지긋한 체험이 아니고 무엇일까. 또 〈The Rich City(부촌)〉에 전개된 무산자의 각상各相을 보아라. '스트라이크'를 한 뒤의 쓸쓸한 동리의 불안에서 빈부 양계급이 뒤범석이 된 투쟁의 심리를 얼마나 세밀하게 파헤친 정의正義의 한길을 찾는 그의 성찰이 있느냐. 그는 '프랑스'의 '고리키'란 말을 듣는다. 그는 젊어서부터 '빵'을 찾아 영국 서반아西班牙[12] 불국佛國[13]으로 끄을려 다니듯이 아무데나 방랑을 하였다. '파리'의 인민대학의 학생이 된 때가 26세 때인데 그 뒤는 북부 불란서佛蘭西 철도에서 칠년七年 동안이나 노동을 하였다.

12) 스페인
13) 프랑스

△

'빵' 장사하던 노동자에서 나온 현대 예술가로는 '고리키'와 '함프' 말고 또 한 사람이 있다. 그는 백이의白耳義[14]의 작가 '스틴스트라우브르스'이다. 노동자의 생활만 모은 〈The Course of Life(인생의 노정)〉이란 단편집 작가이다. 그도 문단에 나올 때까지는 서부 '프란다스'의 '아브램므'에서 농부農夫와 농부農婦의 단골집 '빵' 장사를 하고 있었다. 이 속에 묘사된 노동자는 방랑자요 농부요 노동자의 자식뿐이다. 그는 〈기화奇禍〉의 주인공과 같이 흔히는 사회의 불합리에 분노한 때도 없지 않았다. "왜 그는 일하지 않으면 안 되는가. 언제든지 끊이지 않고 일하지 않으면 안 되는가. 아무것도 않고도 살기만 하기는커녕 아무것도 않고도 안락한 생활을 싫도록 하고 있는 사람이 얼마나 많은데"라고 하는 반항도 뿌리박히지 않는 것은 아니나 그보다도 그는 몇 갑절 더 심령의 애통을 노동자들이 가진 그 환경으로 쏟기에 바빴다.

그것은 "'파이프'를 물고나 '파이프' 없이나"라는 '스케치'만에서도 그의 애틋한 정서를 맛볼 수 있다. 거기는 어떤 젊은 소년이 밀'구루마'를 밀고 간다. 노중路中에 수레를 멈추고 담배 가게의 진열창을 정신없이 들여다보았다. 파—란 솔문같이 쌓아 둔 담뱃갑 위에는 길기도 긴 육계수肉桂樹 '파이프'가 색실에 꿰여 있다. 점잖게도 큼직한 담뱃대 골통에는 임금이다 검둥이다 예쁜 아씨들의 얼굴이 새겨 있고 호박琥珀 물쭈리가 달린 해포석海泡石대도 있다. 온갖 종류의 담뱃대가 있다. 소년은 한숨을 한번 쉬면서 "이렇게도 예쁜 게 이렇게도 많구나! 어머니가 삯일을 맡기만 하면……" 하였다. 그는 코를 유리창에다 바짝 누르고 넋 빠진 듯이 '파이프'의 모양과 값을 살펴보았다. "아, 어머니" 소년은 맘에 드는 '파이프'가 가지고 싶었다. 어머니는 삯일만 맡게 되면 한 개 사주겠다는 약속을 오늘도 하고

14) 벨기에

나갔다. 그는 단념을 하고 수레채를 잡아쥐고 큰길로 정거장까지 밀고 가서 거기서 돌아올 어머니를 기다리고 있던 것이다. 한낮 햇살이 돌멩이를 시들하게스리 물고 넣는 악착한 더운 날이다. 마차 안에서는 마부가 조을고 있다. 말은 머리를 빠뜨리고 세 다리로 서서 가끔 생각한 듯이 파리를 날리려고 한 두어 번 발을 굴린다. 집 없는 떼거러지가 서늘한 나무 그늘 밑에서 잠을 자고 있다. 소년은 남의 집 울타리에 기대서서 목을 뻗치고 기다렸다. 그러자 기차가 들어왔다. 맨 첨에 내리는 사람이 뚱뚱하게 살찐 신사였다. 다음에는 부인 그 담에도 부인 그리고는 다— 다른 사람뿐이었다. 맨 나중에 어머니가 내려왔다. 어머니의 어깨 위에는 푸르뎅뎅한 빈 포대기가 얹혀 있다. 어머니의 그 포대기를 밀'구루마' 위에다 힘없이 집어 던지면서 가늘고도 힘없는 소리로 "또 일이 없더라. 아이고 하느님 제발 살려만 줍소 —" 하였다. 이리하여 모자母子는 다시 더 한 마디 말도 않고 멀고 머—ㄴ 촌길을 걸으면서 시덜픈 집으로 향하였다. 담배 가게를 지날 때 소년은 선뜻 그 진열장을 거들떠보고는 무엇인지 시성노 노래를 혼자 불렀다. 집은 아직도 머—ㄹ다. 햇살은 찌지고 있다.

'막심 고리키'가 양화 수선집의 사복使僕인 것과 같이 '덴마크'의 현대 작가인 '마르틴 안데르센 네기츠'도 소년 시대를 그렇게 지나왔다. 그는 '코펜하겐'의 빈민굴에서 난 사람으로 문단에 나올 때까지는 벽돌 장사로 살아왔다. 그의 4부 장편 〈승리자 패들래〉에서는 무산자無産者인 한 소년이 세상과 싸우고 세상에 서서 고뇌를 하고 있었다. 그러나 필경은 그 싸움에 이기고 대규모의 사회 개조자로서 영업할 역사歷史를 잡은 것이다. 그런데 '댓디—' 가운데는 고집 많고 착한 빈촌의 처녀가 어떻게 참혹한 운명에게 저주를 받고 드디어 창부娼婦에까지 타락이 된 것이 삼부의 장편에 여실하게 기록이 되어 있다. 그런데 〈승리자 패들래〉는 작자 자신을 어느 점까지 모형模型한 것으로서 "1877년 5월 초승의 어느 새벽이었다. 바다 저편에서는 회색 꼬리를 무겁게 물 위로 끄을고 바다 안개가 슬금슬금 밀어온다."

던 북구北歐의 해안에서 직업을 찾아서 예까지 건너온 부자父子들의 처음 내려보는 그 감상感想이 그림과 같이 인상印象이 되어 있다. 주인공인 '패들래'가 사회주의도 근대 산업 조직도 아직 들어오지 않은 작은 산촌에서 양화 장사의 공복工僕이었을 때까지는 괜찮았다. 한번 '코펜하겐'의 대도회에 뛰어나온 뒤로는 그의 투쟁의 용의用意는 모두가 현대의 노동 문제이었다. 그는 제일선의 용자勇者로서 언제든지 고주雇主와 관헌官憲의 횡포와 싸웠다. 작자는 또 자기의 몸소 겪은 체험으로써 이 투쟁의 의의를 내면으로 관찰하기도 잊어버리지 않았다. 작자는 창일漲溢할 만한 상상력을 가졌으면서도 감상자感傷者일 혐의는 조금도 없었다. '패들래'는 드디어 이겼다. 그리하여 그는 승리에서 획득한 자금으로 노동자 공동생활을 위하여 전원도시를 건설하게 되었다. '댓디—'는 풍진 세상의 진흙 수렁 속에 빠져서 올 수도 없이 까무라졌다. 거기는 그 여자가 의지로써 어찌할 수 없는 운명의 힘이 있기야 하지마는 아무랬든 '댓디—' 자신의 도덕적 책임이 조금도 없다.

무산자無産者를 주제로 한 작가와 작품

백이의白耳義의 현대 작가 '조르주 애쿠—'는 〈The New Carssage(새로운 카르새지)〉의 작자로서 주인공 '파리댈'에게 무산계급자로서의 분노와 반항을 비장하게도 강렬하게 표현을 시켰다. '라우랜트 파리댈'은 아버지가 죽고 고아가 된 까닭으로 아버지와 동업을 하던 상인 '드보사이스'의 집에서 하인 비슷 손님 비슷하게 자랐다. 학교에도 다녔으나 '드보사이스'의 딸 '기—나'에게 사랑을 하다가 거절을 당하였을 뿐 아니가 그만 그 집에서 쫓겨까지 났다. 그리고 '기—나'는 기선 회사의 주인이면서 영리한 사기詐欺를 예사로 하는 악惡자본가인 '패야—드'의 처가 되었다. 이리하여 어려서부터 '안트와프' 지방 집도 절도 없는 거러지 속에서 '프롤레타리아'의 생존권을 요구하기와 회복하기 위하여 있는 힘을 다해서 싸우고 있던 '패리댈'은 지금 정면의 대적인 '패야드—'부터 없애야 할 것이었다. 그런데 그때는 '패야—드'의 횡포한 이욕利慾과 착취가 갑절 더 심해져서 이민 회사를 세워서는 이민을 파선破船시키기도 하고 위태한 탄약 공장을 세워서는 여공女工과 아공兒工을 소사燒死케 하였다. 사랑하는 '기—나'의 행복을 위해서든 착취되는 무산계급에게든 아무래도 더 참을 수 없게스리 된 '파리댈'은 불난 탄약 공장 밑에서 '패야—드'를 안은 채 타죽고 말았다.

이 작품이 나온 뒤로 '안트와프'로 가는 사람은 무기를 준비하여야 할 만큼 그렇게 두려워하였다 한다. 이런 사실적 평판을 일으킨 것은 이 작장作長[15] 가운데서 '파리댈'이가 섞여 노는 무의자無依者들의 생활이 그런 위협을 줄 만큼이나 심삼深蔘이 되어 보였기 때문일 것이다. 그처럼 그 무산자들은 법률과 도덕에 대한 공포를 느끼지 않는 사람이며 그만한 밑도 없는 증오를 포악한 자본가에게 던지던 사람들이었다. 한데 '파리댈'이 실제 행동에서 쓴 수단은 결코 최후의 그 장면뿐만이 아니었다. 시회의원市會議員의 선거에서 '파리댈' 등 무산당無産黨의 후보자가 참혹하게도 금권당金權黨의 '패야—드'로 말미암아 파산이 될 때에도 민중 측에서는 불꽃 같은 분노를 일으켰다. "이 싸움의 마지막 결과로 무서운 혼란과 노기怒氣가 '안트와프'의 민중을 동요시켰다. 금권당은 다만 부패와 무기력으로써도 겨우 승리만 얻었을 뿐이므로 미워 못 견디는 새빨간 얼굴과 원한 가득한 파란 얼굴이 애닯은 눈물을 쥐어뿌리면서 독시毒矢 같은 타매唾罵와 험담을 민중의 머리에서 주저도 없이 터져나오던 것이었다" 19세기말의 '안트와프'의 현실을 잡게 된 이 작장作長이 '새로운 카르새지'라고 명명이 된 것은 상업시市로 된 옛날 '카르새지'가 멸망된 것과 같이 새 상업시로 된 오늘 '안트와프'가 금권고능金權高能 정치의 부패한 속에서 파멸이 되어가는 것을 상징하려고 한 것이었다.

15) '작품作品'의 뜻이어야 문맥이 자연스러움.

△

'애쿠—'와 같은 근본 관념에서 무산계급의 주인공을 계급투쟁사상史上의 용장勇將과 같이 선택한 것은 서반아 '피오바르쟈'의 삼부작 〈The Struggle for Life(인생의 투쟁)〉일 것이다. 또 같은 경향을 취한 작품으로는 〈The City of[16](주의注意 깊은 도회)〉이다. 〈인생의 투쟁〉에선 말하자면 작자의 주의主意가 현대의 사회 조직이 인생의 생활미를 극단으로 괴롭게 하고 그 편견과 무자無慈한 것이 자연의 인간성을 학살시키고 있는 것을 보다 못하여 그에 대한 맹렬한 항의를 제출하려고 한 것이다. 제1부인 〈탐구探究〉란 것은 누추한 하숙의 여비공女婢工 노릇을 하는 '패트라'의 아들 되는 '마누엘'이란 청년이 '마드리드'로 처음 와서 양화 수선공이 됨에서 시작이 된다. 그는 오자마자 부랑자 무직자와 드디어 매음굴에까지 출입하게 되면서 피투성인 사움과 죽을 줄 모르는 색투色鬪와 그 때뿐인 탐닉과 개짐승보다도 더러운 빈민굴의 악취가 영원의 주마등과 같이 뒤범벅이 된 그의 황란荒亂한 생활의 인상印象에 그을리게 된다. 그리고 지하층의 사회가 무서운 원시적인 영악獰惡 그것으로 예사롭게 전개가 된다. 그러나 숨결이 막히는 하해下海 인생의 분위기 속에 '마누엘'은 작가와 같이 그 의의를 관찰하고 있다. 야밤의 정적과 신비는 인세人世에서 자각自覺 줄 대도회의 1초 동안이다. '마드리드'의 새벽에 서서 있는 '마누엘'의 자세는 참으로 장엄 그것이었다. 야수夜守의 각등角燈불이 열푸른 동트는 속에서 어삼치레해져서 연회색 거리 위로 춤을 추고 있었다. 검은 누더기 줍는 사람의 거르매가 행길에 떨어진 헌 찌꺼기를 주우려고 허리를 굽힐 때 그것은 낡은 누더기에서 난 도깨비 같은 반갑지 않은 그 영자影姿이었다. 저고리를 얼굴까지 싸고 바싹 야윈 거러지가 날이 새기 전에부터 이처럼 가만가만히 자취를 감춘다. 그 뒤로는 노동자들이 지나간다…… 그 여러 일꾼들로

16) '주의 깊은' 이라는 뜻의 영어 단어가 빠져 있다.

말미암아 정직한 '마드리드'란 마을은 이제부터 또 분요어紛擾於 이날의 준비를 차리고 있는 것이었다. 소리 없는 그 밤의 혼잡에서 눈부시는 아침의 활동으로 옮아가는 이 일순간이 '마누엘'로 하여금 끝도 없이 깊은 명상瞑想으로 기어들게 하던 것이었다.

그는 이렇게 해석하였다. 이 마을 부엉이의 존재와 노동자들의 생존은 결코 평행선 위에서 조금도 서로 어울릴 것은 아니다. 한편에는 환락 악덕의 밤이요 한편에는 노역 피곤한 아침이다. 그는……? 그에게는 그가 제이의 계급에 부속되지 않을 수 없다고 여겼다. 말하자면 어둔 그늘 속으로 돌아다니는 것 말고 햇발 밑에서 일하는 그것으로 말이었다.

길욱한 인생의 제1기인 〈탐구〉는 그들이 결론까지 가게 하였다. 그리고 제2부 이하는 자각自覺한 노동자로서의 그의 부활을 의미한 것이다.

그의 〈주의 깊은 도회〉에서도 이 시대에 자각自覺한 무산자의 눈에 비추인 예리한 문명 비평이 있다. 주의 많은 도회! 그것은 너무나 주의注意가 많아서 생기를 다— 잃은 도회이다. 아니 그것은 도회가 아니라 서반아 그 나라이다. "민중은 모두 죽었다. 그들의 두뇌는 일을 두었다. 서반아는 관절경화병으로 앓고 있는 한 몸뚱이다. 조금만 꼼짝하여도 그만 아파 죽을 지경이다. 그러므로 진보를 한대도 천천히 하여야 될 것이었다 — 비약은 할 수 없다." 이렇게 다 죽어가는 서반아를 혼수昏睡에서 잡아 일으키기에는 갖은 노력을 아끼지 않은 주인공 '퀜친'도 "양심이란 무엇인가, 약한 마음 그것뿐이 아닌가. 정직이란 무엇인가, 기계적인 어떤 것에 지나지 않는다." 하였다. 서반아 사람은 오직 '무아' 사람같이 일을 하고 '쥬—'와 같이 돈만 벌면 그만이라고 어둡고도 무거운 그 맘을 품고 은銀가루가 흐르는 달밑에서 남몰래 울 수밖에 없었다.

△

'브라스코 이바네스'도 서반아의 작가로서 〈The Shadow of Cathedral(승원

僧院의 거르매)〉와 〈The Fruit of Wine(포도 열매)〉의 작자이다. 두 편이 다— 무산계급의 사회 개계심改階心을 개조改造으로 한 것으로 두 편이 다— 참패로 끝을 마친 것이 이 작가의 문명 비판일 것이다. 〈승원僧院의 거르매〉에서는 '다윈'과 '푸루동'에게 많은 힘을 받은 젊은 승려인 '카브리엘루나'가 우상화된 종교의 형각形殼을 내면으로부터 부수고 무산자의 광명으로써 신종교를 창조하려고 한다. "산 몸으로 충분한 자양을 섭취하여야 할 여러분이 맛없는 감자와 '빵'만으로 처자妻子 되시는 이의 장위腸胃를 속이고 있는데 이 사원의 신명神明이란 목제木制의 우상은 어떻습니까. 제한도 없는 사치奢侈 — 진주와 황금투성이가 아닙니까. 여러분은 그날 그날의 끼니를 찾아 자시기에도 넉넉지 못하여 비참한 우리 속에서 앓고 있지 않을 수 없는 그동안에 아무 쓸데없는 이런 우상들이 왜 이런 호화를 해야만 하는가를 여러분은 조금도 의심한 적이 있습니까?"고 하였다. 강단에서 젊은 승려가 이렇게 노후怒吼를 하자 "듣는 이들이 무슨 불덩이에 얻어맞은 듯이 놀라서 서로 눈을 들여다보고 있다." 한참 동안은 의아疑訝가 그들의 마음에 깔려 있었으나 결국 견고한 각성의 확신이 그들의 얼굴을 빛나게 하였다. 맨 처음 음울陰盇한 목청으로 종을 치는 사내가 '참말이다'고 하자 신발장사도 '참말이다'고 맞장구를 쳤다. 그러나 이 금벽金壁이 찬란한 대사원의 모퉁이에서 한 푼 없이 병에 찌들린 투사鬪士는 결국 서러운 절망으로 영원의 눈을 감고 말았다. "대지大地는 그의 죽음의 비밀을 감추고 있었다. 얼굴을 안 보이는 어머니 같은 대지는 지금까지 이 일생의 투쟁을 무감각하게 지키고 그의 모든 위대도 야심도 비참도 우행愚行도 그가 최후까지 표적을 하던 인생의 풍요와 혁신과 함께 다— 대지의 품속에서 썩지 않으면 안 될 것으로 알고 있었다."고 작자는 앓고 또 절망을 하였으나 새로 나는 건설의 후원대는 세계의 사방에서 돌진을 하여 왔다. 그 전선戰線은 조금도 흩어지지 않고 그 이상은 결코 대지의 품속에서만 썩고 있지 않았다.

〈포도 열매〉에선 포도주 공장의 직공들을 중심으로 하고 노동자 '페르난도'가 날뛰는 것이다. "세계는 이제야 수천 년의 수면에서 눈뜨기 비롯하였다. 유아幼兒 시대에 빼앗긴 것을 탈환하려는 용감한 항의가 지금 나오기 시작는다. 토지는 그대들의 것이다. 누가 그것을 만들었다고 할 것이 아니다. 그러기에 토지는 다— 그대들의 것이다. 만일 토지 위에 어떤 개량이 시행된다면 그 시행은 그대들의 땀투성인 손에서 된 것일 것이다. 그러므로 그대들의 소유로 반드시 돌아갈 것이다. 인간은 공기를 호흡할 권리가 있다. 일광에 쪼일 권리가 있다. 그러면 그대들을 유지하는 그 토지의 소유권을 요구한다는 것은 조금도 이상할 것이 없는 말이 아니냐." "자선이다? 자선이란 것은 미덕의 가명假名을 집어쓴 이기주의란 말이다. 착취한 잉여가치의 극소분極小分을 희생이란 명의名義로서 자기의 형편이 좋을 때에 분배하게 되는 그것이 아니냐. 자선慈善? 아니 정의다. 그의 가진 것은 만인에게 나누어야 할 것이다." "인류를 구조할 것은 다만 정의뿐이다." "정의는 천국의 것이 아니다. 지상의 것이다." 이 나라는 넓다. 그러나 이 나라의 부력富力은 겨우 80명이나 백 명의 자본가로 말미암아 착취되고 있다. 그것은 얼마만한 불합리일까. '페르난도'는 이 포도주 공장의 직공들에게 공장 자본가의 정체를 항상 폭로시켰다. 하나 관헌과 자본가의 대항하는 편은 적수공권赤手空拳인 그보다 더 실력이 있었다. 노동자들은 모조리 자본가들의 품속에 안겼다. 지금은 누구 한 사람도 '페르난도'의 열변에 귀를 기울이는 이가 없다. "흔히 노동 운동에 오는 이와 같이 저치도 지도자—ㄴ 체하는 훌륭한 사기사詐欺師이다. 저치의 선동으로 노동하는 인간들은 지금 다— 공동묘지의 흙 밑에서 썩은 꿈을 꾸고 있다……" 아무렇든 설교는 적고 수확은 많아야. 노동자의 참동무는 임금을 주는 고주雇主뿐이다. 임금을 주면서 덤으로 포도주 몇 잔만 마셔주면 그야말로 참 좋은 고주다. 노동자의 한 사람이 동무에게 이렇게 말하고서 원元지도자인 ' 페르난도'에게 멸시하는 눈치를 주었다.

포도의 열매는 점점 알이 잘 배고 자본가의 재낭財囊은 차츰 불어갈 뿐이다.

△

오지리墺智利[17]의 '안드레스라코'는 〈Men in Battle(싸우는 사람들)〉에서 강렬한 반反군국주의를 제창하였을 뿐이 아니다. 〈Home again(귀향)〉에서 조국을 위하여 부상負傷을 하고 전쟁에서 돌아온 용사가 전쟁으로 졸부猝富가 된 강욕强慾한 공장주를 자살刺殺한다. 그것은 전쟁중에 공장이 되어 이 용사 '복단'의 친분 있던 처녀가 직공으로 거기를 다니다가 공장주에게 정조를 강매强賣하게 되었다. 그리하여 사치해진 그 여자는 다시 가난뱅이 '복단'을 거들떠보지도 않았다. 더군다나 '복단'은 포약砲藥으로 말미암아 두 눈이 다— 어두워진 가엾은 병신이 되었으니 말도 할 것이 없어 보이던 것이다. 이러므로 그의 절망을 전선戰線에서 양득養得을 한 그 잔인성이 그만 채질을 하여서 극단의 증오를 공장주에게 품게 되었다. 그리고 또 동리 사람들이 이 공장의 덕택으로써 갑절 부유하게 되었다고 추종을 하는 꼴이 아니꼬웠다. 그리하여 그는 자기가 전장에서 돌아올 때 동구에서 만났던 사회주의자 '미할래'라는 사람의 뼛속을 에이는 비꼬는 말이 아직도 잊어버릴 수 없이 새롭게 기억이 되던 것이다. "자네는 두 눈을 없애고 얼마나 먹나. 일필一筆에 오백 '파운드'나 되나. 그보다 갑절 일천 '파운드'나 되나. 하지만 전장에서 까마귀밥이 된 인간들은 아무것도 못 받았지. 그러니 어때. 자 공장 주인은 말이야! 하루에 몇백 '파운드'를 벌면서도 손가락 하나 다치기나 했느냐 말이야. 더군다나 그 돈을 주머니에 담뿍 집어넣고는 공장의 여공을 마구잡이로 남기지 않고 죄다 유인誘引을 하지. 지금이야 그 놈도 동리에서 제일 큰 졸부猝富가 되었지."

이리하여 '복단'은 드디어 공장주를 죽이고 그도 자살을 하고 말았다.

---

17) 오스트리아

△

그리고 로서아露西牙[18]의 무산계급을 말한 예술로 말하면 나 같은 빈무貧務한 지식으로도 헤아릴 수 없을 만큼 많다. '도스토예프스키'의 〈Crime and Punishment(죄와 벌)〉과 〈Poor Folk(가난한 사람들)〉이 그런 것이다. 또 '알치바셰프'의 〈Tales of the Revolution(혁명 이야기)〉, '쿠프린'의 〈The River of Life(생명의 하수河水)〉에도 '러시아' 학생 계급의 비참이 얼마나 시커멓게 보이느냐. 시체의 우각슬관절右脚膝關節 위에 74호라고 조악한 '잉크'로 쓰여 있다. 해부 강대講台로 올라가는 순번이다. 참혹하게도 엄숙한 작자의 '리얼리즘'에 실생활의 잔인이 부합이 되었다. '로프신'의 혁명을 포착한 〈The Pale Fass(창백한 말)〉과 〈What never Happened(아무 일도 없는 것)〉에서 더 올라가서는 '고—골'의 〈The Frask(외투)〉, '래스코프'의 단편집短篇集, '톨스토이', '투르게네프', '코롤렌코', '브류소프' 같이 열거키 어렵다. 다만 '레오니드 안드레예프'의 〈국난을 만난 민중의 고백〉에서는 별다른 자극을 받을 것이다. 그것은 1914년의 세계대전을 만나 직업도 지위도 안착된 생활도 함께 없애버린 무산無産 계급자의 고백으로써 절박한 현실의 세계가 시커멓게 흐르는 '안드레예프'의 인생 회이懷異를 더욱 음참케 하였고 지옥의 불에 타는 죄인의 고백을 의미케 한다. "인간이란 것은 얼마나 서러운 것인가. 이 세상에 있는 인간의 운명은 얼마나 괴롭고 수수께끼와 같은 혼령에 대한 가책인가. 무엇을 찾겠다고 인간의 혼백이 더듬으며 돌아다니느냐. 피와 눈물 속에서 발버둥치는 나머지는 대체 어디로 갔단 말인가." 그는 끊이지 않고 이렇게 앓으면서 눈을 가리운 도장屠場의 가축과 같이 내일 모르는 운명의 밑을 정방正方도 없이 짓헤맨다.

그리고 또 이채異彩 있는 옛 작가의 의미 있는 작품 턱으로 '스테푸댁크'의 〈The Carrier of a Nihilist(허무주의자의 생애)〉를 제출하려고 한다. 그리고

18) 러시아

또 〈Underground Russia(지하의 러시아)〉도. 한데 이 두 편의 내용에 대한 소개는 쓰기를 둔다. 왜 그러냐 하면 경개梗槪를 축설縮說하자면 '러시아' 왕조 정부와 XX를 근본적으로 XX하려는 것으로써 부절不絶히 비밀 운동을 하는 '니힐리스트'의 생활을 그린 것이니 그리 누누이 쓰잘 것이 없다.

이 밖에 근대 노동자의 자각을 파악한 것으로서는 '프랑스'의 '에밀 졸라'의 〈제르미날〉이라든, '킹슬레—'의 〈알톤로크〉라든, '갈스워리—'의 희곡 〈쟁투爭鬪〉 같은 따위일 것이다. 이즈음 더군다나 공장 생활을 제재로 한 작품이 많으나 '쇼—대스몬드'의 〈데모크라시〉와 '발보아'의 〈Against the Red Sky(붉은 하늘을 향하여)〉 같은 것은 아직도 인상印象이 새로운 것이다.

다른 작가 및 작품은 다음번 — 곧 같은 무산계급을 관찰한 작품에서도 대개 그 시야가 삼단계로 나뉘어 있는 것을 설명할 때—에 몇 날 더 쓰려고 한다. 다음번 이것을 보시려면 이번 작가들 및 먼젓번에 쓰인 작가들의 태도를 한 번 더 자세하게 미리 보아 두어야 할 것을 말해 둔다. — 속續

—《개벽開闢》 1926. 2.

세계 삼시야三視野

— 〈무산작가와 무산작품〉의 종고終稿

이 편篇은, 2월 1일에 쓰인 그런 반항 정신을 가진 것과는 좀 다른 태도인 것을 먼저 말해둔다.

삼시야三視野

A는 무산無産계급자가 무산자인 까닭으로 현대 산업 조직의 밑에 살아는 가면서도 기계 공업에서는 뒤쫓겨지고 자본가에는 착취가 될 뿐이다. 그 비참도극悲慘到極한 정태情態를 가없는 동정과 못 참을 분노로써 표현한 작품이다.

B는 유산有産계급이란 그 한계를 없애버리고 일종의 문명 비평에서 기점基點을 가진 것이다. 자못 원시적인 야성과 방랑성이 문명의 호화豪華에게 반항을 하면서 대자연에게 향하게 되나니 이것은 복잡한 현재 생활의 기관의 기구를 배반하고 힘자라는 데까지 본능 일선本能一線인 순박성으로만 돌아가려고 하는 것이다.

C는 삼파三派로 나눌 수 있으니 제일은 인도적 정신에서 통찰을 하는 것이고, 제이는 인세人世의 항하사고恒河沙苦를 소멸하려는 뜻으로 작위爵位도 부재富財도 특권 등속의 일체 과장을 다 집어던지고 몸소 무산계급에 들어가서 그들과 함께 고행의 생활을 하는 것이다. 제삼은 무산자의 환경에 나서 무산자의 지위에 안주하면서 크게는 세계를 작게는 개인의 고민을 인도적 혼과 희생성혈犧牲性血로 얼마쯤이라도 가볍게 하려는 박해와 참고慘苦의 속을 용감하게 걸어가는 것이다.

A

A의 부류로는 아미리가亞米利加[19]의 '압톤 싱클레어'가 지은 〈Jungle(총지叢地)〉 같은 것일 것이다. 총지는 '러시아'에서 온 완박頑朴한 농부 — '유르기스 루독스'의 가족이 시아고市俄苦[20] 어떤 도육회사屠肉會社에 고용이 되어서는 평안하였으나 열한 식구나 되는 가족이 남자 세 사람의 노동으로 그 날 그날을 먹고는 지냈으나 그들이 현대 산업 조직의 잔학한 대우를 받기는 곧 그 뒤의 곧 일이었다. 회사 안에는 이것저것에 다— 쓰이는 갖은 치차齒車가 마주 돌고 있다. 감독이니 — 순시巡視니 — 하는 것들이 차례대로 임금을 착취하는 것이다. 직공에게는 몇 시간이라도 관계할 것 없이 노동을 시키고 될 수 있는 대로 임금을 싸게 주었다. 그래도 누구누구 할 것 없이 아무든지 다— 일자리를 잃어버릴 것이 두려워서 불평도 원망도 못하고 억제抑制로 일을 하고 있다. 전가족의 고상苦狀은 이루 말할 것이 아니었다. 필경은 어린애들까지 공장으로 다녀야 할 형편이었다. 이 회사에선 몇 분分이 늦게 출장出場을 하여도 한 시간 임금이 날아가는 판이었다. 그러나 50분 동안 일을 하였다면 한 시간 임금도 주지를 않았다. 여기서 노동하는 것은 그야말로 공장 기계와 경쟁을 하는 것이었다. 만일에 기계보다 뒤처지는 적이 있으면 공장 문 밖에는 그들 대신으로 들어오려는 무산자 떼들이 들이밀 것만 생각할 뿐이었다. 이러다가 마지막 '유르기스'는 병들어 눕게 되었다. 회사에서는 곧 계약을 해제하였다. 다행이 병이 나은 뒤에 맡은 일은 전보다 몇 갑절이나 괴로운 일이므로 독소와 더러운 속에 허덕이는 참혹한 꼴이었다. 그만이라도 무던할 터인데 어느 날 밤 그의 아내 '나나'가 공장에서 돌아오지 않았다. 이튿날 아침에야 돌아와서는 무엇이라고 변명을 하였다. 그 뒤부터 이런 일이 자주 계속되었다. '유르기스'가 생각하건댄 회사 감독이 돈 있고 세력 있는 자세로 '나나'를 농락

19) 아메리카
20) 시카고

한 줄로 알고서 분노한 결과 그는 감독이란 자를 힘껏 때렸다. 이 까닭으로 그는 감옥에 갇히었다. 그의 가족들까지 퇴사를 당하고 말았다. 이런 인간 소비의 잔인한 것이 물질문명의 정점에 있다는 그 대도회에서 활개를 치고 횡행을 하던 것이다. 그러나 생각해보면 그것이 야릇한 것이 아니다. 물질문명이란 것은 결국 경제문명이요 생산문명이다. 거기서는 몇 천만 기계의 치륜齒輪이 쉴 사이 없이 고함을 치면서 짓밟힌 무산 계급의 고통하는 그 소리조차 휩쓸어 죽이는 것이다. "노동자는 노예다. 그들은 자못 건설할 뿐이므로 오직 언제든지 일만 할 뿐이다. 그들의 피와 땀은 지상 모든 건설물의 '시멘트'이다. 그들은 그들의 노동으로 말미암아 짓짜그러져가면서도 받는 보수라고는 깃들일 움막조차 없고 참으로 살아간다고 할 만한 음식조차 먹지 못한다."고 한 '고리키'의 말이 과언이 아닐 것이다.

B

문명이란 것이 만일 그런 것이라면 이 세상에 문명보다 더 진절머리 날 것이 없을 것이다. 그들은 문명이 낳은 일체의 구투舊套를 벗어버리고 일체 회사 법칙에 속박을 받지 않고 일직一直하게 야만스런 자연아自然兒가 되어 적라赤裸한 인간의 본체를 나타내보면서 허위의 문명에서 도전을 하려는 것이다. 그러므로 그들의 한 사람은 자기가 자기를 이렇게 부른다. "이 친구와 떨어지려고 말고 일생을 여기서 같이 지낼 만한 인내성을 기를 테면 자네들도 문명사회에 나지 않으면 안 되네. 거기서야말로 자네들을 방해할 갖은 속박이 있다. 악독한 허위의 습관으로서 승인이 된 속박이 거기에 있다. 자기애自己愛의 병적인 중심이 거기 있다. 간단히 말하자면 마음을 허틀고 감정을 참게 하는 허영의 허영이 거기 있다. 아무러한 옳은 이유도 없고 아주 허황스럽게 — 일반으로 문명이라고 부르게 되는 그것이 곧 그것이다." 〈Bneatuness hat and wene Man(한번은 사람이었던 짐승)〉의 주인공은 이러한 이상을 대표한 것이다.

이 위에 든 B의 작품은 방랑자를 주인공으로 하였으나 '고리키'의 자연아自然兒와는 '타입'이 다르다. '작크 런던'의 작품에 나온 사람들과 '풀래트 하트'의 작품에 나온 사람들이 그것이다. 왜 그러냐 하면 '고리키'에 나온 절름발이떼와 세계고世界苦의 사람들은 다— 문명의 의식을 배경으로 하여 그 속박에서 도면逃免된 자유와 환희에 자지러지는 것이나 '런던'과 '하트'가 쓰는 인물은 처음부터 문명에 대한 흥미를 가지지도 않았다. 오직 나온 그대로의 자연아自然兒로서 가장 순진하게 더럽혀지지도 않고 대자연에게만 포육哺育이 된 원시인의 자연애를 가졌을 뿐이다. 그들은 어수선한 인간 사회의 법칙에 속박이 되어서 살기보다도 의지상으로 그 본능과 욕망을 가로막지 않을 생물의 세계와 자연의 생명에게 무궁무진한 자유를 항상 찾으려고 한다. '런던'에게서는 이런 황박荒朴한 장엄주壯嚴奏와 의지미意志美를 볼 수가 있다 한다. 거기는 아주 야성을 품고 있는 유탕의 떼가 있다. 그것으로 말하면 문명 사회에서는 부랑자도 되고 싸움꾼도 되고 음부淫婦라고 조소嘲笑받는 추방자가 되고 해서 이 세상에서 가장 부도덕한 사람도 가장 축수畜獸 같다는 사람도 그들뿐이라는 지목을 받으면서도 한편으로 허위 충만한 문명 사회에서는 얻어볼 수도 없을 놀라운 타애성他愛性과 희생심 — 의 아름다운 감정을 안고 있다. 예를 들자면 〈The Hock of Hoauing bamh(성꾸러기 '우막')〉이나 또는 〈The out casts of pockor plat(포카 플래트의 추방자)〉나 읽어보면 알 것이다.

C의 일–

C의 제일에 부속될 것으로는 영국의 작가 '미하엘 패아레스'의 〈The Road Mangler(도로 공부道路工夫)〉 같은 것을 들 만할 것이다. 나는 이 작가가 어떤 경력을 가진 사람인지는 모른다. 그러나 그는 아마도 겸손하고 겸허한 사람으로서 인류 축복의 봉사자로서 도로 공부로 석수石手로 현실의 인생 영자影姿를 가만히 보살필 그 찰나에 심해와 같이 가라앉은 맑은 동자

瞳子를 생각케 하고 또는 성자와 같은 내화內和를 심장의 고동에서 느끼게 한다. "나의 이상은 다 되었다. 나는 도로 공부道路工夫다. 어떤 이는 돌쪼시라고도 부른다. 아무렇게나 옳은 말이다." "우리가 젊었을 때에 우리는 자주 우리의 이상이란 어떤 것이란 것을 제 맘대로 의논도 하였다. 그러나 나 말고 몇 사람들이나 그 이상대로 가게 되었는가. 또 몇 사람이나 이렇게 이상대로 된 나의 마음을 알아줄 텐가. 결국 현세와 미래의 우리들은 동포와 사귀고 살고 봉사하겠다고 할 것밖에 — 또는 대지의 가슴 위에서 신의 얼굴 볼 것밖에 — 인생에게 찾을 것이 무엇이겠느냐. 굽이굽이 쳐 있는 한길 바닥 옆에 다리를 멈추고 우리 동포의 발자욱을 위하여 봉사를 하는 그 찰나 — 모든 것이 다— 나의 것으로 보인다. 거기는 벌써 탐욕과 비수悲愁가 나의 인생이란 그 속으로 들어올 만한 틈이 없어졌다." 이러한 도로 공부道路工夫의 인생 관찰은 농후한 종교미宗敎味를 띠고 신중하게 전개가 되어 있다.

동일한 종교미와 인도적 정신으로 본 무산자로 '스웨덴'의 여성 작가 '쎌마 라게를뢰프'의 〈The Outcast(기각棄却된 사람)〉이 있다. 세상에 오전誤傳된 풍설風說로 파산이 된 젊은 '수반'의 무참한 박해를 못 이겨 고적한 소도小島로 가서 그 부락의 인도적 개발과 자선사업을 경영하므로 애닯은 추억을 잊어버리게 한 존귀한 사상으로는 여사의 단편 〈A Christmas guest(성탄 제야의 손님)〉과 공통된 일미一味의 신념이 있다. 〈Invisible chains(불가견不可見의 쇠사슬)〉란 작품 가운데의 한 편이다. 음악이란 것이 어떤 것인지도 잘 모르는 마을에 갑자기 연봉年俸을 탈실奪失케 된 '루스텔'에게는 꼼짝도 할 수 없는 곤경이었다. 왜 그러냐 하면 그의 직업이란 것은 악보를 조사造寫하는 것과 고적鼓笛을 놀리는 것뿐이었으므로 이리저리 돌아다녀보았으나 마땅한 직업이 없었다. 마지못하여 그는 본래 그리 친의親誼가 깊지도 못하는 유명한 제금가提琴家 '릴래크로나'의 집에 부쳐 있기로 하였다. 그러자 '크리스마스'가 되어 매년 가족끼리만 모여 서로 '크리스마스'를 즐기던

이 집에서는 금년에 '루스텔'로 말미암아 자못 방해가 될 듯하였다. 이것을 짐작한 '루스텔'은 어디로 여행을 가야겠다고 해서 까닭 없는 길을 방향도 없이 떠났다. 그러나 선량하고 친절한 이 집 주인만은 마음씨 좋은 '루스텔'을 쫓아내다시피 보낸 것이 마음에 끼어서 어쩔 줄 몰랐다. 행인지 불행인지 '루스텔'은 도중에서 눈 속에 파묻혀 질식이 된 것을 동민洞民들이 발견을 하고 일一 음악가의 집으로 업고 와버렸다. 이리하여 결국은 그 '크리스마스'에 '루스텔'도 참가하게 되었다. 그리고는 주인은 말할 것도 없으려니와 주인의 부인도 '루스텔'의 재미성 있고도 착한 인품에 감심感心을 하게 되어 무정하게 쫓아내던 것을 스스로 후회하였다. 그래서 어린 아해兒孩들의 음악 교사로 촉탁을 함으로 그해 '크리스마스'는 모두가 마음 가득한 기쁨으로 예년보다도 더 유쾌스럽게 즐겨하였다. 어째 조금 옛이야기 맛이 있기는 하나 이것이 '라게를뢰프' 여사 작품의 특성이니까 말하자면 모든 사람의 감정을 서로 따습게 얽어매는 '불가견의 쇠사슬'이 얽혀 있는 것이다.

C의 이ㄷ

C의 이ㄷ에 부속될 것으로는 '오란다'[21]의 작가 '루이 쿠페라스'의 〈Majesty(왕위)〉란 속에 나온 사회주의자 '잔치'이다. 그는 본래 왕국의 화족華族이요 또는 중신重臣이었다. 그러나 한번 사회주의의 이론을 상미嘗味하자마자 그날로부터 대대 선조로부터 물려받은 영작榮爵을 누더기같이 벗어버리고 초라한 농부가 되어 그 궁정을 떠나버렸다. 이래서 그는 한 평민이 되어서 XX주의의 사도로 새로운 이상을 농부들에게 선전을 하였다. 그는 국내를 순시하고 온 황태자 '오트마'의 앞에서 이렇게 말을 하였다. "도회는 부패하였습니다. 향촌의 생활은 가장 성화聖化된 것입니다. 여기서

21) 네덜란드

그들이 살고 있습니다. 나는 벌써 오래 전부터 전답과 목장을 다— 농부에게 바쳤습니다. 나는 그들을 위하여 가진 가축까지도 사서 바쳐야겠습니다." "그러면 자네는 농부들을 그렇게 못해서 지배를 하려는가?"고 황태자가 물을 때에 그는 웃으면서 "천만에 말씀이외다 — 지배한다는 것이야 당치도 않습니다. 그들로 말하면 나의 농부가 아니라 그들은 그들 자신의 농부입니다. 그들은 다— 자신을 위해서 노동을 합니다. 나는 그들과 같이 다만 농부의 한 사람으로서 일을 할 뿐이니까 말하자면 우리끼리는 서로서로 다— 평등일 뿐입니다."고 예사롭게 대답을 하였다. 〈왕위王位〉란 작품은 이 사회주의자의 딸과 황태자와의 연애를 중심으로 한 왕위의 전통과 시대의 고민이 삼각적으로 갈등이 되어 보이는 것이다. 그 외 한 사람은 '보히미아' 현대의 여성 작가 '카로티네 패리시아'이다. 이 사람의 것에는 '보히미아'의 민중이 '오스트리아'의 전제專制에서 독립을 하려고 농민의 사이에 한 가지 종교 단체가 일어났다. 그것을 지도하는 것이 귀족의 따님으로 아름다운 '마리아 패리시아'이었다. 또 한 사람은 '패리시아'의 별저別邸 문지기의 아들인 한 청년이었다. '오스트리아'의 '죠세프' 2세는 황태자 가운데서는 '보히미아' 및 다른 종족에게 동정과 평민의 친분을 품고 있는 것이지 한번 황제가 된 뒤로는 도리어 '오스트리아'로 '보히미아'를 병합하려고 하였다. 그것을 '패리시아'가 간파를 하고 자작子爵의 외동딸로 자기에게 돌아올 영지와 별장과 영예도 뿌리째 던져버리고 문지기의 아들인 그 청년과 결혼을 하였다. 그리하여 단순한 무산계급자 아내로 농부의 자유의 — 진정進程을 위하여 분투한다는 그것이 개의槪意다.

C의 삼三

C의 삼三에는 독일의 '게르하르트 하우프트만'의 〈The Fool in Chirst '크리스트'의 우자愚者〉와 '알치바소프'의 〈이반 란대〉가 첫째일 것이다. 〈'크리스트'의 우자〉에서는 그의 희곡 〈기공機工〉에 채취된 그의 고향인 '순박한

시레시아'가 여기도 주인공의 무대로 전개되어 있다. 그런데 〈기공〉에 표현된 기공의 동리洞里의 비참한 생활이 여기도 역시 주인공의 심리에 부합이 되어 있다. 이 향토에서 아주 빈궁한 집에서 자라난 '임마누엘 퀸트'는 소년 때부터 '크리스트'의 복음을 설교하려는 열정으로 마음을 태우고 있었다. 그리하여 곧 제자들이 필경은 많아지고 말았다. 왜 그러냐 하면 이렇게 가난하고 괴로운 속에 시달리는 지방처럼 신의 자애를 동경하기에 적절한 장소가 없는 그 때문이었다. 박탈된 물질적 은혜를 천국에서 듣는 복음으로써 위로할 밖에는 도리가 없어 보이므로 점점 종교적 '마니아'가 그의 전인격을 파지把持하게 된 것이다. 그는 신의 소리로써 이 끝도 없는 지상의 오뇌를 구원하려고 결심을 하였다. 박해가 오면 올수록 그의 신념과 제자의 수가 차츰 팽대되어갔었다. 그리하여 입옥入獄한 '퀸트'가 법열法悅 속에서 '크리스트'의 강림을 보고는 그 자신이 '크리스트'인 것을 드디어 확신하였다. 그가 말하는 것은 '데모크라스틱'인 사회 평등을 기조로 한 무사無私의 노勞와 그 교지敎旨인 것과 같이 원시 '크리스트'교에 환원을 강조한 천진한 그 마음의 소리이었다. 박해는 아무러한 곳에서나 일어나던 것이다. 여러 사람들은 거의 다— 그를 한갓 광신자로 간주하였다. 하나 거기서는 합리적으로 그의 이른바 신에 대한 가르침을 부정하는 사람들뿐이었다. 과거 수천 년래로 신을 우리는 찾았다. 그러나 신은 보이지 않았다. 가령 보였다고 하더라도 좋다. 언제든지 나는 단언을 한다. 신은 찾을 만한 거리가 못 된다고. 아무래도 이 수천 년 동안을 신은 여간 머리를 썩히지 않았을 것이다. 그래도 아직 이 사회 평등의 문제가 조금도 해결이 못 된 그대로만 있고 또는 신이 그런 일에 아무러한 흥미를 가지지 않았다면 신이 우리에게 하등의 가치가 있다고 할 것이냐 '코크로스키'가 냉소하였다. "운명이 인간에게 내려온다고?"라고 어떤 목사가 힘찬 주먹으로 '테블'을 친다. "나는 이 '테블'을 칠 수 있다. 그렇지마는 운명은 인간을 치지는 못한다. 신은 그런 힘을 운명에게 주지를 않는다. 신은 인간에게 자유 의

지를 주었다. 그는 선행엔 보상을 주고 악행에는 형벌을 내린다. 신과 인간의 앞에서 너의 죄악의 책임을 가질 것은 운명의 것이 아니다. 책임을 맡을 것은 오직 인간이다."라고 그는 어디까지든지 '퀸트'의 신의 의지를 부정하였다. '하우프트만'은 그 엄숙한 현실주의의 통찰로 아무러한 심판은 내리지는 않고 이 새로운 '광狂크리스트'의 진정進程을 자못 무사無私의 청안靑眼으로 바라보았다. 그러다가 행위불명行衛不明이 된 '퀸트'는 오랜 뒤에 시체가 되어서 '스위스' 국경의 빙설층에 파묻혀 있는 것이 발견이 되었다. 말하자면 가다가 넘어져 얼어 죽었을 터이다. 그의 호주머니 속에는 오직 종이조각 하나가 나왔을 뿐이었다. 쓰인 문자라고는 '천국의 신비'였다. 아무도 그 의미를 알지 못하였다. '퀸트'는 깨치고 죽었는가 그렇지 않으면 의심만 하다가 죽었는가 이 한 조각 종이는 아마도 문제의 열쇠를 가진 것이다. 그러나 결국 무엇을 의미한 것일까. '천국의 신비?……' 작가는 여기서 붓을 던져버렸다. 고뇌의 근원이란 물질인가 영혼인가 물적 개조인가. 심적 개조인가. 작가는 이미 〈기공機工〉에서도 동일한 의아를 가졌다. 금일이야말로 이 작가가 그 회의의 운무雲霧를 짜개고 나올 그 시기가 숙도熟到된 때가 아닐까.

'알치바소프'의 〈이반 란대〉는 '퀸트'와 같은 성순聖純하고 경건하여서 그와 같은 인욕忍辱을 받는 성자聖者이기는 하나 그렇다고 '퀸트'처럼 굳센 열광熱狂을 가진 종교인은 아니다. '란대'로 말하면 다만 '크리스트'에게 차라리 인도적 정신과 고민의 구세혼救世魂을 발견하려고 한 이웃 사람에 대한 사랑의 권화權化를 발견하는 그것이다. 그는 인간이란 어떻게나 미소微小한 것인가 순간마다 또는 백만분의 한 찰나에 이 거대한 지구도 어떤 두려운 힘으로 말미암아 전혀 생각도 할 수 없는 원거리에 휩쓸어가고 말 그런 공포에 떨고 있다. 이래서 인생의 공허를 거기서까지 느끼면서 또 "아주 사소한 적의敵意 있는 그 힘이 우리의 존재를 앗고 말수가 있다."고 믿으면서도 이 우주의 진핵眞核으로 볼 인도人道의 역사적 발전은 극히 적으며 또는 자유인 것을 보고 있다. 사람은 모두 생각하여서 무엇이 우리의 지구에서 나오기를 기대하고 있는 듯이 보인다고 하였다. 그 무엇이란 것은 반드시 나올 것이다. 나오지 않으면 안 될 것이다. 그것이 나오는 그날에야말로 모든 것이 교란攪亂이 되고 동요가 될 것이다. 거기서 비로소 파괴가 일어나고 거기서 비로소 창조가 나올 것이다. "새로운 광명은 우리의 앞에 나오고 새로운 생명 — 새롭고 또 가장 놀라울 만한 인생이 거기서 솟아날 것이다." 한 신념을 그는 내심 깊이 느꼈던 것이었다.

'란대'야말로 그 사람이었다 — 불쌍한 어떤 학생이 수백 리 상거相距나 되는 먼 지방에서 앓는다는 소리를 듣고 앉지도 서지도 어쩔 줄 모르는 그 사람은 그렇지만 길을 떠날래야 동전 한 푼이 없었다. 하는 수 없으므로 그는 도보로 몇백 리를 걸어가서라도 간호를 하려 하였다. '시슈마리오프'가 무모한 짓이라고 만류를 하였다. 그러나 그는 "우리는 서로 사랑하지 않으면 안 될 것이다. 서로 어여쁘게 여겨야만 될 것이다. 그 외에 일은 자연히 어떻게 될 것이다. 모—든 것은 오로지 고뇌의 세례를 치른 뒤에 비로소 성취가 되는 것이다. 만일 이 세상에 고통되는 것이 없었더라면 영혼은 정체停滯가 되어 드디어 사멸하고 말 것이다."라고 이상한 말을 하였다. 그리고는 길도 없는 황야를 돈도 없이 걸어가다가 그만 목적지의 반을 못다 가서 어느 숲속에서 기갈을 못 이겨 객사를 하고 말았다. "하느님! 하느님!"이라고 그는 나직이 불러보았다. 그믐밤같이 어두운 그 숲속에는 나직한 그 소리가 두려웁게도 똑똑하게 그의 귓속으로 맞장구를 칠 뿐 죽은 듯이 소리가 없었다.

비가 함박으로 퍼부었다. 그는 아무러한 지각知覺이 없게 되고 말았다. 반들거리는 눈들을 가진 친한 사람들의 얼굴이 기다란 행렬을 지어 그의 앞에서 인사를 하고는 그 자리를 지나가던 것이다. 뒤에서 뒤에서 서로 꼬리를 이어 오다가는 다시 머얼리 저편으로 사라져버리던 것이다.……"아— 아 — 아 —!" 앓는지 우는지 모를 가늘디가는 부르짖음이 아득하게스리 어둠 속을 흘러가고 말았다. 다만 그것뿐이었다.

—《개벽開闢》 1926. 4.

문예文藝의 시대적 변위變位와 작가의 의식적 태도론

— 개고概考

일一

어제까지의 문예文藝란 것은 취미이었으며 향락이었다. 취미의 취미를 따르다가 취미의 골격을 잃어버린 취미였으며 향락의 향락을 쫓아가다가 향락의 형체만 더우잡은 향락이었다. 둘이 다— 생활의 내면을 통찰하지 못한 데서 보던 '태평泰平'이란 그것을 — 거름자의 거름자 같은 — 외적 현상을 헛짐작하게 된 그 착오에다 까닭을 둔 때문이었다.

어느 시기에나 어떤 방토邦土에나 모든 것이 모조리 '태평하였으며' 따라서 모조리 행복된 일이 있어본 것도 아니어든 하물며 전대前代의 남의 문예를 그대로 이른바 지식계급(비록 그 정도程度대로라도)이 다만 전수 탐닉傳受耽溺만 했었음이랴.

이것이 어제까지의 취미와 향락의 옆길로 들어간 남부끄러운 출발점이다. 사람답지 못한 자멸지대自滅地帶에 첫 자욱을 들여놓은 것이었다. 이리하여 남의 생명의 시대적 변위變位는 생각지 못하고 오직 남의 생명의 공간적 존재만 본보게 되려 하였다.

이二

남의 전대前代 문예에는 참으로 아름다운 인간의 생활을 대지大地에서 찾으려고 부르짖은 작가가 물론 소설일지언정 있는 것이 사실이 아니냐. 그러나 그때에도 외면의 태평을 겨우 억제만 해가던 그 인습因襲 생활에서는 인생의 사명으로 알던 그 순진한 절규도 오직 공상空想의 한 마디 잠꼬대였으며 다만 예술의 한 가지 갈래였을 뿐이었다. 얼마나 애닯은 일이랴.

이 같은 공상과 이 같은 예술이 곧 그 취미와 그 향락이 어찌 한 마디 잠꼬대와 한 가지 갈래로만 평가가 되고 말 것이었을까. 그 예술의 힘 미더운 기백과 그 공상의 보배로운 정신이 무슨 기교技巧니 어떤 형식이니 하는 그따위 분류에만 입적入籍이 되고 말 것이었을까. 어제까지의 문예가 이 생각을 거쳐서 나온 것이냐. 처음 뜬 눈이 남의 존재만 본 것이었느냐.

삼三

사실은 그 시대와 그 사회에 언제든지 아무 생각이 없이 존재된 대로 기생寄生만 하며 기생된 대로 난숙爛熟만 해지는 그 문화는 그 시대가 다른 시대로 바뀌려 하고 그 생활이 다른 생활로 고치려 할 때에 반드시 동요動搖가 생기며 충돌衝突이 나나니 이것은 다— 오려는 정명적定命的 회복恢復과 오려는 필연적 창조를 말하는 현상이다.

그리하여 존재된 취미에서만 찾던 그 취미와 존재된 향락에서만 찾던 그 향락은 이런 기생寄生에서 난숙 난숙에서 퇴당頹唐 — 이라는 도정道程을 밟다가 그 생활의 시대적 변혁으로 말미암아 그 취미를 포옹할 수 없으며 그 향락을 호흡할 수 없을 뿐 아니라 드디어 죄악시하게 되고 마지막 무용화無用化되고 마는 것이다. 이것은 오로지 그 생명의 시대적 변위變位를 사색思索하지 못한 창조력의 결제缺除된 것이 취미와 향락으로 문예를 만든 까닭이었다. 살려는 그 의지가 없던 까닭이었다.

사四

그런데 오늘 조선은 어떠한 시대에 있는가. 어떤 문화를 낳을 선조先兆

로 문예가 나왔는가. 그리고 우리 민중은 외적으로 드러난 이 '태평'이 내적 현상을 말한다고 할 수 있을까. 우리 생활에는 억제해가는 가태假態가 있지 않을까. 보다 완성된 그 세계에 믿음을 가졌으리만큼 생활에 대한 의욕과 감정이 꼭두로 치밀었는가. 이것을 민중은 짐작을 하는가. 이것을 제가끔 깨쳐야 할 것이 아닌가.

이즈음 사상상思想上으로 계급에 대한 문견聞見이 떠들어 있으나 깊이 전적全的 충동衝動을 일으키려는 그 초조焦燥가 없이 발정發程 전前의 각침기覺寢期로 생각될 뿐이며 더우든 보다 완성의 추구에 마음을 가진 취미가 얕고 그 생활의 실현에 생명을 기르는 향락이 너무나 적으므로 서로 기대企待를 못 가지게 되어 드디어 분열이 되고 마는 것이 아닌가. 어제까지의 문예가 이러한 생각이 없이 남의 존재에 가엾은 그 모방인 것은 여기서 증좌證左가 되지 않는가.

오五

이러므로 조선의 작가는 민중의 성격이 되다시피 된 이 인습을 벗어난 그 본능(심적, 물적)을 기점基點으로 하여 게서 비로소 생명을 찾을 그 취미와 생활을 누릴 향락이 오게스리 해야만 참 완성 추구의 의의와 자연히 부합될 만한 문예를 낳게 될 것이다. 그러기에 이런 취미와 향락을 가지려 할수록 생명은 사라지고 형체만 남은 그 인습의 존독存毒이 우리 전적 생활을 얼마나 붕새崩塞시키는가 하는 비판적 사색에 게으르지 않아야 할 것이다. 외면으로 드러나 그 '태평'의 속까지 투시를 하여야 할 것이다.

이것이 오는 시대와 오는 사회를 볼 수 있게 할 수도 있을 것이고 생명과 이 생활을 구조해낼 수도 있는 것이다. 여기서 개체와 전부의 이존적離存的 통일이 아무 거리낌 없이 짐작도 될 것이다. 이것이 언제든지 작가의 태도로 되어야 작가의 생명을 바로 가진 작가가 될 것이다.

육六

그러고 보면 이때야말로 우리 작가들은 하루 빨리 실현적實現的 관찰로써 창조될 생활의 터전이란 그 시대의 맞이할 차림을 고지告知하기 위하여 비판적 격앙激昂과 해부적 질타叱它 속으로 들어가야 할 것이다. 그 격앙으로는 시대 문화를 지배하려는 식군識羣이 전향 질주轉向疾走케 할 수 있으며 그 질타로는 사회생활을 계승 하려는 청년이 분심奮心 궐기蹶起케도 할 수 있을 것이다.

거기서 어제까지의 문예는 본질 생명의 극소 부분의 부작용인 모방의 취미와 유령幽靈생활의 몰아맹종沒我盲從의 착각태錯覺態인 인습의 향락이 없어지고 자아의식을 가진 생명 원체元體가 나올 것이며 창조의 생활이 비롯할 것이다.

이만큼 작가의 직책이 중대할수록 작가는 본능 생활 의무 순화純化에 대한 제작을 자신의 할 일로 아는 그런 반성과 촉망囑望을 일종의 새 윤리관倫理觀으로 각지覺持하여야 한다. 그리하여 인습으로 '태평'을 억제해가는 그 생활과 그 생활을 인생의 본능으로 보는 그 취미와 향락의 생명 모독성冒瀆性을 부숴버림에서 예술의 없지 못할 그 이유를 세워야 한다. 거기서 새로운 미美를 가져야 한다. 이것이 사람으로서의 생활을 추구적으로 순정적殉情的으로 지표指標하는 아름다운 생명의 파지자把持者 — 의식 있는 그 작가의 반드시 가지게 되는 태도일 것이다.

—《문예운동文藝運動》 1926. 1.

초동初冬[22]

팔월 한가위ㅅ날—

오리ㅅ골 복순 아비는 김마름 댁에 요공으로 수탉 한 마리를 갖다 주었다.

닭은 붉은 바탕에 검은 빛깔이 얼리는 — 대순竹筍을 먹고 예천醴泉에 마시고 벽오동 가지에 누웠는 봉황의 기개보다 늠름하였다. 복순 아비는 김마름이 수탉을 받으며 자별히 치사하는데 죄나 진 듯이 저어하였다. 그는 집으로 돌아오며 쾌감을 느꼈다.

한 쌍 닭에서 암탉마저 추석날 아침에 국거리로 들어가고 복순네 뜰안은 닭이 없어서 한결 넓어진 듯싶었다. 그 뒤로 다시 닭은 놀 생각을 하지 않았다.

음력으로 팔월 그믐께 해서 삼수동三水洞에 사는 최지주 영감의 생신이 왔다. 복순 아비는 그렇다면 닭이나 놓았을 걸 하고 후회하였다. 그는 추석날 집에서 암탉을 없앤 것을 새록새록 후회하였다. 마름집에 간 수탉은 생각하지 않았다. 그러나저러나 복순 아비는 지주댁에 닭이나 한 마리쯤은 부조해야겠다고 속으로 생각하고 속죄贖罪할 궁리를 해보았다.

---

22) 이상화가 남긴 유일한 창작 소설이다.

지주의 생신을 너댓새 앞두고 복순 아비는 삼수동으로 나갔다. 그날은 마침 장날이었기 때문에 복순 아비는 짚신 여남은 켤레를 자락구적에 넣어가지고 팔러나갔다. 그러나 짚신은 팔리지 않았다. 그도 세상의 변천으로 짚신 따위는 돌아보지도 않았다. 자정이 기웃하여 아마 파장될 즈음에 짚신은 일여덟 켤레나 팔리었을까 수입은 일원도 못 되었다. 복순 아비는 그나마 가지고 육십전으로 쓸쓸한 암탉 한 마리를 사들었다. 그리고 지주댁으로 가보니까 그곳에는 벌써 다른 작인들이 공궤하는 — 닭, 계란 따위가 벌려 있었다. 복순 아비도 암탉을 지주 앞에 곱순히 내놓았다. 지주는 매지근한 미소를 지으며 "웬걸 다 가져오나?" 하며 겸사를 피웠다. 그리고 지주의 장부에는 복순 아비의 이름을 적은 아래 계일수鷄一首라 하였다. 복순 아비는 육십전에서 이처럼 거룩한 기쁨을 일찍 맛보지 못하였다. 그는 지주 앞에 두 발 묶인 채로 누워서 말똥거리는 암탉을 빙그레 하며 보았다. 암탉은 한번 꿈틀하였다. 최지주의 생연은 삼수동을 근방으로 인근에 파문을 떨치었다.

생신 전날 —

김마름은 추석에 작인들에게 받은 닭, 계란 따위를 송두리째 지주에게 갖다 바쳤다. 김마름이 가져온 닭은 근 이십 수나 되었다. 그 중에 복순 아비의 요공한 수탉이 가장 이채를 띠었다. 한번 갈기면 피를 팍 토하고 넘어뜨릴 세찬 발굽을 소리 없이 뚜벅뚜벅 옮기고 있었다. 지주는 마름을 돌아보며 어쩌자고 이렇게 많은 닭을 가져왔느냐고 꾸중을 하였다. 마름은 회의의 미소를 입매에 띠우며

"집에서 좀 놨던 닭이기에 몇 놈 가져왔습죠!" 하며 뒤통수를 툭툭 쳤다.

"자네가 언제 이렇게 많은 닭을 놨었던가?" 하며 지주는 웃는 얼골을 복순네 수탉으로 돌리었다. 마름도 따라 보았다. 지주는 메를 잣는 듯이 머리를 깨웃거리며 서성거리는 붉노랑 빛깔의 수탉을 탄상하는 듯이 멍하니 보았다. 마름은 뒤에서 득의의 미소를 지었다.

지주의 생신이 되었다.

최지주의 일가나 마름패나 작인패들은 물론 사돈의 팔촌 최지주의 전장과 접경이나 한 사람들까지 다 모였다.

복순 아비도 오리ㅅ골에서 몇몇 작인들과 함께 지주댁으로 모여 갔다. 김마름은 그 전날 최지주 집에서 밤을 새며 제 일처럼 만사를 정성 들여 처리하였다. 지주의 생연은 상상 이상으로 성대하였다. 어떻든 차일遮日을 여섯이나 그 널따란 마당에 — 가을이면 너댓 마당을 한꺼번에 하고 노적露積을 산더미처럼 이십 길이나 쌓아올리는 — 치고도 좁다 하여 대청 안마루까지 사람들로 꽉 찼었다. 지주는 여름 등불에 끓어오는 부나비 같은 이 사람들에게 어른들에게는 갓 거른 방문주 한 잔씩이라도 어린 애에게는 인절미 한 점이라도 빼지 않고 주었다. 거지떼들이 이삼십 명 모여들어 법석이었다. 그들에게도 골고루 먹이가 돌아갔다. 거지떼 가운데 누가 살그머니 전육煎肉 조박을 훔쳤다. 이것이 마새가 되었을 때 지주는 전육을 다섯 접시나 더 내다주었다. 이 날은 공중에 나는 새도 취하여 갈팡질팡하였다.

복순 아비는 김마름과 점심을 한 방에서 하게 되었다. 그래서 그런지 복순 아비에게도 특별히 김마름과 마찬가지로 백반에 닭국이 들어왔다. 복순 아비는 과분하게 융숭한 대접을 받으매 어심에 불안을 느끼며 죄나 진 듯 상 싶었다. 복순 아비는 저녁때 돌아오며 최지주 영감의 거룩한 홍덕을 찬양하였다. 그는 닭국 마신 것이 무엇보다도 마음에 기뻤다. 닭국과 최지주의 덕과를 혼동하였다. 지주댁 뒤ㅅ간에는 복순네 수탉의 붉노란 털깃이 고스란히 터져 있었다. 그리고 복순 아비의 집신 팔아 산 암탉의 털깃도 고요히 엿보였다.

복순이가 열네 살 되던 삼 년 전 봄 —

그는 한 동리 오리ㅅ골 사는 오吳장이의 아들과 약혼이 되었었다.

— 그 해 어떤 날.

복순 아비가 삼수동 장에서 얼근히 취해가지고 곤드레만드레해 돌아왔다. 복순 어미는 그를 부축해드리어 아랫목에 누였다. 그는 세상 모르고 잠들어버렸다.

복순 어미가 그의 머리맡에서 바느질을 하다가 삼경이 지난 때쯤 해서 그만 일거리를 주섬주섬 치울 때 복순 아비는 부시시 깨더니 냉수를 찾았다. 아내가 갖다 주는 냉수를 들이켜고 난 그의 입에서는 아직 술냄새가 나는 듯 하였으나 그는 새삼스레 무엇을 잊었다가 찾은 듯이 마누라를 보며 말을 할 듯 할 듯 입술을 들먹거렸다. 복순 어미는 개키던 옷감을 든 채로 남편을 보고

"무엇이 어쨌소?" 하며 의아한 듯이 물었다.

그는 이윽고 입을 떼었다.

"복순 어멈! 그 일 말야! 그 일이 그렇게 되고 말았어. 오장의도 승낙하고"

아내는 알아차렸다는 듯이

"그렇게 됐어요 그러면 초례醮禮는 언제쯤?"

"그야 뭘 서두를 것 없지 걔가 복순이보다는 한 살 아래인가보지 그러니까 이태쯤 넉넉히 넘겨 잡고 그동안에 어떻게……" 여기까지 말하다가

"우리가 하시절에 남처럼 번듯이 할 형편도 못되고" 하며 그는 혼잣말처럼 중얼거렸다.

복순 어미는 봄날의 나긋한 추위에 쪼그리고 두 손을 호호 불다가

"오장의는 뭐랍디까?"

"그 이야긴 건드리지도 않았어…… 그런데 오장의 말이 삼백쉰 냥(삼십오원)밖에는 더 못될 형편이라고……"

그는 비상국을 마시는 듯이 여기서 말끝을 막고 말았다. 아내는 고즈넉이 피마자기름의 피시시 타오르는 불똥을 보고만 있었다. 한편 구석에 누

더기 속에 누웠는 복순이는 가늣한 잠소리를 하였다. 그는 열네 살의 계집애 아닌가.

그 해 봄은 —

이러해서 — 복순의 약혼으로 오장의에게 받은 삼십오 원으로 춘궁을 겨우 넘겼다.

가을이 왔을 때 복순이 초례 시킬 이야기는 쌍방에서 다 같이 하지 않았다. 농사가 말이 아니었기 때문이었다.

그러던 것이 재작년 가을에 와서는 좀 농사가 되어 절구 소리도 나게 되었다. 복순네는 이에 혼례 이야기를 끄집어내었다.

어느 날 삼수동 장에서 복순 아비는 오장의를 술집 구석방으로 이끌고 들어갔다. 둘은 술잔을 주고받으며 허튼 이야기를 하다가 복순 아비가

"장의! 어떻게 올에는 치르고 말지요!"

"낸들 생각이 없겠소마는 망지조[23]이구려! 저번에도 말하지 않았소. 한 해나 보자고"

"난 늘 그년이 걱정이 돼서……"

"그도 오는 가을에 하느니 올에 하면 짐도 덜겠지만! 공도 알다시피 내 집 식구가 몇이요? 오는 해엔 내 큰 녀석이 분가도 하겠고 하니……"

복순 아비는 그에서 더 종용慫慂할 용기가 없었다. 자기의 생각대로 한다면 자기의 삶에 대한 끊임없는 고문拷問이요 위협인 복순이 — 아니 그는 그에 대하여 맹장盲腸적 존재일지도 모른다. 늘 속히 출가시켰으면 하였다.

둘은 갓모를 바로하며 술집을 나섰다. 복순 아비가 장에서 돌아오자 아내는 남편의 기색을 살폈다. 아까 아침에 복순 어미는 남편에게 오늘은 꼭 결말을 지으라고 부탁하였던 까닭이다. 복순이는 한편 구석에서 소곳이

23) '망지조罔知措' : 어찌할 바를 모름.

버선을 시칠 때 그의 어미는 이윽고 내려다보더니

"너 그 무슨 버선코냐 유자코냐?" 하며 딸을 나무랐다. 딸은 코끝을 가위 끝으로 내밀어도 보고 실에 꿰어 당기어도 보았으나 좀체 모양은 되지 않았다.

복순 아비는 아내에게 '외'라는 표정을 지으며 아래ㅅ목으로 가서 주저앉았다. 그리고 불똥에 번득이는 딸의 얼굴을 멍—하니 바라보다가 혼잣말로 '열다섯 살' 하고 외었다.

×

복순이가 열여섯 살이던 작년.

오장의의 아들은 어느 가을날 남모르게 동네 청년들과 같이 일본으로 출분하였다. 열다섯밖에 아닌 그가 인생의 아름다운 꿈을 그리며 물을 건너갔다. 그러나 그것은 당연 이상의 그의 한낱 망동으로 공연히 고생과 금품을 허비하고 올 이른 봄에 돌아오고 말았다.

그러기 때문에 작년 가을에는 꼭 이루려던 복순이 혼례가 또 다시 연기되었다.

이때까지의 복순이는 아무 감각과 반응이 없는 존재였다. 그리다가 작년부터 몽롱한 가운데 자기라는 처녀를 생각하고 따라서 인식하였던 것이 가을에 자기의 배우配偶자의 일본으로의 출분에 비로소 적확한 감각을 얻었다. 그는 자기의 배우를 처음에는 인식하고 전환하여 엄연한 사랑을 발견하였다. 그러나 그는 도리어 이러한 생각을 죄악의 망상이라 하였다. 올부터 이오리ㅅ골에 창설도니 수리조합에 물이 돌았다. 동구 밖으로 왼편에 산기슭 부딪친 곳까지 퍼진 갈밭이 논으로 된다고 최지주네는 좋아하였다. 그래서 최지주는 본디 수리조합이 되기 전에 이로 전을 헐값으로 매수하였던 것이 자기가 열렬한 수리조합의 발기자가 되어 일반의 연서連書

까지 얻은 이후 착착 사업이 진행하여 최농장이란 간판을 걸고 전화까지 걸었고 이십여 명의 사무원을 두었다. 그래서 올에는 그곳에서 쌀이 나왔다.

그러나 쌀값은 참락하여 최지주는 안절부절을 못하였다. 왜냐하면 수세水稅가 삼백 평에 십이삼 원이요 옛날에는 소지황금출掃地黃金出이던 기성답들도 야릇한 노릇에 걸리어 높은 백미에는 팔구 원 얕은 백미에는 오륙 원의 수세를 지불하게 되었다.

이리하여 최지주와 작인 간에는 수세 때문에 승강이 되었다. 복순네나 오장의네나 이오리골이나 삼수동이나 이 A수리조합동리구역 안의 주인들은 전전긍긍하였다.

복순네도 벼를 꺼들이지 않았다. 수세에 도조에 채무에 남는 것이 얼만가를 똑똑히 알기 때문이다.

어느 날 밤.

복순이가 잠이 들었을 때 복순 어미는 남편에게

"여보 먹을 건 없는데 딸년만 끼고 있으면 대수요? 그년을 굶겨죽일 수도 없고……"

"상주더러 제일[24] 다투자네!?"

"비꼴 게 아니라 내일은 가서 좀 떡심을 써봐요!" 하는 아내의 말끝은 한숨으로 싸늘하다.

복순이는 아까부터 어렴풋이 깨었다가 이야기를 듣고 가슴이 저리었다. 자기 딴에도 빨리 출가하여 어버이의 근심을 덜고 싶었다. 그는 가만히 베갯잇을 만져보았다. 눈물방울이 젖어 있었던 것이다.

이튿날 복순 아비는 아내의 권고라니보다 사정이기 때문으로 오장의를 찾아 갔었다. 음력 시월 초순의 날은 무엇이 곧 올 듯하여 찌푸릇하였다.

---

24) 제일祭日

복순 아비는 오장의를 맛나서 넌지시
"장의 어떻게 할 테요!?" 하고 물었다. 그의 얼굴에는 질문이라니보다 애수가 얽히어 있었다. 그러나 오장의의 얼굴도 복순 아비에 못하지 않았다.
"사세가 딱한데 올만 속는 셈치고 참으시우 내 큰 녀석이 분가도 못하고 그러고 몸 아파 누워 있는 사람도 있어서"
이 말을 하는 오장의의 가슴속에는 의혹의 반발反撥로 일어나는 커다란 울분의 뭉텅이가 파혼破婚이라는 섬광閃光을 보였으나 오장의는 무한지옥無間地獄을 빠져나오는 셈치고 모든 것을 참았다. 복순 아비는 달갑잖은 대답에 헛기침을 기치며 침을 뱉으려고 문을 열었다. 밖에는 첫눈이 펄펄 날리고 있었다.
"허허 벌써 눈인 걸!"
둘은 앵무처럼 같이 뇌이고 다시금 벌에 내버린 나락을 생각하였다. 그들 둘의 가슴은 창밖에 나리는 눈ㅅ발처럼 느긋한 듯하고 싸늘하였다.
복순 아비는 고층을 후기며 일어섰다. 오장의는 복순 아비를 붙잡으며 잠깐 기다리게 하고 밖으로 나갔다.
"눈도 오기도 한다." 하며 오장의가 들어올 때에 밖에는 절구 찧는 소리가 났다. 오장의는 몇 말 되는 나락이 있었기 때문에 시방 그것으로 점심을 짓게 하고 들어온 것이다.
복순 아비는 점심 지으려고 나락을 찧는 절구소리를 듣고 그래도 오장의네는 우리보다 낫고나 하고 생각하였다. 그는 오장의에게 "웬 절구소리요?" 하고 물었다. 오장의는 열적은 웃음을 지으며
"쌀을 팔아오지 못해서 집의 것으로 점심이나 좀 지으려고……" 하고 대답하였다. 복순 아비는 점심을 마치고 오장의 집을 나왔다. 한 그릇 흰밥에 풀렸던 마음도 눈길을 걸을 때에는 다시금 가시가 돋치기를 시작하였다. 암루暗淚에 젖어 어디라 호소할 곳 없이 고민하는 복순의 얼굴이 그윽

히 떠올랐다. 눈은 속절없이 나리어 복순 아비의 등덜미를 덮었다. — (구고舊稿에서)

—《신여성新女性》 1932. 10.

나의 아호雅號
— 설문답設問答

상화尙火

그 유래由來란 것을 이렇다라고 말할 것이 못 되기에 못 적습니다마는 소위 비호鄙號로서는 상화尙火, 백아白啞 두 가지를 쓰는 것만 말씀드려 둡니다.

—《중앙中央》1936. 4.

현실과 꿈을 결속한 낭만적 페이소스
이상화의 시세계

유성호

1

이상화(李相和, 1901-1943)는 우리 근대 시문학사에서 1920년대를 대표하는 시인의 한 사람이다. 그는 소월素月, 만해萬海와 더불어 근대 초기의 민족 현실을 가장 구체적이고 아름다운 형상으로 담아냈을 뿐만 아니라, 생애를 통해서도 일관되게 '민족'이라는 범주를 가장 충실하게 상상하고 드러낸 선구자 가운데 한 시인으로 평가받고 있다.

이상화는 대구에서 태어나 경성중앙학교와 동경외국어학교과를 졸업하였다. 1922년에 동향 문우인 현진건玄鎭健의 소개로 박종화朴鍾和, 홍사용洪思容, 나도향羅稻香, 박영희朴英熙 등과 만나 《백조白潮》 동인을 결성하면서 창작 활동을 시작한 그는, 1925년 박영희, 김팔봉金八峰 등과 함께 카프(KAPF) 창립 회원으로 참여하기도 하였다. 이 시기에 그는 〈빼앗긴 들에도 봄은 오는가〉를 발표함으로써 가장 대표적인 민족시인으로 부상하게 된다. 1927년 의열단 사건에 연루되어 옥고를 치르기도 한 그는, 의외롭게도 살아서 시집 한 권도 펴내지 못한 불운의 시인이다. 그의 사후死後에 대구 문우였던 백기만白基萬이 그의 작품들을 수습하여 《상화尙火와 고월古月》(1951)이라는 단행본을 출간함으로써 그의 작품들은 일반에게 읽힐 수 있게 되었다.

이상화는 호號를 몇 개 가지고 있었는데 그것들은 그의 삶의 과정을 상징적으로 암시해준다. 20세 이전에는 '무량無量'이라는 호를 가졌는데, '한량없는'이라는 뜻의 이 호는 무엇 하나 아쉬울 것 없었던 그의 호시절을 환기한다. 그러다가 문단 데뷔 후 가졌던 '상화尙火'라는 호는 그 말뜻대로 '항상 불같이' 생각하고 행동했던 그의 삶을 비유적으로 보여준다. 후기에는 '백아白啞'라는 호를 사용했는데, 말 그대로 '백치와 벙어리'처럼 살았던 그의 침묵과 도피행을 함축한다. 이것들 가운데 '상화尙火'가 그의 시적 성취를 웅변해주는 것이라 할 수 있는데, 그의 시비詩碑에도 역시 '상화시비尙火詩碑'라고 새겨져 있다. 그가 타계한 1943년에 세워진 시비에는 '詩人白啞李公諱相和之墓'라고 새겨 일제의 억압을 피했지만, 1948년에 '상화尙火'로 고쳐 새겼던 것이다.

일제 식민지 시대의 한복판을 불 같은 열정으로 통과해왔던 이상화의 삶과 시는 그만큼 식민지라는 현실과 새로운 세계를 열망하는 꿈의 접점에서 피어오른 낭만적 페이소스(pathos)의 세계였다고 할 수 있다. 그와 그의 시를 '민족'이라는 범주와 떼어서 다룰 수밖에 없는 가장 큰 이유가 바로 여기에 있다.

2

이상화의 초기 시세계는, 당대 시단의 편재적遍在的 현상이었던 감상적 낭만주의의 자장磁場을 일관되게 보여준다. 이른바 병적 관능의 세계로 대표되는 이러한 경향은, '폐허廢墟' 및 '백조' 동인들이 공유하던 미적 지향이기도 하였다. 그것은 다분히 감상과 니힐(nihil) 그리고 퇴폐와 탐미 추구의 세계에서 비롯되는 것이었는데, 이상화 초기 시편 역시 이러한 세계에서 그다지 멀리 가 있지 않았던 것이다. 아니 그러한 세계를 가장 대표적으로 보여주는 실례였다고 할 수 있다.

어쨌든 그것이 현실의 무력감에서 온 것이든, 내적 번민에서 온 것이든, 이상화 초기 시편에는 우울과 탄식의 정서가 시편 구석구석을 물들이고 있다. 그의 등단작이라고 할 수 있는 다음 시편에서 그러한 불 같은 열정과 낭만적 감상이 잘 녹아 있다.

> 저녁의 피묻은 동굴洞窟 속으로
> 아 — 밑없는, 그 동굴 속으로
> 끝도 모르고
> 끝도 모르고
> 나는 거꾸러지련다
> 나는 파묻히이련다.
>
> 가을의 병든 미풍微風의 품에다
> 아 — 꿈꾸는 미풍의 품에다
> 낮도 모르고
> 밤도 모르고
> 나는 술 취한 집을 세우련다
> 나는 속 아픈 웃음을 빚으려다.
>
> — 〈말세末世의 희탄欷嘆〉(《백조》 1922. 1.)

'말세末世'라는 시대 인식이나 그것을 탄식과 울분으로 표제를 삼는 감각은 모두 세기말적 낭만주의의 한 편린을 보여주는 사례이다. 화자는 첫 연에서 '저녁'의 '피' 묻은 '동굴洞窟'을 상상하고, 둘째 연에서는 '가을'의 '병'들어 있는 '미풍微風'을 상상한다. 이때 '저녁'이나 '가을'은 생성보다는 소멸의 시간대를 상징하는 것이고, '피'나 '병'의 기표는 감상적 낭만주의가 가지는 울혈鬱血의 속성을 웅변한다. 화자는 '동굴'이나 '미풍'의 품처럼 아늑한 유폐의 공간을 지향하면서 "끝도 모르고" 거꾸러지고 낮도 모르고 밤도 모르고 '술 취한 집'을 세우려고 한다.

이러한 "속 아픈 웃음" 속에서 자해적自害的 이미지가 온전한 방향을 가지지 못한다는 점에서, 이 작품은 상화 초기의 경향을 두드러지게 집약하고 있는 시편이라 할 수 있다. 이러한 낭만적 퇴행(regression)의 의지가 가장 확연하고 탐미적으로 발산된 작품이 아마도 다음 시편일 것이다.

〈마돈나〉 지금은 밤도, 모든 목거지에, 다니노라 피곤疲困하여 돌아가려는도다,
아, 너도, 먼동이 트기 전으로, 수밀도水蜜桃의 네 가슴에, 이슬이 맺도록 달려오너라.

〈마돈나〉 오려무나, 네 집에서 눈으로 유전遺傳하던 진주眞珠는, 다 두고 몸만 오너라,
빨리 가자, 우리는 밝음이 오면, 어딘지 모르게 숨는 두 별이어라.

〈마돈나〉 구석지고도 어둔 마음의 거리에서, 나는 두려워 떨며 기다리노라,
아, 어느덧 첫닭이 울고 — 뭇 개가 짖도다, 나의 아씨여, 너도 듣느냐.

〈마돈나〉 지난 밤이 새도록, 내 손수 닦아 둔 침실로 가자, 침실로!
낡은 달은 빠지려는데, 내 귀가 듣는 발자욱 — 오, 너의 것이냐?

〈마돈나〉 짧은 심지를 더우잡고, 눈물도 없이 하소연하는 내 마음의 촉燭불을 봐라,

양털 같은 바람결에도 질식窒息이 되어, 얄푸른 연기로 꺼지려는도다.

〈마돈나〉 오너라 가자, 앞산 그르매가, 도깨비처럼, 발도 없이 이곳 가까이 오도다,
아, 행여나, 누가 볼는지 — 가슴이 뛰누나, 나의 아씨여, 너를 부른다.

〈마돈나〉 날이 새련다, 빨리 오려무나, 사원寺院의 쇠북이, 우리를 비웃기 전에
네 손이 내 목을 안아라, 우리도 이 밤과 같이, 오랜 나라로 가고 말자.

〈마돈나〉 뉘우침과 두려움의 외나무다리 건너 있는 내 침실 열 이도 없느니!
아, 바람이 불도다, 그와 같이 가볍게 오려무나, 나의 아씨여, 네가 오느냐?

〈마돈나〉 가엾어라, 나는 미치고 말았는가, 없는 소리를 내 귀가 들음은 —,
내 몸에 피란 피 — 가슴의 샘이, 말라버린 듯, 마음과 몸이 타려는도다.

〈마돈나〉 언젠들 안 갈 수 있으랴, 갈 테면, 우리가 가자, 끄을려 가지 말고!
너는 내 말을 믿는 〈마리아〉 — 내 침실이 부활復活의 동굴洞窟임을 네야 알련만…….

〈마돈나〉 밤이 주는 꿈, 우리가 얽는 꿈, 사람이 안고 궁그는 목숨의 꿈이 다르지 않으니,

아, 어린애 가슴처럼 세월 모르는 나의 침실로 가자, 아름답고 오랜 거기로.

〈마돈나〉 별들의 웃음도 흐려지려 하고, 어둔 밤 물결도 잦아지려는도다,

아, 안개가 사라지기 전으로, 네가 와야지, 나의 아씨여, 너를 부른다.

—〈나의 침실寢室로〉(《백조》 1923. 9.)

《상화와 고월》에서는 이 시편에 대해 "1919년 상화 18세 때의 처녀작"이라고 적고 있다. 하지만 이 작품은 1920년대라는 시대적 지평 위에서 창작된 것이 확실하다. 왜냐하면 상화는 시를 쓸 때마다 창작 시기를 밝혀 그 의식과 발성發聲의 기원(origin)을 정확하게 알려 놓곤 했는데, 이 시편의 말미에는 그런 흔적이 전혀 없기 때문이다. 따라서 이 시편은 발표 당시에 창작되었다고 보아야 한다. 그만큼 이 시편에는 1920년대 초기의 감상적 낭만주의의 흐름이 짙게 반영되어 있고, 또 그런 경향을 가장 높은 수준에서 성취한 시편으로 남아 있는 것이다.

"가장 아름답고 오—랜 것은 오직 꿈속에만 있어라"라는, 낭만주의의 선언에 가까운 시인의 말은 매우 인상적이다. 이 선언은 시편 전체를 규율하는 지남指南이자 궁극적 주제가 되기도 한다. 가장 아름답고 오랜 것이 '꿈'과 등가를 이루는 이 순간에 상화 시편의 낭만적 화자는 탐미적으로 태어난다.

화자는 '마돈나'라는 여성을 절규하듯 부르고 있다. 물론 시편이 끝날 때까지 그 여인은 화자에게 오지 않는다. 그래서 이 작품은 전근대적인 유습과 억압으로부터 탈출하려는 '꿈'의 충동을 전면화하면서, 그리고 '침실'과 '동굴'을 등가화하면서, 성聖과 속俗의 일체화를 꿈꾼다. 오직 '꿈속'에서만 가능한 사랑, 현실에서는 불가능한 관능과 감상感傷이 작품 전체를 감싸고

있는 것이다.

밤도 깊은 시간에 화자는 지속적이고 반복적으로 마돈나를 부른다. 그 호명은 너무도 간절하여, 작품 곳곳에 지뢰밭처럼 배치되어 있는 쉼표(,)의 연쇄를 마치 화자의 가쁜 호흡과 절실함으로 읽히게끔 한다. 먼동이 틀 것이기 때문에 화자가 밤이 가기 전에 마돈나가 와주어야 한다고 상상하는 것은 그러한 감각의 점진적 강렬함을 보여준다. 이때 "수밀도水蜜桃의 네 가슴"이야말로 전근대적 유습으로 보이는 "눈으로 유전遺傳하던 진주眞珠"와 대조를 이루면서 꿈속에서 완성하는 사랑의 극점을 암시한다.

어둠이 걷히면 사라지는 별처럼 빛나는 그 사랑의 마음은 두려움과 떨림 그리고 뉘우침을 반복적으로 불러오면서, '침실'을 사랑의 장소로 완성한다. 두렵고 떨려 이제는 연기처럼 사라지려는 화자의 영혼은 오직 기다림으로만 존재감을 획득한다. "우리도 이 밤과 같이, 오랜 나라로 가고 말자."는 청유야말로 그러한 존재감의 항구성을 증명한다. 부제에서 보았던 "가장 아름답고 오―랜 것은 오직 꿈속에만 있어라"라는 말에서의 그 "오―랜 것"과 "오랜 나라"는 금세 등가화된다.

그렇게 "뉘우침과 두려움의 외나무다리 건너 있는" 침실에서 오지 않는 마돈나를 기다리던 화자는 "몸에 피란 피 ― 가슴의 샘이, 말라버린 듯"한 자아 소멸의 위기감 속에서 "언젠들 안 갈 수 있으랴, 갈 테면, 우리가 가자, 끄을려 가지 말고!"라고 선언한다. 어느새 시적 발화 전체가 '꿈속'의 텍스트로 변형된다. 그렇게 꿈속에서 침실은 "부활復活의 동굴洞窟"로 거듭나고 "아름답고 오랜" 침실은 성聖과 속俗의 결속을 완성하게 되는 것이다. 마돈나는 여전히 오지 않지만 말이다.

이렇게 '꿈'으로 집약되는 상상 속의 도피행을 취하고 있는 이상화 초기 시편은 격정의 시학을 잘 보여준다. 우리가 알고 있듯이, 이상화 시편은 잔잔한 서정보다는 격정에 얹혀 펼쳐지는 경우가 대다수인데, 그 격정의 수원水源은 현실에 대한 울분과 자아의 내밀한 번민이 결합된 것이다. 그 울분과 번민이 그로 하여금 더욱 강렬한 민족적 통분痛憤으로 나아가 그 특유의 저항 시편들을 쏟아내게 하는 힘이 되고 있는 것이다.

3

그 다음 시기의 이상화 시편은 낭만적 열정과 저항적 에너지를 결속하여 자신의 리얼리즘 시학을 완성하게 된다. 우리가 미학적으로 '리얼리즘 시'를 범주화할 경우, 그것은 암울한 현실에 대한 미적 대응물로서 일정하게 객관 현실의 전체성에 대한 인식을 기초로 한 시편들을 가리킨다. 또한 그것은 현실을 당대 사회와의 폭 넓은 연관 속에서 그려내면서, 생의 순간적 고양을 통해 현실 인식을 담아내는 시편들을 가리킨다. 특별히 식민지 시대의 '리얼리즘시'는, 자본제적 생산 양식을 통한 식민지 근대의 양상을 담아내면서 그것을 일상 언어의 시어화詩語化를 통해 완성하고 있다. 식민지 시대 내내 모국어에 대한 근원적 박탈감을 겪으면서도, 이상화 시편 역시 패배적 복고주의나 비극적 상투형의 부단한 복제를 극복하면서 민족 현실의 전체성에 대한 인식을 보여준 시사적 실례로 기록된다. 이러한 이상화 시편은 당대 진보적 매체였던 《개벽開闢》에 주로 발표되고 있다.

아, 가도다, 가도다, 쫓겨가도다
잊음 속에 있는 간도와 요동遼東벌로
주린 목숨 움켜쥐고, 쫓겨가도다
진흙을 밥으로, 햇채를 마셔도
마구나, 가졌더면, 단잠은 얽맬 것을 —
사람을 만든 검아, 하루 일찍
차라리 주린 목숨 뺏어가거라!

아, 사노라, 사노라, 취해 사노라
자포自暴 속에 있는 서울과 시골로
멍든 목숨 행여 갈까, 취해 사노라
어둔 밤 말없는 돌을 안고서
피울음을 울더면, 설움은 풀릴 것을—
사람을 만든 검아, 하루 일찍
차라리 취한 목숨, 죽여버려라!
—〈가장 비통悲痛한 기욕祈慾〉(《개벽》 1925. 1.)

'간도間島 이민移民을 보고'라는 부제를 달고 있는 이 작품은, 당대 민족 현실의 비극적 단면을 폭로하고 고발하는 목소리를 반영하고 있다. 간도와 요동으로 이리저리 이산(離散, diaspora)하는 식민지 백성들의 삶을 강렬한 동지적 연대로 감싸안고 있다. 1연과 2연이 운율적 고려에 의해 병행되고 있는 이 시편은 "주린 목숨 움켜쥐고" 쫓겨가는 사람들의 참상을 반영하면서, "사람을 만든 검"에게 이러한 비극을 죽음으로라도 면케 해달라고 절규한다. 그렇게 "자포自暴"와 "멍든 목숨"으로 살아온 이들에게 "피울음"과 "설움"을 치유할 방도는 사실 없다. 죽음이라는 극한의 처방으로밖에는 타개할 수 없는 절망의 상황 아래서 예의 비극성은 점증漸增되는데, 따라서 우리는 죽음을 자청해 들일 수밖에 없는 현실에서 '가장 비통한 기욕'이 다시 발화되는 경험을 하게 되는 셈이다.

이렇게 이 시편에는 경작할 토지를 잃고 타지로 유리걸식하는 농민의 처지와 심경이 잘 나타나 있다. 일제에 의한 식민지 수탈 정책의 결과로 인한 농민들의 몰락과 농촌 해체는 1920년대 식민지 조선의 가장 보편적인 현실이었는데, 이 작품은 이러한 상황에 대한 핍진한 증언이요 화자를 포함한 집체적 고단함을 드러내는 웅변의 목소리이기도 하다. 다음 시편도 그 같은 목소리의 연장선상에 있다.

오랜 오랜 옛적부터
아 몇백百 년 몇천千 년 옛적부터
호미와 가래에게 등심살을 벗기우고
감자와 기장에게 속기름을 빼앗기인
산촌山村의 뼈만 남은 땅바닥 위에서
아직도 사람은 수확收穫을 바라고 있다.

게으름을 빚어내는 이 늦은 봄날
〈나는 이렇게도 시달렸노라……〉
돌멩이를 내보이는 논과 밭 —
거기서 조으는 듯 호미질 하는
농사짓는 사람의 목숨을 나는 본다.

마음도 입도 없는 흙인 줄 알면서
얼마라도 더 달라고 정성껏 뒤지는
그들의 가슴엔 저주를 받을
숙명宿命이 주는 자족自足이 아직도 있다
자족自足이 시킨 굴종屈從이 아직도 있다.

하늘에도 게으른 흰구름이 돌고
땅에서도 고달픈 침묵沈默이 까라진
오 — 이런 날 이런 때에는
이 땅과 내 마음의 우울憂鬱을 부술
동해에서 폭풍우暴風雨나 쏟아져라 — 빈다.
— 〈폭풍우暴風雨를 기다리는 마음〉(《개벽》 1925. 3.)

식민지 시대 농민들의 상황과 정서를 핍진하게 담고 있는 이 시편에서 화자는 "오랜 오랜 옛적부터" 착취와 수탈에서 살아온 사람들 곧 "산촌山村의 뼈만 남은 땅바닥" 위에서 고된 삶을 이어온 농민들에 주목한다. 물론 화자는 관찰자의 시선으로 "돌멩이를 내보이는 논과 밭 —/거기서 조으는 듯 호미질 하는/농사짓는 사람의 목숨"을 그저 바라만 보고 있다. 하지만 그의 시선은 농민들의 삶을 짓누르는 "숙명宿命이 주는 자족自足"과 "자족自足이 시킨 굴종屈從"을 안타까이 바라보고 있다. 그것을 넘어설 열정을 외화外化하면서 "이 땅과 내 마음의 우울憂鬱을 부술/동해에서 폭풍우暴風雨나 쏟아져라"고 또 하나의 '가장 비통한 기욕'을 드러내고 있다.

이때 화자가 거부하고 있는 것은 '자족'과 '굴종'이다. 가령 다른 시편에서도 이상화는 "나는 몰랐노라 안일安逸한 세상이 자족自足에 있음을/나는 몰랐노라 행복幸福된 목숨이 굴종屈從에 있음을"(〈극단極端〉)이라면서 '자족'과 '굴종'이 가져다주는 '안일'과 '행복'을 비판하고 있다.

이렇게 농민들의 상황을 객관적으로 바라보면서 그것을 '폭풍우'라는 환각의 상징물로 대체하려는 화자의 마음은, 이 작품을 리얼리즘과 낭만주의의 결속으로 나아가게끔 하고 있다. 이러한 발상과 어법은 그의 대표작이라고 할 수 있는 〈빼앗긴 들에도, 봄은 오는가〉로 이어지는데, 아마도 '저항시'라는 것이 개념적 유효성을 항구적으로 띤다고 할 때 우리는 이 작품을 여전히 그 정상에 놓게 될 것이다.

> 지금은 남의 땅 — 빼앗긴 들에도 봄은 오는가?
>
> 나는 온몸에 햇살을 받고
> 푸른 하늘 푸른 들이 맞붙은 곳으로
> 가르마 같은 논길을 따라 꿈속을 가듯 걸어만 간다.

입술을 다문 하늘아 들아
내 맘에는 내 혼자 온 것 같지를 않구나
네가 끌었느냐 누가 부르더냐 답답워라 말을 해다오.

바람은 내 귀에 속삭이며
한 자욱도 섰지 마라 옷자락을 흔들고
종조리는 울타리 너머 아씨같이 구름 뒤에서 반갑다 웃네.

고맙게 잘 자란 보리밭아
간밤 자정이 넘어 내리던 고운 비로
너는 삼단 같은 머리를 감았구나 내 머리조차 가뿐하다.

혼자라도 가쁘게나 가자
마른 논을 안고 도는 착한 도랑이
젖먹이 달래는 노래를 하고 제 혼자 어깨춤만 추고 가네.

나비 제비야 깝치지 마라
맨드라미 들마꽃에도 인사를 해야지
아주까리 기름을 바른 이가 지심 매던 그 들이라 다 보고 싶다.

내 손에 호미를 쥐어다오
살진 젖가슴과 같은 부드러운 이 흙을
발목이 시도록 밟아도 보고 좋은 땀조차 흘리고 싶다.

강가에 나온 아이와 같이
짬도 모르고 끝도 없이 닫는 내 혼아

무엇을 찾느냐 어디로 가느냐 웃어웁다 답을 하려무나.

나는 온몸에 풋내를 띠고
푸른 웃음 푸른 설움이 어우러진 사이로
다리를 절며 하루를 걷는다 아마도 봄 신령이 접혔나보다.

그러나 지금은 — 들을 빼앗겨 봄조차 빼앗기겠네
— 〈빼앗긴 들에도, 봄은 오는가〉(《개벽》 1926. 6.)

이 작품에서 상화 시편의 배경은 광활하고도 아름다운 국토 혹은 대자연으로 경사되고 있다. 이렇게 가장 구체적인 육체인 국토 혹은 자연을 통해 이상화가 전달하려고 한 것은 민족 정서의 시적 실현일 것이다. 이 작품은 그러한 구체성과 저항성을 거의 완벽하게 갖춘 한국 시사 전체에서 찾기 어려운 가편佳篇이라 할 것이다.

먼저 첫 연과 마지막 연은 "지금은 남의 땅 — 빼앗긴 들에도 봄은 오는가?"와 "그러나 지금은 — 들을 빼앗겨 봄조차 빼앗기겠네"로 확연하게 대칭을 이룬다. 봄이 왔지만 그 봄조차 빼앗길 위기에 처해 있는 민족 현실의 암담함이 수미상관 형식으로 잘 제시된 것이다. 또한 둘째 연과 10연 역시 확연한 구조적 대칭을 이룬다. 앞에서 "온몸에 햇살을 받고/푸른 하늘 푸른 들이 맞붙은 곳으로/가르마 같은 논길을 따라 꿈속을 가듯 걸어만" 간 화자와 마지막에서 "온몸에 풋내를 띠고/푸른 웃음 푸른 설움이 어우러진 사이로/다리를 절며 하루를" 걷는 화자는, 물론 동일한 사람이지만, 국토를 순례하고 현실을 자각하게 된 변화 과정을 치른 시인의 초상이기도 하다. 그 과정은 '푸른 하늘 푸른 들'이 '푸른 웃음 푸른 설움'으로 바뀌는 과정이고, 다리를 절면서 "아마도 봄 신령이 접혔나보다" 하고 외치는 화자의 고단함과 환각의 과정이기도 하다.

"입술을 다문" 하늘과 들, 속삭이는 바람과 종조리의 웃음, 보리밭의 일렁임과 도랑 그리고 깝치는 나비 제비 등으로 구성된 국토의 구체적 육체는 물론 비할 데 없이 아름답고 풍요로운 것이다. 하지만 그것은 실재하는 세계라기보다는 "꿈속을 가듯 걸어만" 가고 있는 화자의 상상적 환각에서 구성된 이상적理想的 형상으로 제시된다. 오히려 국토는 피폐하고("마른 논"), 사람들은 사라진("지심 매던 그 들이라 다 보고 싶다.") 부재의 공간이 우리의 국토일 뿐이기 때문이다. 그래서 화자가 "내 손에 호미를 쥐어다오/살진 젖가슴과 같은 부드러운 이 흙을/발목이 시도록 밟아도 보고 좋은 땀조차 흘리고 싶다."고 말할 때, 그것은 국토에 대한 육친애적 발언이기도 하겠지만, 오히려 그것은 그러한 노동의 기억이 멀리 뒤로 물러선 현실을 반어적으로 말한 것이기도 하다. 그러니 "강가에 나온 아이와 같이/짬도 모르고 끝도 없이 닫는 내 혼"에게 화자는 스스로 "무엇을 찾느냐 어디로 가느냐 웃어웁다 답을 하려무나."라는 자조적自嘲的 절규를 할 수 있는 것이다.

결국 이 시편은 냉철한 이성적 의지보다는 다분히 낭만적 비가悲歌의 속성이 우세하다. 그리고 이념 분석이나 전망 탐색보다는 화자 자신의 경험적 과정이 육박해 들어오는 작품이다. 그 스스로 "금강! 조선이 너를 뫼신 자랑 — 네가 조선에 있는 자랑 — 자연이 너를 놓은 자랑 — 이 모든 자랑을 속 깊이 깨치고 그를 깨친 때의 경이 속에서 집을 얽매고 노래를 부를 보배로운 한 정령精靈이 미래의 조선에서 나오리라, 나오리라."(〈금강송가金剛頌歌〉(《여명黎明》 1925. 6.))고 외친 그 같은 낭만적 페이소스가 국권 상실과 농촌 해체라는 현실과 맞닥뜨리면서 강렬한 저항성과 구체성을 보여준 것이다. 이렇게 이 시기에 씌어진 상화 시편은 낭만성이라는 후경後景 속에서 리얼리즘의 시적 충동을 현재화한 성과라고 할 수 있을 것이다.

4

상화의 후기 시편은 양과 질에서 모두 매우 영성한 편이다. 1927년에 〈빼앗긴 들에도, 봄은 오는가〉를 발표한 이듬해부터 작고할 때까지 그가 발표한 시편은 겨우 10여 편에 불과하다. 그리고 질적으로 보아도 1927년에 피크를 이루었던 낭만적이고 저항적인 리얼리즘의 기율이 많이 이완되어 있다. 그만큼 1930년대 이후 이상화의 시작은 현저한 퇴행을 보여준다. 아쉬운 대로 상화의 시적 위의威儀를 유지하고 있는 실례들은 1935년에 발표된 〈역천逆天〉과 〈병적 계절病的 季節〉 그리고 1941년의 〈서러운 해조諧調〉정도라고 할 수 있을 것이다.

이때야말로 이 나라의 보배로운 가을철이다
더구나 그림도 같고 꿈과도 같은 좋은 밤이다
초가을 열나흘 밤 열푸른 유리로 천장을 한 밤
거기서 달은 마중왔다 얼굴을 쳐들고 별은 기다린다 눈짓을 한다
그리고 실낱 같은 바람은 길을 끄으려 바래노라 이따금 성화를 하지 않은가.

그러나 나는 오늘 밤에 좋아라 가고프지가 않다
아니다 나는 오늘 밤에 좋아라 보고프지도 않다.

이런 때 이런 밤 이 나라까지 복지게 보이는 저편 하늘을
햇살이 못 쪼이는 그 땅에 나서 가슴 밑바닥으로 못 웃어본 나는 선듯만 보아도
철모르는 나의 마음 홀아비자식 아비를 때리듯 불 본 나비가 되어
꾀이는 얼굴과 같은 달에게로 웃는 이빨 같은 별에게로

앞도 모르고 뒤도 모르고 곤두치듯 줄달음질을 쳐서 가더니.

그리하여 지금 내가 어디서 무엇 때문에 이 짓을 하는지
그것조차 잊고서도 낮이나 밤이나 노닐 것이 두려웁다.

걸림 없이 사는 듯하면서도 걸림뿐인 사람의 세상 —
아름다운 때가 오면 아름다운 그때와 어울려 한 뭉텅이가 못 되어지는 이 사리 —
꿈과도 같고 그림 같고 어린이 마음 위와 같은 나라가 있어
아무리 불러도 멋대로 못 가고 생각조차 못하게 지천을 떠는 이 설움
벙어리 같은 이 아픈 설움이 칡넝쿨같이 몇 날 몇 해나 얽히어 틀어진다.

보아라 오늘 밤에 하늘이 사람 배반하는 줄 알았다
아니다 오늘 밤에 사람이 하늘 배반하는 줄도 알았다.
— 〈역천逆天〉(《시원詩苑》 1935. 4.)

그야말로 보배로운 가을밤에 보름달이 환하게 떠 있다. 풍성하고 아름다운 밤이다. 하지만 화자는 달도 마중오고 별도 기다리는 이 풍요로운 밤에 "나는 오늘 밤에 좋아라 가고프지가 않다/아니다 나는 오늘 밤에 좋아라 보고프지도 않다."고 말한다. 화자를 풍요로운 밤에 이토록 동화同化하지 못하게 하는 원인은 아직 밝혀지지 않는다. 2연에서도 화자는 "이런 때 이런 밤 이 나라까지 복지게 보이는 저편 하늘"을 향해 "앞도 모르고 뒤도 모르고 곤두치듯 줄달음질을 쳐서" 가버린다. 자신도 "지금 내가 어디서 무엇 때문에 이 짓을 하는지"를 모르지만, 그래도 "걸림 없이 사는 듯하면서도 걸림뿐인 사람의 세상"에 대한 울분과 "아름다운 때가 오면 아름다운

그때와 어울려 한 뭉텅이가 못 되어지는 이 사리"가 자신을 끝없이 불편하게 만든다고 고백한다.

이처럼 "아무리 불러도 멋대로 못 가고 생각조차 못하게 지천을 떠는 이 설움"이야말로 화자로 하여금 "벙어리 같은 이 아픈 설움"을 가지게 하는 직접적 원인이 된다. 그러니 "하늘이 사람 배반하는" 것과 "사람이 하늘 배반하는" 것을 강요하는 현실에 대한 낭만적 울분이야말로 상화 시편을 가능케 한 항구적 원질이었던 셈이다. 여기서 '벙어리'라는 기표는 그의 아호인 '백아白啞'가 함축하듯이, "나는 제 목숨이 아까운 줄 모르는/벙어리의 붉은 울음 속에서라도/살고는 말련다"(〈독백獨白〉, 《동아일보東亞日報》 1923. 9. 17.陰)는 그의 실존적 고백을 적극 함유한다.

하이얗던 해는
떨어지려 하여
헐떡이며
피 뭉텅이가 되다.

샛붉던 마음
늙어지려 하여
곯아지며
굼벵이 집이 되다.

하루 가운데
오는 저녁은
너그럽다는 하늘의
못 속일 멍통일러라.

일생 가운데
오는 젊음은
복스럽다는 인간의
못 감출 설움일러라.
— 〈서러운 해조諧調〉(《문장文章》 1941. 4.)

결국 상화가 생전에 발표한 마지막 작품이 된 이 시편은, 제목에서도 암유되듯이, 한 평생 서럽게 살아온 시인 이상화의 비극적 초상을 상징한다. "하이얗던 해"는 피로 젖어 있고, "샛붉던 마음"도 늙어버렸다. 하루 가운데 '저녁'과 일생 가운데 '젊음'은 모두 '멍통'과 '설움'처럼 화자의 경험과 의식을 지배한다. 이러한 반복 과정이 그의 생애였다고 고백되면서, 그 고백은 어느새 '서러운 해조'가 되어 그의 육체를 리듬감 있게 감싸고 있는 것이다.

이처럼 이상화의 작품 활동은 《백조》 창간호에 〈말세의 희탄〉을 발표하면서 시작되어, 〈나의 침실로〉의 탐미적 낭만성을 거쳐, 〈빼앗긴 들에도, 봄은 오는가〉의 식민지하의 민족 현실을 바탕으로 한 저항 정신을 지나, 비극성의 시적 실현을 취하는 방향으로 흘러왔다. 그야말로 역사를 꿰뚫어보는 가운데 치열한 시대정신과 따뜻한 휴머니즘 정신을 아름다운 예술혼으로 상승시킨 결과였다고 할 수 있을 것이다. 그러한 그의 자화상 격인 다음 작품은, 상화의 견결한 창작 정신을 비유적으로 보여주는 실례일 것이다.

한 편의 시 그것으로
새로운 세계 하나를 낳아야 할 줄 깨칠 그때라야
시인아 너의 존재가
비로소 우주에게 없지 못할 너로 알려질 것이다

가뭄 든 논에게는 청개구리의 울음이 있어야 하듯 —

새 세계란 속에서도
마음과 몸이 갈려 사는 줄풍류만 나와보아라
시인아 너의 목숨은
진저리나는 절름발이 노릇을 아직도 하는 것이다
언제든지 일식日蝕된 해가 돋으면 뭣하며 진들 어떠랴

시인아 너의 영광은
미친개 꼬리도 밟는 어린애의 짬 없는 그 마음이 되어
밤이라도 낮이라도
새 세계를 낳으려 손대 자국이 시가 될 때에 — 있다
촛불로 날아들어 죽어도 아름다운 나비를 보아라
— 〈시인詩人에게〉(《개벽》 1926. 4.)

상화는 이 시편을 통해 '시인'이라는 자의식 곧 궁극적 자아 탐구와 현실 지향적 발언으로 일관할 자신의 시적 생애 대한 예감을 전해준다. 그는 언어의 도구적 기능을 넘어서 현실 자체를 탐색하는 이가 시인이라고 상상하고 강조한다. 상화의 자의식이 여기를 확연하게 관통해 나아간다.

그에게 시인은 "한 편의 시 그것으로/새로운 세계 하나를 낳아야 할 줄" 깨친 사람으로 다가온다. 그렇게 시인의 존재는 "비로소 우주에게 없지 못할" 차원으로 각인된다. 또한 시인은 가뭄 든 논에 들리는 "청개구리의 울음"처럼 새로운 세계를 개진하는 목소리로 충만한 존재이기도 하다. 그때 비로소 시인은 "어린애의 짬 없는 그 마음"이 되어 새로운 세계를 낳으려는 자국으로 충만한 영광을 누리게 된다. 그 영광을 화자는 "촛불로 날아들어 죽어도 아름다운 나비"의 형상으로 환기한다. 그렇게 산화散華해버린

'나비'처럼, 상화는 시인으로서의 치열한 자의식을 가지고 역사 저편으로 사라져간 것이다.

5

20세기 내내 식민지와 분단 체제를 경험했던 우리의 진보적 이상은, 부단히 그 체제들을 허무는 데로 역량과 지향이 모아졌다. 물론 그 이상은 한국 사회의 비상한 활력으로 작동해왔다. 그런데 최근 이러한 진보적 기율과 방법은 그 탄력과 영향력을 일정하게 소진하면서 탈근대론들의 줄기찬 도전에 직면하게 되었다. 그 점에서 일상과 욕망, 육체와 자기 정체성을 탐색하면서 진보적 충동을 여성, 지방, 자연 같은 근대의 항구적 타자들에게로 향하게 한 것은, 그동안 민족과 민중에 집중적으로 할애되었던 진보적 시선을 다양하게 분산하는 생성적 결과를 가져왔다.

우리가 잘 알듯이, 진보는 인간 사회의 개별적 영역들이 낮은 차원에서 높은 차원으로 나아가 그 질적 전환을 통해 보다 더 큰 안정감과 행복을 구현하려는 노력과 방향의 총화이다. 그것은 비록 근대 부르주아 계몽주의의 철학적 산물로 나타난 것이기는 하지만, 역사적으로는 마르크스주의의 정치화精緻化 과정을 통해 역사 안으로 진입하였다. 그 핵심이 되는 것이 바로 '합리성'인데, 곧 세계를 합리적으로 규율하고 관리할 수 있는 사회적 관계와 그것을 형성하는 인간적 노력의 총체가 진보라는 표상에 담겨 있다. 또한 그 안에는 인간 이성에 대한 신뢰와 사회 변혁에 대한 이상주의적 원망願望이 함께 들어 있는데, 그래서 진보는 강력하고 활력 있는 세계관이자 에너지로 작동하는 것이다. 이상화 시편에는 그러한 에너지가 생성적으로 진하게 담겨 있다는 점에서 단연 현재적 텍스트로 우리가 읽을 만한 것이다. 그래서 우리는 이상화 시편을 통해 한 시대의 현실을 정확하게 인식하고 그것에 대해 실천적으로 반응하는 일종의 진보적 이상주의 혹은 진보적 낭만주의의 핵심을 경험하게 되는 것이다. 그래서 이상화 시편의 현재성은 당당하게 보장된다.

식민지 시대 우리 근대시의 출발을 알리는 징후는, 일제라는 외압과의 간단없는 싸움이었다. 영향 관계의 수수授受보다 한층 근본적이었던 것이 이 '저항'의 논리였을 것이다. 그것은 독립운동 같은 정치적 반응으로 나타나기도 했지만, 시에서는 모국어를 끝까지 묵수墨守하고 다듬으려는 문화적 자의식으로 나타나기도 하였다. 이때 '모국어'는 한 공동체를 감각적으로 얽어매는 동류항이기도 했겠지만, 식민지라는 결여태의 상황에서 자기의 존재를 확인할 수 있는 가장 강력한 물리적 실체였던 것이다. 이러한 기준에서 단연 빛나는 이상화 시편들을 우리는 자랑스럽게 생각한다.

돌아보건대 한국 근대시가 목표로 삼은 것은 근대적 국민국가(nation state)의 완성(회복)과 인간다운 삶의 실현(탈환)이었다. 이상화의 삶과 시편은, 이러한 민족 현실을 시적으로 반영하고 아름다운 심미적 꿈을 때로는 낭만적 절규로 때로는 사실적 증언으로 보여주는 데 바쳐졌다. 그렇게 현실과 꿈을 통합하고 결속한 낭만적 페이소스를 저항성의 차원에서 가장 선명하게 보여준 실례로 이상화 시편들은 오래 기억될 것이다.

현대시와 사회성
이상화 시의 독법과 '참여'

유성호

1. 주체의 형성과 '사회성' 범주

문학 교육은 학습자들로 하여금 문학 현상에 적극적이고 자발적으로 참여하도록 유도해야 하는 불가피한 과제를 안고 있다. 그래서 교사가 교수—학습에 임하는 방식은 학습자와 더불어 상호 주관적으로 설정되어야 한다. 왜냐하면 교사에 의해 전일적으로 주어지는 가치 체계보다는 학습자 스스로 새로운 가치에 눈떠가는 과정 자체가 문학 교육의 핵심적 관건이 되기 때문이다. 아닌 게 아니라 최근 문학 교육의 방향은 학습자의 사고력과 창의성 증진을 목표로 하여, 문학 현상에 대한 단순 이해보다는 텍스트를 학습자 자신의 경험과 매개하고 그 결과를 학습자 스스로의 언어로 환원해보는 쪽으로 현저하게 정향되고 있다. 이러한 방향은, 물을 것도 없이, 학습자 스스로 교육의 수동적 대상이 아닌 능동적 주체가 되게 하는 이점을 선명하게 가진다. 말하자면 이는 '교사(전수자)→학습자(수용자)'라는 단선적이고 일방적인 교육의 회로를 다소 중층적이고 대화적인 방향으로 유도하여, 학습자의 자기 인식 및 세계 해석의 기능을 극대화하려는 데 목표를 둔 교육 방향이라고 할 수 있다.

그러나 이와 정반대 방향에서 제기되고 있는 반론 또한 일정한 설득력을 갖는다. 이는 텍스트를 학습자의 경험과 매개하고 자신의 언어로 치환하는 과정 이전에, 보다 더 선결적으로 구비해야 할 학습자의 인문학적 소양에 대한 새삼스런 강조로 나타난다. 말하자면 그것은 텍스트를 둘러싼 문학 현상에 대한 실증적 · 역사적 지식의 명료한 축적이 선결되어야만 문학 현상의 해석 · 평가 · 내면화에 이르는 순서를 학습자가 적절하게 감당할 수 있다는 논리이다. 물론 이미 검증된 지식을 주지시키는 교육이 다양한 사고력을 억압하고 감수성을 획일화시키는 폐단을 갖는 것은 사실이지만, 인문학이라는 것이 기본적으로 축적의 원리로 습득 · 확충된다는 점에서 실증적이고 역사적인 사실의 인지는 매우 중요한 사항이라고 할 수 있다.

따라서 우리는 문학 교육이, 이 같은 상호 길항적인 방향 이를테면 독자(학습자)들의 정서적 · 경험적 텍스트 수용에 대한 강조와, 문학(문학 현상)을 하나의 역사적 산물로 인지하고 그것을 사실성의 차원에서 받아들이는 것에 대한 강조의 두 측면을 통합해야 하는 과제를 떠안고 있다고 말할 수 있다. 특히 한국 근대(현대) 문학을 대상으로 하는 문학 교육에서 문학은 '역사'이자 '문학'이라는 양면적 속성을 갖는데, 그래서 문학을 하나의 '역사적 산물'로 인지하는 일과 '현재적 경험'의 매개체로 활용하는 일 사이의 균형 감각은 매우 절실한 것이다. 이 같은 객관적 '인지' 기능과 주체적 '활용' 기능의 상보적 극대화를 꾀하는 일이야말로 우리 시대의 문학 교육이 궁극적으로 지향해야 할 좌표가 됨은 현재까지는 분명해 보인다.[1)]

이러한 균형 감각은 이미 제7차 교육 과정상의 문학 영역의 교육 목표에도 잘 나타나 있다.

문학의 수용과 창작 활동을 통하여 문학 능력을 길러, 자아를 실현하고 문학 문화 발전에 능동적으로 참여하는 바람직한 인간을 기른다.

---

1) 유성호, 〈시 교육에서 비평의 위상과 역할〉, 《국어교육》 108호, 한국국어교육연구학회, 2002. 516면.

가. 문학 활동의 기본 원리와 문학에 대한 체계적인 지식을 이해한다.

나. 작품의 수용과 창작 활동을 함으로써 문학적 감수성과 상상력을 기른다.

다. 문학을 통하여 자아를 실현하고 세계를 이해하며, 문학의 가치를 자신의 삶으로 통합하려는 태도를 지닌다.

라. 문학의 가치와 전통을 이해하고 문학 활동에 능동적으로 참여하고 문화 발전에 기여하려는 태도를 지닌다.[2]

이처럼 교육 과정에 나타난 교육 목표는 문학 교육을 문학 현상의 이해 · 감상 차원에 국한시켰던 관점에서 벗어나 학습자의 능동적 참여와 가치 심화에 역점을 두고 있다. 이 관점은 학습자의 수동적 수용을 지양하고 학습자가 문학 주체로서 자신의 가치관을 바탕으로 문학을 향유하고 실천하며 나아가 문화 발전에 능동적으로 참여함을 목적으로 하는 것이다.

학습자가 문학 주체로서 문학을 향유하고 문화 발전에 능동적으로 참여하기 위해서는 문학의 본질에 대한 지식을 주체적으로 수용하는 태도, 사물과 세계에 대한 창의적 감각, 이를 통한 문학적 가치의 발견 등이 필요하다. 이 과정에서 가장 본질적으로 학습자에게 작용하는 기제는 학습자의 '가치관'일 터인데, 이때 '가치관'이란 사물과 세계를 이해하고 해석하고 평가하는 일련의 태도 및 가치 기준을 총칭하는 것이다. 특히 문학 교육에서 근본적으로 지향하는 것이 주체로서의 가치 있는 삶이라는 점을 전제한다면, 학습자의 가치관에 어떠한 충격과 변형을 주고, 그에 알맞은 내용 체계를 설정하고, 교수—학습의 구체적 방안을 강구하는 것은 문학 교육에서 더없이 중요한 일일 것이다. 그래서 이 문제는 문학 교육에 대한 교육 철학적 관점을 통해서만이 접근 가능한 것이기도 하다.

---

2) 교육부, 《국어과 교육과정》, 교육부 고시 제1997-15호(별책 5), 1997. 12.

이 글은 이러한 균형 감각을 토대로 하여, 우리 시 교육에서 '사회성' 증진이라는 지표에 대해 생각해보려 한다. 말할 것도 없이, 시 교육 역시 '인지'와 '반응'이라는 두 가지 기능을 극대화하는 쪽으로 이루어져야 한다는 점에서, 시에서의 '사회성' 교육 또한 '인지'와 '반응'의 양면성을 증폭하는 쪽으로 방향을 잡아야 한다. 이때 중요한 것이 학습자가 이른바 '자기 형성적 주체(self formative subject)'[3]로 성장하는 것을 문학 교육이 도와야 한다는 것인데, 왜냐하면 학습자의 올바르고 자율적인 주체 형성이야말로 인지와 반응 두 측면이 결합된 가장 궁극적인 교육 목표이기 때문이다.

여기서 말하는 '사회성(sociality)'이란 인간이 사회적 존재로서 가지게 되는 여러 속성을 폭 넓게 함의한다.[4] 좁은 의미의 '사회성'이 하나의 공동체 안에서 선택—배제되는 일종의 이념이나 정책 혹은 가치 판단과 연관된다면, 넓은 의미의 '사회성'은 보편적인 일련의 사회화 과정을 통해 획득하는 모든 관계론적 경험을 총칭하는 것이다. 전자에 따르면 '사회성'은 누군가가 특정하게 견지하는 의식이 되고, 후자에 의하면 '사회성'은 비록 상대적이긴 하지만 모든 인간이 견지하고 있는 보편적 속성이 된다. 이 글에서는 특정한 태도와 가치 판단이 수반되는 좁은 의미의 '사회성'을 중심으로 하여, 특히 이 같은 '사회성'이 첨예한 시적 주제로 나타나는 '참여(參與, engagement)'와 관련하여, 시 교육이 어떤 균형을 취해야 하는가에 초점을 두어 논의를 진행하고자 한다.

---

3) '자기 형성적 주체'를 위한 시 교육은 '비판 의식(Critical consciousness)'의 형성을 교육적 목표로 삼아야 한다. 이러한 교육은 '비판적 사고(critical thinking)'를 통해 현실을 하나의 과정이나 변형으로 인식하게끔 한다. 그리고 학습자가 부단한 자기 성찰을 통해 새로이 자기 삶의 형식과 가치관을 형성하게 한다.(Paulo Preire, Critical Consciousness, New York: Continuum, 1998, p.73.) 선주원, 《소설 교육의 원리와 방법》, 새미, 2003, 17면에서 재인용.

4) 물론 '사회성'이란 여러 가지 층위를 가지는 개념이다. 그것은 텍스트의 내용 차원에서의 사회성, 학습자가 교육 과정을 통해 증진시키는 자질로서의 사회성, 교육적 장치로서의 사회성, 교육 행위 자체의 사회성 등으로 치환 가능한 개념이다. 여기서는 텍스트 안에 반영되어 있는 '사회성' 범주로 한정하여 사용한다.

2. '참여'의 자장에서의 두 가지 분리 현상

잘 알려져 있듯이, 대개의 서정시는 창작 주체의 나르시시즘이 그 일차적이고 근본적인 동기로 작용한다. 또한 독자들이 서정시를 읽는 일차적 이유도 시적 발화와의 흔연한 동일화에 있다고 할 수 있다. 하지만 이러한 나르시시즘과 동일화를 넘어 시적 발화나 수용이 타자들의 경험과 욕망을 포괄하지 못한다면, 그것은 거울로 사면이 이루어진 방 속에 갇힌 것처럼 무한 반사 운동을 하는 자기 회귀적 양식에 불과하게 될 것이다. 따라서 타자의 삶에 대한 깊은 배려와 관심, 그리고 그것을 공동체의 차원 혹은 전체성의 차원에서 사유하는 것은 우수한 서정시의 심층적 동기이자 존재 이유가 되고, 이러한 타자성에 대한 인식은 서정시를 단순한 '자기 표현'의 발화 양식이 아닌 타자(사물)와의 교섭을 통해 세계를 인식하고 판단하는 양식으로 인지할 수 있는 시각을 제공한다. 그동안 근대적 주체의 '자기 표현' 양식으로 한정되어 이해되었던 서정시는 이때 비로소 자기 권역을 '사회성'의 차원으로 확장하게 된다.

따라서 그동안 우리 문학 교육에서, 비록 면밀한 개념적 적용은 아니었다고 하더라도, 시적 서정을 탈脫사회성과 어느 정도 등가로 규정해온 것은 매우 문제적이라고 할 것이다. 이는 시의 현실적 효용이라는 실용론적 관점과 시의 현실 반영이라는 반영론적 전제를 배제하면서, 정치 현상과 전혀 매개되지 않는 탈脫사회적 자기 표현을 서정성의 본령으로 여기게끔 하는 인식 관행을 형성해왔기 때문이다.

하지만 우리 시의 역사를 들여다볼 때, 사회 현실에 대한 비판적 대응물로서의 시, 객관 현실의 전체성에 대한 인식에 기초하여 구체적인 생활 현실을 묘사한 시, 생의 순간적 고양을 표현하면서도 서정적 주체의 당대적 현실 인식을 그 정서의 울타리 안에 담아낸 시들을 충분하게 목도할 수 있는데, 이는 '서정성'과 '사회성'이 서로 대척적 지점에 있는 것이 아니라 상호 통합적 실재로 나타날 수 있다는 유력한 실례라고 할 것이다. 그만큼 시적 서정의 지평은 탈사회성이나 사인성私人性 차원에서만 형성되고 귀착되는 것이 아니라, 사회적 맥락에서 발원되고 구현되는 것이기도 하다. 이러한 미학적 전제 위에서 우리는 '참여'라는 자장으로 수렴될 수 있는 시사적 개관을 다음과 같이 그릴 수 있다.

조선 시대의 서사 한시, 사설시조
애국 계몽기의 진보적 시가(신채호 등)
신경향파시와 프로시(이상화 · 임화 · 박세영 등)
1930년대 후반의 진보적 시문학(이용악 · 오장환 · 백석 · 안용만 등)
해방 직후의 조선문학가동맹 계열의 시(김상훈 · 상민 · 유진오 등)
1950－60년대 이른바 '참여시'(김수영 · 박봉우 · 신동문 · 신동엽 등)
1970년대의 이른바 '민중적 서정시'(김지하 · 고은 · 신경림 · 정희성 · 조태일 등)
1980년대의 '노동시', '농민시', '분단시'(김남주 · 박노해 · 백무산 등)

조선 시대에 창작된 한시漢詩 중에서 서사적 경향을 현저히 보여주는 작품들 가운데, 특히 후기의 서사 한시는 봉건 체제의 모순 및 그로 인한 민중들의 고난에 찬 삶을 주요한 시적 주제로 삼고 있다. 그들은 시의 심미성보다는 역사성 · 사회성을 줄곧 추구한 것이다. 이는 유가儒家의 오랜 경전인 《시경詩經》에 표현된 '풍간諷諫'의 정신(시를 통해 위정자의 정치의 득실을 비판하는 정신)이 창조적으로 계승된 것인데, 이 같은 정신이 애국 계몽기에도 이어져 민족사의 실상에 주목하는 진보적 시가(창가, 개화 가사, 우국 한시 등)를 산출해내는 문학사적 자양이 된다. 이어 국권을 상실한 일제 시대에는 현실 지향의 참여 정신이 어느 시기보다 풍요롭고 적극적으로 전개된다. 1920년대의 김소월과 한용운에 의해 싹트게 된 민족 현실의 전체성에 대한 인식은 이상화 등을 거쳐 백석, 이용악 등에 의해 민족사의 전체성을 반영한 뛰어난 서정시편들을 얻게 된다. 이 시기는 자본제적 생산 양식이 전면화됨으로써 전체로서의 사회를 인식하는 데 필요한 조건이 성숙한 시기로서, 시적 언어의 독자성에 대한 뚜렷한 자각, 미적 형상화의 중요성에 대한 인식, 자유시 형식의 완성을 위한 노력, 일상 언어의 시어화 등이 선명하게 자리를 잡아 현실 지향의 시문학의 예술적 개화를 가능케 하였다. 우리가 읽으려는 이상화 시편들도 이러한 맥락 안에서 독해가 가능할 것이다.

해방 후에 조선문학가동맹을 중심으로 하여 이루어진 시운동은 남북 분단으로 인하여 일정한 좌절을 경험하게 되는데, 이때부터 남한의 시는 급속하게 시의 현실 지향성을 잃어가게 된다. 그 가운데 우리는 김수영이나 신동엽, 박봉우, 신동문의 시에서 자생적 참여의 시각과 만날 수 있다. 이들은 철저히 반공, 자본주의라는 원리로 수미일관하게 문단이 편성되어가던 시기에 대안적 언어 체계와 인식으로 민족사의 핵심적인 문제 제기를 보여주었다.

1960년대 이후 현실의 다양한 역학 관계를 구체적이고 통일적으로 관찰하여 시적 형상으로 온축해내는 시인들의 역사적 상상력은 분단기를 관통하면서 이른바 '민중적 서정시'라는 명칭으로 나타나게 되는데, 그것은 시의 소재나 대상을 당대의 민중으로 설정했다는 외재적 측면뿐만 아니라 주체들이 견지하고 있는 민중 지향성이라는 세계관에도 폭 넓게 연관되는 것이었다. 1970년대에는, 개발 독재의 일방적 추진과 민중의 각성이라는 이중적 성격의 시대를 살아가면서 시인들이 민중들의 구체적 삶을 노래하기 시작한다. 이들은 시에서의 '사회성'의 적극적 도입, 이야기의 반영, 대중성의 고취 등 많은 긍정적 성취를 이루었다. 그리고 1980년대 이후 등장한 노동 문학을 비롯한 참여적 열정들은 한 사회의 억압 구조를 심층에서부터 비판하고 사유하는 참여적 전범을 보여주었다.

이처럼 '참여'의 시사적 실재들은 '사회성'과 '서정성'이 근본적으로 하나의 육체 안에서 통합 가능함을, 그리고 서정시의 가장 넓은 편폭이 탈脫사회성이 아니라 사회성에 밀착했을 때 성취 가능한 것임을 알려주고 있다. 따라서 앞서 말했듯이, 우리 시의 면면한 '사회성'의 맥락은, 우리 시 교육에서도 '사회성(참여시)=비시', '탈사회성(순수)=시'라는 비역사적이고 사실에도 부합하지 않는 도식을 반성적으로 검토해야 함을 알려주고 있다.

사실 문학에서의 순수 · 참여 문제는 문학의 속성이 갖는 이원성에서 필연적으로 기인하는 범주에 속한다. 이때 이원성이란 상상적 기능과 인식적 기능을 말하며, 이 두 가지 기능 중 어느 쪽에 역점을 두는가에 따라 순수 · 참여론의 논의 가능성이 놓이는 것이므로, 원론상으로는 어느 쪽도 정당하고 동시에 어느 쪽도 부당하다. 따라서 이것은 단지 문학과 정치의 날카로운 긴장 관계에 대한 원론적 탐색이라는 긍정적 의의를 띨 뿐 그 자체로서 논의의 정당성을 띨 수는 없는 것이다. 그러므로 우리가 문학사의 '참여'를 거론할 때 그것은 분명 미학적 · 보편적 개념이라기보다는 당대에 붙여지고 또 그렇게 불러온 관행에 의한 시대적 · 역사적 개념이라고 할 수 있다.

그렇다면 이 같은 '참여'의 자장이 문학 교육 현장에서는 어떻게 수렴되고 배제되었는가. 순수 문학 주류사主流史의 영향 탓으로 '참여'의 자장은 모두 교육적 가치를 거세당하고 교육 영역에서 추방되었는가. 물론 그건 아니다. 오히려 이른바 '참여'로 귀납 가능한 시적 지향 가운데 민족적 자기 동일성과 민족 통합에 기여하려는 목소리는 적극적으로 교육 권역으로 수렴되어 재생산된 데 비해, 민족 내부의 계층적 이해 관계에 대한 참여는 지속적 경계가 있어왔던 것이 우리 문학 교육의 정전 채택의 관행이었다는 데 심각한 문제점이 있다고 할 수 있다.

먼저 민족적 자기 동일성의 탈환과 유지 그리고 민족 통합의 의지를 발화한 시편들은 적극적으로 문학 교육의 대상이 되어왔다. 특히 그동안 일본 제국주의에 대항한 민족주의 시편들은 이른바 '저항시抵抗詩'로 명명되면서, 정신사 차원의 시 교육의 유용한 제재로 채택되어왔다. 이러한 '저항시'에 대한 교육은, 시에서의 '참여'가 '민족(우리)/외세(타자)'라는 적대적 이분법 속에서 그 정당한 근거를 취해오게끔 하였다. 또한 저항 시편들은 저항이라는 행위이자 태도가 시 자체의 본령적 속성에서 도출된 것이라기보다는 예외적 개인의 도덕적 열정과 기품에 의해 가능했던 것임을 강조함으로써, 몇몇 시인에 국한된 시인론적 시각으로 수렴될 수밖에 없었다. 우리가 이상화나 윤동주, 이육사의 시편에 과도한 문학사적 무게를 싣고, 그것을 문학 교육의 중요한 제재로 삼아왔던 것이 이 같은 사례에 해당할 터이다.

반면 민족 내부에서 비롯되는 계층적 참여에 대해서 문학 교육이 그리 열린 태도를 보였다고는 말하기 힘들다. 특히 일제 시대에 일정한 사회주의적 지향을 취했던 시적 흐름과 1970년대 이후 이른바 '민중적 상상력'을 바탕으로 폭 넓게 창작되었던 시적 흐름들은 교육적 대상에서 꾸준히 결락되어왔다. 사실 한국 근대 문학사에서 가장 완강하고도 지속적인 흐름을 이어온 미적 범주 가운데, 당대의 주류 정치 권력과 날카로운 대척점을 형성하면서 '참여'의 미적 실천을 추구했던 것이 이러한 흐름들일 것이다. 특히 근대 이후 우리 사회를 구성하고 있는 인적 범주를 계층 의식에 의해 구획한 '민중' 개념은, 우리 문학의 대對사회적 맥락의 양상을 보여주는 가장 대표적인 가치론적 준거 역할을 지속적으로 수행하였던 것이다.

이 가운데 해방 이후 펼쳐진 현실의 다양한 역학 관계를 구체적이고 통일적으로 관찰하여 형상화한 시인들의 이른바 '민중적 상상력'은, 분단 체제를 관통하면서 폭 넓은 민중 문학적 내용과 형식을 우리 문학사에 구체화한 바 있다. 그런 의미에서 우리가 살아온 분단기는, 시적 주체들이 경험적 구체성과 민중적 자기 긍정에 기반을 둔 참여 미학적 가능성을 심화·확충해온 시기로 기록될 만하다. 이 시기에 우리의 시적 주체들은 민중적 일상에 대한 천착을 바탕으로 자신들의 신원적 조건이기도 했던 소시민적 상황을 극복하면서 민중 지향적인 의식과 삶을 형상적으로 보여주게 되는데, 이러한 그들의 집념은 소재의 확대라는 외연적 변화 외에도 작가와 독자간의 의사 소통 구조의 근본적 변화라는 양상을 가져오기에 이른다.

따라서 이러한 맥락에 의해 창작되고 소통된 '참여'의 시적 자장은 삶의 구체성에 뿌리를 둔 '상황(situation)'을 중시하는 고유한 반영론적 독법讀法을 우리에게 요구하게 되었고, 우리는 '상황'을 중시하는 독법을 통해 시가 한 사회의 전체성 차원에서 어떤 특정한 가치를 옹호하는 시적 목소리를 낼 수 있다는 개연성을 경험하게 되었다.

결국 우리는 이 같은 창작과 소통의 가능성을 중심으로 하여, '사회성'이라는 범주가 '민족' 편향이 아닌 사회 내부의 갈등의 역학에 대한 비판적 사유까지 포괄하는 것임을 인지하여, 문학 교육의 좌표 및 대상으로 삼을 필요가 있다고 할 수 있을 것이다.

3. '동일화'와 '거리두기'의 효과

그동안 사회 문화적 맥락에서의 문학 교육을 강조한 기존의 연구 성과들로는 구인환 외, 김중신, 김대행 외, 우한용, 정재찬 등의 것이 있다.[5]

특히 사회 문화적 맥락에서의 문학 교육을 강조하는 이 연구들은 문학 교육의 지향점을 '문학 문화의 고양'으로 설정하면서, 문학 교육을 문화의 장場에서 이루어지는 특수한 실천으로 보았다. 이러한 시각에 의할 때, 우리는 바람직한 자기 형성적 주체를 문학 교육의 도달점으로 상정할 수 있

5) 구인환 외, 《문학교육론》, 삼지원, 1988. 김중신, 《문학교육의 이해》, 태학사, 1997. 김대행 외, 《문학교육원론》, 서울대학교출판부, 2000. 우한용, 《문학교육과 문화론》, 서울대학교출판부, 1997. 정재찬 외, 《문학교육과정론》, 삼지원, 1997. 정재찬, 《문학교육의 사회학을 위하여》, 역락, 2003.

고, 문학 주체가 문화적 실천 양태인 시 텍스트를 이해 · 해석 · 평가하는 가운데 어떻게 가치관을 형성해가는가 하는 것을 매우 중요한 현안으로 삼을 수 있다. 이러한 '문학 문화'의 한 첨예한 속성으로서의 '사회성'은, 그러한 자기 형성적 주체의 성장 과정을 위해서라도 충실하게 교육 내용으로 활용되어야 할 것이다. 그렇다면 이 같은 '참여'적 속성을 대표로 하는 '사회성'의 경험을 학습자들은 어떻게 치러내는가.

원래 독자가 시를 읽는 과정은 시에 나타난 정서와 형상을 체험하고 육화하는 과정이다. 이때 독자의 체험은 실재 세계의 경험과는 달리 언어적 상징으로서의 상상적 체험을 말한다. 따라서 시적 담론과 소통하는 과정에서 독자가 갖는 가치의 내면화 양상은 사실에 대한 확정된 인지가 아니라 상징적 언어를 통한 미완결성과 가변성을 갖는다고 할 수 있다. 그리고 독자의 시 독해는 일종의 심미적 자기 성찰의 속성을 지니며, 정보 획득보다는 정서적 울림을 추구하는 행위라고 할 수 있다. 이때 정서적 울림의 절정은 시적 정서와 형상에 대한 독자의 '동일화(identification)'에 의해 형성, 심화된다.

하지만 그와 반대로 독자는 시적 의미에 대한 일종의 '거리두기(distancing)'를 통해 비판적 시읽기를 수행할 수 있다. 말하자면 시에 나타난 화자의 세계 해석이나 태도에 대해 일정한 판단 유예를 하고 난 후, 그것을 다시 주체적으로 판단하여 비판적으로 수용하는 가정이 그것이다. 이때 학습자는 시 텍스트에 형상화된 것을 이해하고 수용하면서 자기 성찰을 해가는데, 이러한 학습자의 자기 성찰은 시 텍스트의 논리에 동일화되는 과정이 아니라, 거기에 대한 비판적 거리두기를 통해 자신의 삶이 갖는 생성적 · 비판적 본질을 인식하는 과정이 되는 것이다.

따라서 모든 시 독해 과정은 학습자가 '자기 형성적 주체'로서 시 텍스트에 대한 동일화와 거리두기를 이중적으로 수행하는 데서 구체화된다. 시 텍스트에 대한 학습자의 해석은 학습자가 자신에 대한 자기 해석(selfinterpretation)에서 절정을 이루고, 이를 바탕으로 학습자는 자신의 삶의 본질을 더 잘 이해할 수 있게 된다.

또한 이때 독자는 시 독해 과정에서 고유한 상상력을 통해 시의 의미를 스스로 창출하는 비판적 · 주체적 시 독해를 수행할 수 있다. 또한 시 텍스트에 대한 독자의 의미화 실현 정도는 세계에 대한 인식과 세계에 대한 비판을 바탕으로 한 구성적 능력으로서의 상상력의 개입 정도와 비례하게 되며, 이러한 상상력의 작용에 의해 독자는 시와 자신의 삶을 관련지어 자신의 삶의 본질을 규명해가는 것이다.

그 점에서 독자는 시 독해를 통해 발견적 경험과 교섭적 경험을 동시에 하게 된다. 발견적 경험은 텍스트 내적 세계를 독자 자신의 인지 스타일에 따라 자유롭게 받아들이는 일차적인 경험에 해당된다. 이는 시의 장르적 특성이나 사회적 · 문화적 맥락으로부터 비교적 자유로운 반응으로서의 텍스트 경험을 뜻한다.

이는 정보적 능력, 자연스러운 감수적 태도, 인식적 상상력의 수준에 부합되는 경험 공간에 해당된다. 한편 교섭적 경험은 독자의 시 독해가 텍스트에 대한 비평적 활동을 통해 시의 문법이나 관습, 시 텍스트를 둘러싸고 있는 사회적 · 문화적 맥락과 왕성한 상호 작용을 하는 것으로 일종의 구성적 읽기를 통해 구체화된다. 이 경험은 독자의 해석적 · 비평적 능력 등에 부합되는 문학적 경험을 의미하는데, 발견적 경험과 교섭적 경험은 독자의 시 독해 과정에서 상호작용하며 수준 높은 독자일수록 교섭적 경험이 훨씬 강력하게 작용하게 된다.

따라서 동일화와 거리두기 사이의 적절한 균형을 통한 주체적 시 독해에는, 학습자 스스로의 비평적 기능이 강조되게 마련이다. 특히 주체적 시 독해는 시 작품 자체에 대한 비판적 재해석뿐만 아니라, 그 사고의 결과를 수용자 스스로의 논리와 감각으로 된 비평적 글쓰기로 연결함으로써 완성된다고 할 수 있는데, 이때 비판적 시 독해는 시 텍스트에 대한 학습자의 표현 활동 곧 일종의 비평적 글쓰기를 통해 보다 풍부하게 이루어질 수 있다. 이는 수용자들의 이해 기능과 함께 표현 기능을 높이는 효과를 얻을 수 있는 방안으로서, 우리는 이러한 방법을 통해 동일화와 거리두기가 통합된 총체적인 시 교육에 접근할 수 있게 되는 것이다.

결국 시적 발화의 진정성과 전언傳言에 대한 폭 넓은 인지와 정의적 영역에서의 수용 및 심미 체험을 목적으로 하는 시 교육에서는, 교육을 '사회성' 경험 혹은 문화적 실천이나 재생산의 관점에서 규정할 필요가 더욱 절실해진다.

이는 시가 '사회성'을 적극적으로 체현하면서도 예술적 자율성을 포기하지 않는다는 역설에 대한 미학적 승인과도 깊이 연관된다. 또한 시 교육은 텍스트의 논리적 분석을 넘어서, 텍스트의 의미가 개인적인 가치로 내면화되면서 객관적 정신을 실현하여 문화를 향유할 수 있게 해주는 문화 실천 및 재생산이 되어야 한다.

이때 우리는 시 교육을 통해 형성된 학습자의 '가치관'을 중요하게 생각하게 되는데, 이는 가치관이 가설적 구성 개념이며 매개적 구실을 하는 변인이 되기 때문이다.[6] 그래서 '가치관'을 시 교육과 연관지어 말한다면, 가치관은 학습자가 행하는 사회적 행동을 중개할 뿐만 아니라, 텍스트에 대해 학습자가 갖는 반응적 이해로서의 연쇄 과정에 개입하는 동기적 · 지각적 · 평가적 기능을 담당하는 실체라고 해야 할 것이다.

그런데 기존의 문학 교육에서는 '가치관'을 일종의 태도 영역으로 범주화해서 다루어왔다. 그러나 가치관과 태도는 엄연히 그 층위가 다르다. 물론 태도와 가치관 사이에는 공통점과 차이점이 있지만, 태도는 가치관에 비해서 보다 개인적인 측면에 연결되는 개념이다. 따라서 태도와 가치관은 모두 경험과 학습을 통해서 형성된 정의적 특성이며 행동의 반응 경향

---

6) 박용헌 · 문용린, 《정의의 교육》, 방송대학교출판부, 1993, 32면.

과 양식을 결정하는 매개적 · 평가적 특성이며 또한 외현된 행동으로 유추되는 가설적 구성 개념이라는 점에서 공통점을 갖는다. 하지만 태도는 특정 대상에 대한 긍정 내지 부정적 반응 성향인 것에 비해 가치관은 그 같은 반응 성향에 대한 타당성 여부를 판단하는 기준으로서의 의미를 포괄적으로 갖는다. 따라서 가치관은 태도보다 더욱 넓은 의미를 갖는 개념으로서 보다 포괄적이고 더욱 지속적이며 일반화되어 있는 특성이다.

이 같은 가치관의 내면화는 시 교육에서 '감수→반응→가치화→조직화→성격화' 등의 과정을 거친다. 이러한 시 교육에서의 가치관의 내면화 과정에 따라 그동안 교육 범주에서 불균형을 이루었거나 폄하되어왔던 '사회성' 범주는 학습될 수 있을 것이다.[7] 차례대로 보이면 다음과 같다.

1. 감수(receiving) : 이것은 어떤 현상이나 자극에 대하여 주의를 기울이는 행동으로서 학생들의 주의를 끄는 단계의 행동이다. 이 행동은 현상이나 자극에 대해 단순히 그 존재를 받아들이는 행동으로부터 이를 선택하고 주의를 집중하는 단계로서 가장 낮은 정의적 행동이다. 특정한 시 텍스트에 나타난 서정적 주체의 현실 인식의 방향과 태도에 대하여 인지하게끔 하는 단계라고 할 것이다.

2. 반응(responding) : 이 행동은 어떤 자극이나 특수한 현상에 대해서 단순히 감지하거나 수용하는 것으로 끝나지 않고 적극적으로 반응하는 것이다. 특정한 자극이나 현상에 대해서 단순히 피상적으로 반응하는 것으로부터 시작해서 적극적으로 자진해서 반응한다. 특정 텍스트에 나타난 사회성의 방향에 대하여 동일화의 반응을 보이거나, 거리두기를 통한 가치 유예를 수반한다.

3. 가치화(valuing) : 이것은 현상이나 사태에 대해 감수의 수준을 넘어서

7) 가치관의 내면화 과정 5단계는 Bloom의 정의적 특성의 내면화 과정 5단계를 적용한 것이다.(블룸 외, 임의도 외 역, 《교육목표 분류학 II : 정의적 영역》, 교육과학사, 1983. 231-251면.)

서 의의와 가치를 부여하여 내면화하는 행동 수준을 말한다. 어떤 가치의 인정뿐만 아니라 적극적인 자세로 그 가치를 추구하는 행동을 말하는 것이다. 이때 가치화는 앞서 말한 동일화된 내용의 적극적 옹호나, 판단 유예된 가치에 대한 적극적 판단을 동반한다.

4. 조직화(organizing) : 이 수준의 영역은 여러 가지 다른 종류의 가치를 통합하고, 자기 나름대로 일관성 있는 가치 체계를 확립해 나가는 단계이다. 이 단계의 주요한 행동 특징은 여러 가지 종류의 가치들을 서로 비교하고 관련짓고 분석하여 이를 체계적으로 종합해가는 것이다. 이때 가치관이 조정되고 확장되며 일종의 자기 형성적 주체의 성장 과정이 수반된다.

5. 인격화(characterizing) : 이 행동 수준은 특정 가치관이 한 개인의 생활을 지배하고 생활화하게 됨으로써 그 개인의 독특한 생활 방식을 형성하게 되는 단계이다. 서정시의 가장 중요한 본령이 사회성의 발현과 충격에 있다는 점을 통해 다른 시를 독해할 때도 이 같은 지평을 참고하고 확장하는 경험을 갖게 된다.

이러한 일련의 과정은 기본적인 발아 과정에서부터 비교적 고차적인 평가 과정을 따라 가치관이 형성되고 발전되어감을 보여주는 사례라 할 것이다. 특히 조직화와 인격화의 단계에서 자기 형성적 주체는 사회성의 가장 최종적 형식인 실천적 의지에까지 다다르게 된다고 할 수 있다. 이처럼 학습자는 텍스트를 읽어가는 과정에서 텍스트에 대한 인지와 반응을 지속적으로 행하면서, 텍스트의 심층적 내용에 대하여 "형성 과정 중에 있는 의미(meanings-in-motion)"를 증진시키게 된다. 이러한 의미 증진은 문학적 사고와 문학 능력이 텍스트에 대한 학습자의 인지와 반응의 양상에 따라 변화하는 특성을 지닌다는 점 그리고 이 특성들이 실제 교수—학습 현상에서 학습자와 교사, 학습자와 동료 학습자 사이의 상호 작용으로 확장되어 드러난다는 점을 나타내준다.

결국 시 교육은 문학 현상[8]에 대한 설명으로 끝날 수 있는 것이 아니다. 시 교육은 문학 현상에 대한 학습자의 자기화 혹은 내면화 과정이 더없이 중요하기 때문이다. 따라서 시 교육에서 학습자는 시 텍스트에 대한 소통 주체로서 자신의 수용을 통해 언어적 실천을 하는데, 이러한 언어적 실천을 통해 학습자는 시 텍스트의 수용과 이해를 실현하고 이를 통해 텍스트의 세계를 자기화하는 가운데 자기 형성적 주체로 성장할 수 있는 것이다.

4. 맺음말

물론 시 텍스트에 대한 학습자의 의미 형성을 위한 최선의 교수—학습 방법은 있을 수 없다. 하지만 수용 조건과 문학 능력에 따라 학습자가 보다 더 풍부한 시적 경험을 할 수 있도록 하는 방법들이 불가능한 것은 아니다. 문학 능력이 부족하거나 형성중에 있는 학습자는 시 교수—학습 활동에 그다지 적극성을 보이지 않거나 자신의 삶과 관련지어 시적 경험을 수행하는 활동에 적극적으로 참여하지 않는다. 따라서 문학 능력이 부족한 학습자는 시 텍스트에 대한 이해를 통한 자신의 상상력 향상을 역동적이고 응집성 있는 것이 아니라 작품의 내용을 수동적으로 받아들이는 것으로 생각한다. 그 결과 문학 능력이 미숙한 학습자의 상상력은 텍스트가 어렵거나 자신의 삶과 별 관련성이 없을 때는 쉽게 손상되게 마련이다.

그러므로 문학 능력이 부족한 학습자의 상상력은 교사 혹은 동료 학습자와의 교호交互에 의해 향상될 필요가 있다. 반면에 기존의 시적 경험이

8) 문학 현상이란 문학이 우리의 삶과 문화(또는 교육) 속에서 실제로 존재하고 작용하는 일체의 과정과 모습을 일컫는 말이다. 즉, 문학의 존재와 소통은 문학 텍스트를 중심으로 이루어진다는 것을 전제로, 문학 텍스트가 생산되고 수용되는 일련의 작용 과정을 의미한다.(서울대학교 국어교육연구소, 《국어교육학사전》, 대교출판사, 1999, 311면.)

풍부하고 문학 능력이 향상된 학습자는 보다 더 활동적으로 자신의 상상력을 형성하고, 자신의 문학 능력에 따라 시 텍스트의 내용을 이해하고 해석하여 새로운 의미화를 실현할 수 있다. 이러한 의미화 실현은 학습자가 텍스트의 내용에 대한 이해와 해석을 바탕으로 자기 성찰과 자기 형성을 가능하게 할 것이다.

하지만 이러한 원론적인 방향 설정에도 불구하고 시 교육에서의 '사회성' 범주는, 예술을 사회적 생산물로 이해한다는 전제 아래 특정한 맥락에서 특정한 집단이 부가하는 가치를 다양한 형식 · 장르 · 스타일 등이 어떻게 내포하게 되는가 하는 점도 해명되어야 한다[9]는 과제를 안는다. 그리고 시에서 구현된 '사회성'의 내용을 어떻게 교육할 것인가 하는 문제도 중요하게 다루어져야 한다. 그래서 우수한 시편일수록 현실의 구체성을 통해 인간이 사회적 존재이고 나아가 특정한 가치를 옹호하는 일련의 태도를 표명하는 존재임을 알게 해야 한다. 다만 이 글에서는 이 같은 '사회성' 범주가 어떤 내용을 취해야 하는가 그리고 어떠한 과정을 거쳐 가치관으로 성숙되어가는가 하는 데 초점을 맞추어 논의를 끌어왔을 뿐이다.

이는 일차적으로 개인의 성장이 개개인의 사적 차원의 문제가 아니라 그 개개인이 속한 사회의 갈등과 역학 속에서 규정되고 확장되는 것이라는 점을 유의한 결과일 것이다. 아울러 개인의 성장이 지식의 양적 축적보다는 질적 위계에 대한 변별력을 통해 가능한 것임을 암시하고자 한 것이기도 하다. 물론 시적 경험이 가지는 각급 학교별 위계나 그에 걸맞은 단계론적 지표에 대해서는 추후의 과제로 남겨둔다. 따라서 이 글은 시 교육에서 가치 중립적인 인지 기능과 함께 수용자의 주체적 판단 기능을 중시해야 한다는 것, 그리고 이때 시의 참여적 속성에 대한 역사적 · 미학적 감각이 매우 중요한 가치를 발할 것이라는 점을 강조한 것이다. 우리가 이상

9) 자네트 월프(이성훈 외 역), 《예술의 사회적 생산》, 한마당, 1986. 18면.

화 시편들을 오늘에 다시 읽는 까닭도 이러한 맥락에서 설명될 수 있을 것이다.

1901년(1세) 음력 4월 5일, 경북 대구시 서문로 2가 12번지에서 아버지 이시우李時雨와 어머니 김신자金愼子 사이의 4형제 가운데 둘째 아들로 태어나다. 본관은 경주이다.

1907년(7세) 아버지 이시우 별세하다. 이때부터 백부 이일우李一雨의 가르침에 따라 자라게 되다.

1914년(14세) 백부 이일우의 가르침에 따라 집 사랑을 사숙私塾으로 하여 대소가大小家의 자제 십여 명과 함께 수학을 하다. 백부의 엄격한 훈도를 받다.

1915년(15세) 백부 이일우와 어머니의 허락을 받고 상경하다. 경성중앙학교(현재의 중동중고교)에 입학하다. 서울 계동桂洞 32번지 전진한錢鎭漢의 집에 하숙하다.

1917년(17세) 대구에서 백기만白基萬, 동생 이상백李相伯 등과 함께 습작집 《거화炬火》를 발간하였다고 하나 현재로는 확인되지 않는다.

1918년(18세) 중앙학교 3년을 수료하고 학업을 중단하다. 대구로 내려와 독서와 명상으로 지내다 금강산과 강원도 일대를 3개월간 방랑하다.

1919년(19세) 대구에서 백기만 등과 함께 기미독립운동에 참가하여 대대적인 시위를 모의하다 사전 발각되어 탈출하다. 서울 서대문 밖 냉동冷洞 92번지에서 고향 친구인 성악가 박태원朴泰元의 하숙에 머물다. 음력 10월 13일 백부의 강권으로 서온순徐溫順과 결혼하다. 이때 이미 상화는 여고보를 마친 재원 손필련孫畢蓮과 만나다.

1921년(21세) 소설가 현진건의 소개로 월탄 박종화와 만나 홍사용, 나도향, 박영희 등과 함께 《백조白潮》 동인에 가담하다. 이때부터 본격적인 문학 활동을 시작하다.

1922년(22세) 《백조》 창간호에 〈말세末世의 희탄欷嘆〉을 발표하다. 이후 〈단조單調〉, 〈가을의 풍경風景〉 등을 발표하다. 이해 프랑스에 유학할 생각으로 일본에 건너가다. 이 시절에 또 다른 여인 유보화柳寶華와 만나다.

1923년(23세) 관동 대지진 사건으로 한인 학살의 참상을 목격하고 프랑스 유학을 단념하다.

1924년(24세) 귀국하여 서울 가회동 취운정翠雲亭에 거처를 정하고 현진건, 홍사용, 박종화, 나도향, 김팔봉 등과 어울리다.

1925년(25세) 〈가장 비통悲痛한 기욕祈慾〉, 〈빈촌貧村의 밤〉, 〈이별離別을 하느니〉, 〈폭풍우暴風雨를 기다리는 마음〉, 〈금강송가金剛頌歌〉 등 생애에서 가장 왕성한 작품 활동을 하다. 이 해 8월에 결성된 카프(KAPF)에 가담하다.

1926년(26세) 〈빼앗긴 들에도, 봄은 오는가〉를 발표하다. 유보화의 임종을 지키다. 장남 용희 태어나다.

1927년(27세) 의열단 이종암 사건에 연루되어 일경에 피검되다. 고문 폭행 등의 고초를 겪다. 이때부터 요시찰인으로 감시를 당하다. 고향으로 내려가 사랑방을 담교장談交莊이라 하여 독립운동을 하는 지사들의 교유처가 되게 하다.

1934년(34세) 조선일보 경북 총국을 경영하였으나 경영 미숙으로 1년 만에 문을 닫다. 차남 충희 태어나다.

1937년(37세) 북경으로 형 이상정李相定을 만나러 가서 3개월간 머물다. 귀국 후 일경日警에게 스파이 혐의로 체포되어 이후 20일간 고문 폭행을 당하고 풀려나다. 출감하여 교남학교의 영어 작문 강사로 근무하다. 이때 교남학교에 권투부를 창설하여 그 후 '태백구락부'의 모태가 되게 하다.

1940년(40세) 교남학교 사직 이후 《춘향전》 영역, 《국문학사》 등을 집필하였으나 완성하지 못하다.

1943년(43세) 4월 25일(음 3월 21일) 타계하다. 이 해에 백기만 등의 노력으로 '詩人 白啞 李公相和之墓'라는 비석이 세워지다.

1948년 수필가 김소운金素雲의 발의로 대구 달성공원에 우리 나라 최초의 시비詩碑가 세워지다.

1951년 백기만에 의해 《상화尙火와 고월古月》이 간행되다.

시

1922년

〈말세末世의 희탄欷嘆〉, 《백조白潮》 1922. 1.

〈단조單調〉, 《백조》 1922. 1.

〈가을의 풍경風景〉, 《백조》 1922. 5.

〈To－S.W.Lee〉, 《백조》 1922. 5.

1923년

〈나의 침실寢室로〉, 《백조》 1923. 9.

〈이중二重의 사망死亡〉, 《백조》 1923. 9.

〈마음의 꽃〉, 《백조》 1923. 9.

〈독백獨白〉, 《동아일보》 1923. 9. 17.(음)

1924년

〈허무교도虛無敎徒의 찬송가〉, 《개벽開闢》 1924. 12.

〈방문 거절訪問拒絶〉, 《개벽》 1924. 12.

〈지반 정경池畔 靜景〉, 《개벽》 1924. 12.

1925년

〈비음緋音〉, 《개벽》 1925. 1.

〈가장 비통悲痛한 기욕祈慾〉, 《개벽》 1925. 1.

〈빈촌貧村의 밤〉, 《개벽》 1925. 1.

〈조소嘲笑〉, 《개벽》 1925. 1.
〈어머니의 웃음〉, 《개벽》 1925. 1.
〈이별離別을 하느니〉, 《조선문단朝鮮文壇》 1925. 3.
〈폭풍우暴風雨를 기다리는 마음〉, 《개벽》 1925. 3.
〈바다의 노래〉, 《개벽》 1925. 3.
〈극단極端〉, 《개벽》 1925. 5.
〈선구자先驅者의 노래〉, 《개벽》 1925. 5.
〈구루마꾼〉, 《개벽》 1925. 6.
〈엿장사〉, 《개벽》 1925. 6.
〈거러지〉, 《개벽》 1925. 6.
〈금강송가金剛頌歌〉, 《여명黎明》 1925. 6.
〈청량 세계淸凉世界〉, 《여명》 1925. 6.
〈오늘의 노래〉, 《개벽》 1925. 7.
〈몽환병夢幻病〉, 《조선문단》 1925. 10.

1926년
〈조선병朝鮮病〉, 《개벽》 1926. 1.
〈겨울 마음〉, 《개벽》 1926. 1.
〈초혼招魂〉, 《개벽》 1926. 1.
〈도— 교—〉에서, 《문예운동文藝運動》 1926. 1.
〈본능本能의 노래〉, 《시대일보時代日報》 1926. 1. 4.
〈원시적原始的 읍울悒鬱〉, 《개벽》 1926. 3.
〈이 해를 보내는 노래〉, 《개벽》 1926. 3.
〈통곡慟哭〉, 《개벽》 1926. 4.
〈시인詩人에게〉, 《개벽》 1926. 4.
〈빼앗긴 들에도, 봄은 오는가〉, 《개벽》 1926. 6.

〈비 갠 아침〉, 《개벽》 1926. 6.
〈달밤〉, 《개벽》 1926. 6.
〈달아〉, 《신여성新女性》 1926. 6.
〈파—란 비〉, 《신여성》 1926. 6.
〈지구地球 흑점黑點의 노래〉, 《별건곤別乾坤》 1926. 11.

1928년
〈저무는 놀 안에서〉 《조선지광朝鮮之光》 1928. 7.
〈비를 다고〉, 《조선지광》 1928. 7.

1929년
〈곡자사哭子詞〉, 《조선문예朝鮮文藝》 1929. 6.

1930년
〈대구행진곡大邱行進曲〉, 《별건곤別乾坤》 1930. 10.

1932년
〈예지叡智〉, 《만국부인萬國婦人》 1932. 10.

1933년
〈반딧불〉, 《신가정新家庭》 1933. 7.
〈농촌의 집童詩〉, 《조선중앙일보朝鮮中央日報》 1933. 10. 10.

1935년
〈역천逆天〉, 《시원詩苑》 1935. 4.
〈병적 계절病的 季節〉, 《조선문단》 1935. 5.

〈나는 해를 먹다〉, 《조광朝光》 1935. 12.

1936년

〈기미년己未年(時調)〉, 《중앙中央》 1936. 5.

1941년

〈서러운 해조諧調〉, 《문장文章》 1941. 4.

1951년

〈쓰러져가는 미술관美術〉, 《상화尙火와 고월古月》 1951. 9.

〈청년靑年〉, 《상화와 고월》 1951. 9.

〈무제無題〉, 《상화와 고월》 1951. 9.

〈그날이 그립다〉, 《상화와 고월》 1951. 9.

1963년

〈무제無題〉, 《한국일보韓國日報》 1963. 5. 17.

산문

1924년

〈선후選後에 한 마디〉,《동아일보東亞日報》 1924. 7. 14.

1925년

〈출가자出家者의 유서遺書〉, 《개벽開闢》 1925. 3.

〈문단측면관文壇側面觀〉, 《개벽》 1925. 4.

〈지난 달 시詩와 소설小說〉, 《개벽》 1925. 6.
〈감상感想과 의견意見〉, 《개벽》 1925. 6.
〈시詩의 생활화〉, 《시대일보時代日報》 1925. 6. 30.
〈방백傍白〉, 《개벽》 1925. 11.
〈독후잉상讀後孕像〉, 《시대일보》 1925. 11. 9.
〈잡문횡행관雜文橫行觀〉, 《조선일보朝鮮日報》 1925. 11. 10-11.
〈가엾은 둔각鈍覺이여 황문惶文으로 보아라〉, 《조선일보》 1925. 11. 22.

1926년
〈무산작가無産作家와 무산작품無産作品(1)〉, 《개벽》 1926. 1.
〈단 한 마디〉, 《개벽》 1926. 1.
〈속사포速射砲〉, 《문예운동文藝運動》 1926. 1.
〈신년新年을 조상吊喪한다〉, 《시대일보》 1926. 1. 4.
〈웃을 줄 아는 사람들〉, 《시대일보》 1926. 1. 4.
〈무산작가無産作家와 무산작품無産作品(2)〉, 《개벽》 1926. 2.
〈세계 삼시야三視野〉, 《개벽》 1926. 4.
〈문예文藝의 시대적 변위變位와 작가의 의식적 태도론論〉,
《문예운동》 1926. 1.

1932년
〈초동初冬〉, 《신여성新女性》 1932. 10.

1936년
〈나의 아호雅號〉, 《중앙中央》 1936. 4.

박종화, 빙허憑虛와 상화相和, 《춘추》, 1943. 6.
이문기, 상화의 시와 시대의식, 《무궁화》, 1948. 4.
전창남, 상화 연구, 《경북대 국문학회 연구논문집》, 1958. 6.
김상일, 사용思容과 상화相和, 《현대문학》, 1959. 10.
백기만, 상화의 시와 그 배경, 《자유문학》, 1959. 11.
문덕수, 이상화론, 《월간문학》, 1969. 6.
김학동, 이상화 문학의 유산, 《현대문학》, 1971. 6.
이성교, 이상화의 시세계, 《현대시학》, 1972. 8.
이선영, 식민지 시대 시인의 자세와 시적 성과, 《창작과 비평》, 1974. 여름.
홍기삼, 이상화론, 《문학과 지성》, 1976. 여름.
오세영, 어두운 빛의 미학, 《현대문학》, 1978. 8.
박철희, 자기 회복의 시인, 《현대문학》, 1980. 12.
김열규 외 편, 이상화 연구, 새문사, 1981.
박철석, 이상화론, 《현대문학》, 1981. 9.
장사선, 이상화와 로맨티시즘, 김용직 외, 《한국현대시사연구》, 일지사, 1983.
이승훈, 〈빼앗긴 들에도 봄은 오는가〉의 구조분석, 《문학과 비평》, 1987. 6.
황현산, 이상화의 침실, 《현대시학》, 2000. 1.
김윤태, 이상화 시의 리얼리즘적 지향성, 《한국 현대시와 리얼리티》, 소명출판, 2001.

책임편집 유성호
경기도 여주 출생.
연세대학교 국어국문학과 및 동대학원 졸업(문학박사).
한양대학교 인문대학 국어국문학과 교수, 문학평론가.
저서로《한국 현대시의 형상과 논리》,《상징의 숲을 가로질러》,《침묵의 파문》,《한국 시의 과잉과 결핍》,《현대시 교육론》,《근대시의 모더니티와 종교적 상상력》등이 있음

입력 · 교정 황성규 · 김혜진
한양대학교 국어국문학과 졸업. 한양대학교 대학원 국어국문학과 석사과정.

범우비평판 한국문학 · 50–❶

나의 침실로(외)

초판 1쇄 발행 2009년 8월 25일

지은이 이상화
책임편집 유성호
펴낸이 윤형두
펴낸데 종합출판 범우(주)
기 획 임헌영 · 오창은
편 집 김영석
등 록 2004. 1. 6. 제406－2004－000012호
주 소 413－756 경기도 파주시 교하읍 문발리 525－2 출판문화정보산업단지
전 화 (031) 955－6900~4
팩 스 (031) 955－6905
홈페이지 http://www.bumwoosa.co.kr
이메일 bumwoosa@chol.com
ISBN 978－89－91167－37－7 04810
978－89－954861－0－8 (세트)

*책값은 뒤표지에 있습니다.
*잘못된 책은 바꾸어 드립니다.

100 홍경래전 이명선
101 인간만사 새옹지마 리영희
102 청춘을 불사르고 김일엽
103 모범경작생(외) 박영준
104 방망이 깎던 노인 윤오영
105 찰스 램 수필선 C.램/양병석
106 구도자 고은
107 표해록 장한철/정병욱
108 월광곡 홍난파
109 무서록 이태준
110 나생문(외) 아쿠타가와 류노스케/진웅기
111 해변의 시 김동석
112 발자크와 스탕달의 예술논쟁 김진욱
113 파한집 이인로/이상보
114 역사소품 곽말약/김승일
115 체스·아내의 불안 S.츠바이크/오영옥
116 복덕방 이태준
117 실천론(외) 모택동/김승일
118 순오지 홍만종/전규태
119 직업으로서의 학문·정치 M.베버/김진욱(외)
120 요재지이 포송령/진기환
121 한설야 단편선 한설야
122 쇼펜하우어 수상록 쇼펜하우어/최혁순
123 유태인의 성공법 M.토케이어/진웅기
124 레디메이드 인생 채만식
125 인물 삼국지 모리야 히로시/김승일
126 한글 명심보감 장기근 옮김
127 조선문화사서설 모리스 쿠랑/김수경
128 역옹패설 이제현/이상보
129 문장강화 이태준
130 중용·대학 차주환
131 조선미술사연구 윤희순
132 옥중기 오스카 와일드/임헌영
133 유태인식 돈벌이 후지다 덴/지방훈
134 가난한 날의 행복 김소운
135 세계의 기적 박광순
136 이퇴계의 활인심방 정숙
137 카네기 처세술 데일 카네기/전민식
138 요로원야화기 김승일
139 푸슈킨 산문 소설집 푸슈킨/김영국
140 삼국지의 지혜 황의백
141 슬견설 이규보/장덕순
142 보리 한흑구
143 에머슨 수상록 에머슨/윤삼하
144 이사도라 덩컨의 무용에세이 I.덩컨/최혁순
145 북학의 박제가/김승일
146 두뇌혁명 T.R.블랙슬리/최현
147 베이컨 수상록 베이컨/최혁순
148 동백꽃 김유정
149 하루 24시간 어떻게 살 것인가 A.베넷/이은순
150 평민한문학사 허경진
151 정선아리랑 김병하·김연갑 공편
152 독서요법 황의백 엮음
153 나는 왜 기독교인이 아닌가 B.러셀/이재황
154 조선사 연구(草) 신채호
155 중국의 신화 장기근
156 무병장생 건강법 배기성 엮음
157 조선위인전 신채호
158 정감록비결 편집부 엮음
159 유태인 상술 후지다 덴/진웅기
160 동물농장 조지 오웰/김회진
161 신록 예찬 이양하
162 진도 아리랑 박병훈·김연갑
163 책이 좋아 책하고 사네 윤형두
164 속담에세이 박연구
165 중국의 신화(후편) 장기근
166 중국인의 에로스 장기근
167 귀여운 여인(외) A.체호프/박형규
168 아리스토파네스 희곡선 아리스토파네스/최현
169 세네카 희곡선 세네카/최 현
170 테렌티우스 희곡선 테렌티우스/최 현
171 외투·코 고골리/김영국
172 카르멘 메리메/김진욱
173 방법서설 데카르트/김진욱
174 페이터의 산문 페이터/이성호
175 이해사회학의 카테고리 막스 베버/김진욱
176 러셀의 수상록 러셀/이성규
177 속악유희 최영년/황순구
178 권리를 위한 투쟁 R. 예링/심윤종
179 돌과의 문답 이규보/장덕순
180 성황당(외) 정비석
181 양쯔강(외) 펄 벅/김병걸
182 봄의 수상(외) 조지 기싱/이창배
183 아미엘 일기 아미엘/민희식
184 예언자의 집에서 토마스 만/박환덕
185 모자철학 가드너/이창배
186 짝 잃은 거위를 곡하노라 오상순
187 무하선생 방랑기 김상용
188 어느 시인의 고백 릴케/송영택
189 한국의 멋 윤태림
190 자연과 인생 도쿠토미 로카/진웅기
191 태양의 계절 이시하라 신타로/고평국
192 애서광 이야기 구스타브 플로베르/이민정
193 명심보감의 명구 191 이용백
194 아큐정전 루쉰/허세욱
195 촛불 신석정
196 인간제대 추식
197 고향산수 마해송
198 아랑의 정조 박종화
199 지사총 조선작
200 홍동백서 이어령
201 유령의 집 최인호
202 목련초 오정희
203 친구 송영
204 쫓겨난 아담 유치환
205 카마수트라 바스야야나/송미영
206 한 가닥 공상 밀른/공덕룡
207 사랑의 샘가에서 우치무라 간조/최현
208 황무지 공원에서 유달영
209 산정무한 정비석
210 조선해학 어수록 장한종/박훤
211 조선해학 파수록 부묵자/박훤
212 용재총화 성현/정종진
213 한국의 가을 박대인
214 남원의 향기 최승범
215 다듬이 소리 채만식
216 부모 은중경 안춘근
217 거룩한 본능 김규련
218 연주회 다음 날 우치다 핫겐/문희정
219 갑사로 가는 길 이상보
220 공상에서 과학으로 엥겔스/박광순
221 인도기행 H. 헤세/박환덕
222 신화 이주홍
223 게르마니아 타키투스/박광순
224 김강사와 T교수 유진오
225 금강산 애화기 곽말약/김승일
226 십자가의 증언 강원룡
227 아네모네의 마담 주요섭
228 병풍에 그린 닭이 계용묵
229 조선책략 황준헌/김승일
230 시간의 빈터에서 김열규
231 밖에서 본 자화상 한완상
232 잃어버린 동화 박문하
233 붉은 고양이 루이제 린저/홍경호
234 봄은 어느 곳에 심훈(외)
235 청춘예찬 민태원
236 낙엽을 태우면서 이효석
237 알랭어록 알랭/정봉구
238 기다리는 마음 송규호
239 난중일기 이순신/이민수
240 동양의 달 차주환
241 경세종(외) 김필수(외)
242 독서와 인생 미키 기요시/최현
243 콜롱바 메리메/송태효
244 목축기 안수길
245 허허선생 남정현
246 비늘 윤흥길
247 미켈란젤로의 생애 로맹 롤랑/이정림
248 산딸기 노천명
249 상식론 토머스 페인/박광순
250 베토벤의 생애 로맹 롤랑/이정림
251 얼굴 조경희
252 장사의 꿈 황석영
253 임금 노동과 자본 카를 마르크스/박광순
254 붉은 산 김동인
255 낙동강 조명희
256 호반·대학시절 T.슈토름/홍경호
257 맥 김남천
258 지하촌 강경애
259 설국 가와바타 야스나리/김진욱
260 생명의 계단 김교신
261 법창으로 보는 세계명작 한승헌
262 톨스토이의 생애 로맹 롤랑/이정림
263 자본론 레닌/김승일